論創ミステリ叢書 42

瀬下耽探偵小説選

論創社

瀬下耽探偵小説選　目次

創作篇

随筆篇

凡例

一、「仮名づかい」は、「現代仮名遣い」（昭和六一年七月一日内閣告示第一号）にあらためた。

一、漢字の表記については、原則として「常用漢字表」に従って底本の表記をあらため、表外漢字は、底本の表記を尊重した。ただし人名漢字については適宜慣例に従った。

一、難読漢字については、現代仮名遣いでルビを付した。

一、極端な当て字と思われるもの及び指示語、副詞、接続詞等は適宜仮名に改めた。

一、あきらかな誤植は訂正した。

一、今日の人権意識に照らして不当・不適切と思われる語句や表現がみられる箇所もあるが、時代的背景と作品の価値に鑑み、修正・削除はおこなわなかった。

一、作品標題は、底本の仮名づかいを尊重した。漢字については、常用漢字表にある漢字は同表に従って字体をあらためたが、それ以外の漢字は底本の字体のままとした。

瀬下耽探偵小説選

創作篇

綱《ロープ》

1

倶楽部《クラブ》の大時計は、恰度《ちょうど》九時半を廻りかけていた。軽い酔とおしゃべりに飽和した顔が、くゆらす葉巻《シガー》の紫煙のなかに浮び出していた。ある者は、うっとりと眼を細めて、あてどないどこかを眺めている、未だグラスを打ち合せて、時々意味もない笑を爆発させている老人達、肘掛椅子にもたれて、打ちのめされたように、ぐったりと頭を垂れている二人。

この倶楽部には、女気がない。年少のボーイが、時折、茶を運んで来ては、音もなく出てゆくばかりであった。広間にいる男達は、皆華やかだった半生を夢にのみ楽しむ、半白《はんぱく》の老人達ばかりである。もう女という齢ではなかった。相当の官職を勤め終った年金で、あるいは、律気の結果多少蓄え得た資財で、つつましく、しかも微動もない余生を、平調に楽しんでいる老人達の集り場処である。唯一の楽しみは、のろのろとした思出話を、うまい聞手を選んで、一日の暇つぶしに初めればよいのである。中等の葉巻の交換、軽い葡萄酒《ワイン》のカップでのお近づき。連中は、もうお互にその生涯を繰り返し巻きかえし談《かた》り合ってしまったので、余りにもよくお互を知り過ぎてしまっている。退屈が襲ってくる。だから、新らしい珍談の輸入者、そして、自分達の物語を、楽しくもう一度繰り返し語り聞かせてやる事の出来る相手を待っているのである。新入会員、これだけが、彼等を、毎朝ある期待を持ってこの倶楽部に出かけさせる唯一の誘惑である。ゴシップ、ゴシップ。しかもひからびきった老人たちのゴシップである。だから部屋うちの空気は、灰だみて沈み澱んでいる。

広間の右寄りに、五六人のそうした連中に取囲まれて、一人の童顔の老人が、くさぐさの経験談の一くさりずつで、彼等の退屈を満してやっていた。この群《グループ》だけが広間のうちに、少しばかりの活気を添えているのであった。

「私は、皆さんに、正当な御批判を願いたいと思いまして、用意して参った話題を持っております」

新入会員の面《おもて》には、もう六十年もの間積り来った生活への忍従が、深い皺となって刻みこまれていた。彼は、未だ生々しい光沢を失わぬ眼を挙げて、己を取り囲む人々を眺めた。そして、充分彼等の好奇心を集め得ている事を確めると、今までに恐らく幾十度となく自信を以て披露したであろう、その話題を語り出した。

「私が、左様、十五年も以前の事になりましょうが、私の判事生活のかなり晩年の思出でございますが……、情熱の犯罪とも言うべきものです。皆さん方には、あるいは情熱というものがどんなものであったろうかさえ忘れてしまっておいでの方もございましょう。いや失礼ですが……、けれども、誰しもの過去には、情熱の一片も見出されぬなどという事はあり得ないのです。皆さんは、みんなかつてはそれを持っていらっしゃった。私の話を聞くに先立って、まず心の隅々で、遠い昔に灰燼《かいじん》に帰してしまっているであろうその情熱の火を、少しでも掻きたててみて下さる必要がございます。その力を理解して下さる事が深ければ深いだけ、この物語の興味を極だたせる事になるのですから。本能的な、盲目的な、全体的な抹殺的な、あの巨大な情熱の力を信じて戴きたいのです」

聞手は、一わたり、お互に探り合うように顔を見つめ合った。一人の老人は、(多大のみじめなロマンスの持主なのであろうが）否難するような呟きをもらした。が、他の性よき老人達は、その夢に、かつては己達が緑の騎士の一役を受持った甘美な、一頁《ページ》を持っているらしく、秘かにうなずきながらそれは僅《わずか》にまなじろぐほどの暇ではあったが、肉の殺《そ》げた頬の辺に、思出の女達の微笑に応えもしたであろう、柔らかな笑さえも浮べたのであった。

2

「私は、この出来事の起った場所や、人達の名までも、この物語の真実さに就て疑《うたがい》をはさむ方々のために、打ち明けてもよろしいと思います。が、たぶん私の打ち明けは必要の無い事でしょう。この話を耳にしたほどの人々は、忽ちこれにそっくりの事件が、かつてのある朝、新聞を通じて皆様の記憶に忍びこんでいる事に思い当らるるに違いありませんから。

当時、資材の蓄えのある有閑階級には、恐ろしい勢で登山熱が流行しておりました。「山の神秘」という言葉が、海嘯《つなみ》のように、社交界《ソサイティ》を征服しておりました。この登山熱の激しさは、当時の流行に、いろいろな形をとって現れておりました。ステッキはアイス・アシクスに似せて作られ、女達のパラソルの柄から、髪飾り、まあ頭の頂《いただき》から爪先までが、登山者の擬態《ミミック》です。学生達にまで及ぼした余波は忽ち登山靴の乱用となりました。左様、乱用です。狂用です。彼等は、凄じい地響《じひびき》をたてて学校の床張りを踏み抜き、鋪道を荒し、都会に新らしく一つの騒音を創造したほどです。

若くて、元気ではち切れそうな連中は、今まで女に注いでいた全力を山に向けました。そして「我々の恋人」と呼んだものです。女や老人達までが、ともかくも自動車や輿《こし》の厄介になりながらも、登り得るほどの山へは這上りに出かけたものです。海は、もはや存在を忘れられてしまいました。避暑地に多く選ばるるのは、有名な山の麓に限られました。殊に、「前人未踏」という札付きの山の辺《ほとり》には、夏になると、俄かに幾《いくつ》もの村が出来上るほどの人気でした。

私も、（実は、流行などというものを軽蔑してはいるのですが）やはり人気のない海辺よりは、山の方に心を奪われて、その年も日本アルプスの連峰の一つである、有名なあのS峰の山麓にある宿に出かけて行きました。旅宿と申しましても急造《きゅうごし》らえの普通の百姓家以上のものではありませんが。S峰は、勿論、前人未踏ではありませんでした。腕利きの登山家《マウンテニヤー》が見逃しておこうはずはありません。ですが、この山の意地悪さは、社交界に聞えておりました。さして嶮しくはないのですが、頂を極むるには、どうしてもその西側に面した、一つの広大な懸崖《けんがい》を一迂回して、その北側に出なければ不可能なのです。ところが、この絶壁が腕だめしにもってこいの大物なのです。それは、幾《ほと》んど一枚の平板《へいばん》を立てかけたように急激な傾斜をなして、裾は幾百丈の奈落を目がけて、まっ向《こう》に走下《はせくだ》っているのです。深い渓谷が巨口を開いて獲物を待ち構えているのです。底には、狭い急流が、絶えず濃い霧を吹き上げて、登山者の眼を幻惑しようと試みております。冒険者の名声は、その危険の度合いに正比例しております。だから、この「権九郎《ごんくろう》落し」と村人達に呼ばれている断壁を征服すれば、一かどの経験者として、人々の話題の仲間には這入《はい》れようというものです。私も、未だ多少功名心や好奇心を持ち合せているほどの年でしたので、後《おく》れ走《ば》せにも出かけて行った訳でした。

私の出かけて行ったのは、少し季後れの気味があったのか人々の腕だめしのレベルの向上が、もうこの権九郎落しに飽き足らなくなって、見棄られてしまった故か、常々なら少くとも五組や六組のそれらしいいでたちの連中を見かけるはずなのに、僅に、私の外に一組の仲間としか顔を合せる事が出来ませんでした。

「お山が荒れ初めました。もう五六日は御機嫌が治りませんで……ゆっくらと、とりかからせえまし」

案内人の言葉通り、山は、中々その憤りをやめようともしなかったのです。私は、退屈をまぎらすために相手を求めました。当然同宿の例の一組との間に往来《ゆきき》が初まりました。

五十の坂を幾つか越えたと見ゆるのが、主人でした。彼は、温和な笑《えみ》を絶えず口辺に浮べて愛想よく私を話の中に釣りこんでしまうのでした。主人は、その妻を私に紹介しました。これは小柄な非常に魅力に富んだ顔立ちの婦人でした。他の一人は、老人の従弟《いとこ》だという、三十五六の聡明そうな眼を持った男でした。私は、最初この若い方の二人が夫婦で、老人は、彼等のどちらかの父親だろうと推測していたのです。それほど、老人とその妻との年には大きな距《へだた》りがみえました。不幸の象徴ですね。老人は、さすがに余りにも年若いその妻に気はずかしさを覚えてか、いささか照れ気味でした。が、私は直きに、彼女が忠実な世話女房であるらしいのを知りました。夫は、それこそあらゆる優しさを傾けて、妻を愛撫してやっているのでした。従弟は、いつも老人の傍に席を占めて、味も無さそうに煙草をくわえた儘で、私達の話を興なさそうに聞いているのです。

そのうちに、山は平静をとり戻しました。そして、晴れた空の下に玲瓏《れいろう》としたその偉容をくっきりと現わしました。案内人は、もう大丈夫だと見てとりました。老人の一行は、私より一日早く登る事に決定したようでした。

3

風が死んで、選ばれた登山日和でした。私が、藪うぐいすの声で、(そこでは、八月の半ばに、うぐいすが鳴くのです)床を離れた時分には、彼等は既に出発してしまった後でした。

午後になりました。私は、頂上を征服した合図に山の頭で火を焚いて知らせるという彼等の約束だったのを思い出して、宿の前にある丘に登り、S峰の頸の辺りを今は真剣によじ登っているであろう彼等を想像しながら、眼を放っておりました。権九郎落しは、いま陽の直射をまっ向に浴びて、滑らかな鏡のように輝いてみえておりました。早朝に出発して、午後には目的を達し、そして日の暮方には、もう宿に落ちつけるのでした。

小一時間も、丘の上に腰を下ろして、"How to climb" を拾い読みしながら、時々眼を挙げて煙を期待しましたが、どうした訳か、予定をとくに過ぎているのに、それらしいものさえ捕える事が出来ませんでした。殊に由ると、非常に調子よく運んで、私が外に出た時分には、既に下山にかかっていたのではなかろうか。私は、直きにこの想像が適中したらしいのを知りました。老巧な一等案内人(案内人には、その術の巧拙に由って、等級付きの許可証が下りていました)の熊吉が先登《せんとう》に立って、やってくるのを認めたからでした。彼等は、さして疲労を感じていないらしく、足早に、あだかも征服の誇りをいち早く人々に告げようとあせるかのように、前山を走せ下りて来ました。私は、彼等を出迎えようと、ゆっくりと丘を下りて行きました。

私は、最初、熊吉に、気軽に声をかけようとしました。が、出かかった声が咽喉《のど》の奥で押し殺されて、一どきに気持がぐいと引き緊《しま》るのを覚えました。それほど、熊吉の表情は異様なものをたたえていました。彼は、ものをも言わず宿に走りこんで行きました。と、彼の声高《こわだか》い叫びと共に、小さな村に一つの騒動が湧き起りました。

私が這入って行くと、恰度熊吉が、村人達の輪の真中に立って、事件を説明している最中でした。彼の話は、連中の間に大きなショックを撒き散らしておりました。

「お年寄りが、権九郎落しを、岩っかけのように落ちてってしまいなされた」

最初に私が耳にした言葉がこれでした。

4

一行が、臼平《うすたいら》に辿りついたのは、十一時近くでした。出来るだけ身軽に支度する事が望ましかったので、少し早かったが、その平で昼食をすます事にしました。三十分ばかりの休みをとった後に、彼等は万全の用意を整えて、権九郎落しにかかったのでした。足がかりを教えるために、真先に熊吉がたちました。次に老人の従弟、老人の妻、殿《しんが》りが老人でした。各人の位置が定められると、用意してきた太い綱で、各自の腰を縛りつけ、一聯《つらな》りをつくりました。御存知の通り、登山家にとっての綱は、まったく命の綱です。唯一の便りです。これは一人の不慮の過失を他の合力《ごうりき》で救おうとする、もっとも合理的な安全弁なのです。綱に命を託した者は、少くとも腰に綱のある間は、あらゆる浮世の対人的なこだわりをも打ち忘れて、兄弟の愛を以て結びつけられなければなりません。彼等は、すべて互に絶対の信頼を置き合うべきなのです。

「どないな事がありましても、うっかり下を覗いちゃなんませんぞ。旦那方」

熊吉は、直きに一つの岩角に足をかけたかとみると、もう一間《けん》の彼方に進んでおりました。人々は、全身の神経を手先と足先に集中し、鋭く眼を輝やかせながら続いたのでした。

もう三分の二ばかりも過ぎた頃でしょうか。突然、熊吉の背後《うしろ》で、鋭い叫声が聞えました。驚いて首を捻《ね》じ向けてみると、どうした訳か、老人が、綱のはしに足をかがめてすがりながら、懸崖に、軽業師のように、ぶらりと懸《かか》っているのでした。

熊吉は、しまった！ と思いました。案内人として、最初の犠牲者を見なければならないのか。

「しっかりして……摑まった摑まった。周章《あわ》てちゃ……」

それでも、彼は、咄嗟にそう注意する事を忘れませんでした。老人は、元気を取り戻したか、そろりそろりと綱を手操りこみながら、岩に足をかけて登って参りました。一間、二間、が、うまい足がかりが見つからないものか、しきりに叫びながら、綱を手操り込んでゆくのです。

老人の従弟は、熊吉の言葉を無視して、女の傍にひき返して、後から支えてやりました。これが、危険な状態をよけいに助長したのです。

「離れて……旦那！ 離れて摑まって、岩に食《は》みついて！」

熊吉は、叱りつけるように叫びました。

「畜生！ 畜生！」

老人は、そう叫びながら、綱を手操りこんでゆくらしいのです。そのうちに、老人と妻との間隔は狭ばまりました。老人を救けようとするように、妻は、手を差し伸しました。彼は、それに応ずるように、同じく手を伸しました。二人の手先きは、握り合わそうとするかのように、暫らくもつれ合っておりました。が、突然、老人は、支えていた足を、がっくりと外し、

「真弓！」

と、一声叫びながら、真黒な谷底に転落して行きました。熊吉は、どうする事も出来ませんでした。ただ眼の辺この惨劇を見て、みるみる蒼白に変り、凝りかたまったようになって打ち震えている男女を、励まし励まし漸くもとの臼平まで戻り得る事が最大の努力だったのです。

「とても、見込みがたちませんわい。仏様が、どっかへ流れていんでしまとらにゃ、い、い、もうけんもんでござんす」

熊吉は、絶望の頭を振りました。

捜索隊は、明朝早く出発する手筈が整えられました。私は、そんな人々の話を聞きはさみながら、老人の不慮の厄災、残された二人の悲歎などをぼんやり思い忍びながら、どうして慰めに行ったものだろうかと思案していると、そっと足音を忍びながら、熊吉が、私の部屋に這入って参りました。

「御職掌《ごしょくしょう》がら、密《ひそか》にお耳にいれたい事がござりますので……」

熊吉は、はばかるような声で申しました。彼は、続いて意外な事実を明かしました。

「御老人は、殺《や》られたに違いございません。この綱（ロップと、熊吉は発音しておりました）を御覧下せまし」

私は、綱を仔細に験《しら》べてみました。切れ目は、明らかに、何か鋭利な刃物で、三分の二以上を断ち切られていました。そこで重みを支えきれずに切れたものらしく、その三分の一は自然の切れざまを示していました。

「ただの切れようじゃござぜません。出かけしなにも、権九郎落しにかかる前にも、よっくしらべてからにしたのでござぜますから……」

私の頭には、長らくの習慣から、想像の許す限りの犯行の手筈が、次々と電光の如き速さで閃めきすぎました、私は、普通人でいる時には、婦人に対する尊敬を、人一倍に持っているのです。が、事件のなかに婦人が関聯していると、まず第一に婦人を中心にして考えるのです。それには寸毫の手加減も許しません。婦人は、犯罪の母体です。悪徳の醱酵素です。犯罪研究家（私のようなものがその一人ですが）にとって、唯一の、しかもかつて間違いの例を知らぬ信条は、「女を探せ」ですから。私は、熊吉に、もっとはっきりとその時の情景を思い浮べさせて、出来る限り多くの疑わしい点を収拾する事に努めました。彼の記憶は、少しずつ私の頭の中に芽生えかけた疑念を、しっかりと裏書きするに役立つものを提供して呉れました。

　老人が、綱を手繰って足場を探しながら、叫び立てていたのは、若い方の男の名前らしかった事、しかもそれは、憤怒と呪とに打震えていた事。綱が断たれる瞬間には、男の手が明らかに働いていた事。「綱を切れ」と叫んだ、若い方の男のらしい声を聞いた事。就中《なかんずく》最も私を喜ばせたのは、熊吉がもとの臼平に戻りついた時、婦人の手に、未だしっかりと握られていた、小形のナイフを見かけたという事なのです。女というものは、時々、実に巧妙な謀《たくら》みで罪を犯します。まあ、天才的とでも言うのでしょうか。けれども、彼女等《かれら》は、どこかに非常に大きな欠陥を、一つずつは不知の間に造《こし》らえておきます。不思議な位にそうなのです。犯罪の手際よさから察して到底考えられぬ位に愚かしい手ぬかりを、鮮やかに残しておくのです。極端な大胆さからだとも言えるでしょう。が、私は、それが婦人の先天的な特性からくるものだと考えております。組織的な、計画的な事には、所詮女の頭は不適に造りあげられているのでしょうか。

　私は、次に、彼女の犯行の裏に何が潜んでいるかを知ろうと勉めました。間接に、男の手が働いている。総ての原因を語るものは「情熱」に違いない。これが、当然の推理的帰結でした。女から初むるが近道だ。そして、一分間遅れたならば、彼等の落着きと適当な口実とを、それだけ増す事になるのだ。私は、直ぐに立ち上りました。

　男は、その部屋で、悲嘆に沈んでいる女を慰めていました。私は、無言で、それまで彼等に秘していた、肩書付きの名刺を差し出して、少し奥さんに尋ねたい事があるからと、慇懃に申し入れたのです。男は、私の予期に反して、けげんな顔付きをしました。が、女は、あまりにも、まざまざと驚愕の様を見せました。案外に脆い落ち方だと思いながら、私は、人を遠ざけて、（犯人の細かしい表情それに自分の頭の冷静さを保つには、相手と二人きりになる必要があるのです）彼女と向い合いました。「問うに落ちず、語るに落つ」というのは、審問の秘訣です。私は、彼女に、充分話させながら、時々鋭く疑わしい箇所を突きこんでゆく手を用いる事に致しました。が、直ぐに、私は、彼女が余りにも正直な告白者である事を知りました。

5

「どれだけ進んだのか、もう夢中でございました。思いもかけぬ疲労が、急激に襲って参りました。白々しい太陽が、後ろざまに射りつけて、岩の表面の何かしら礦物質に反映して、ギラギラと輝いておりました。知らぬ暇に、額からしたたり落ちる汁が、眼に流れこんで、ともすれば鈍ろうとする視力を、よけいに怯やかすのです。けれども、片手を離して拭うだけの事が、どうしても出来ないのです。どこか非常に遠い所で、始終同じような響が、ほとんど空虚《うつろ》になりきっている頭に、幽かに伝わって参ります。それが谷の深みを走下っている急流の音だという事さえ思い浮ばないのです。案内人が、絶えず、『もっと下の岩に摑まって』とか『もう少し左寄りの岩に足をかけて』とか注意して呉れるのでございますが、ほとんど夢中です。

懸崖の面に、一面に凹凸《おうとつ》をなして飛出している岩を拾い歩るくのでございますが、地肌がかなり脆弱な土壌でできあがっているものでございますから、ぼろりぼろりと足をかけた岩が抜け落ちる事がございます。ですから、時々、ほんとうにそれに身を託す前に、念入りに試《しら》べてみなければなりません。前に行く人の気配《きくば》りを便りに、こうして、平蜘蛛のように岩面にぴったりと張りつきながら、少しずつ蠢くように参りました。

不思議な事には、あたくしの仰ぎ見る崖上に、一本の弱々しい草が生えておりましたが、それが、なよなよと風に震えているのが、妙に気にかかるのでございます。

『下を見ては、不可《いけ》ないよ』

夫が、叫んでいるのが聞えます。それで、やっとあたくしの後に、夫が居たのだという事を思い出しました。仕舞いには、その言葉が何を意味しているのか分らなくなってさえしまいました。何か鋭い声に驚いて、反射的に全身を固めると同時に、あたくしの腰を、ぐいと、非常な力で下に引き下げるもののあるのを感じました。その時、あたくし達の腰が、綱で結びつながっていたという事実を突嗟に思い浮べました。

驚いた事には、夫のらしい声が、遥かに足下で叫んでいる事です。あたくしは、思わず腋《わき》の下の隙間から見下ろしました。張りきった綱が、突出した巌《いわ》の下に消えこんでいってしまいました。と、同時に、ぐらぐらと眩暈《めまい》を覚えました。超人的な力が、あたくしを岩から捥《も》ぎ取ろうとしているのでございます。しっかりと喰い入るように岩を摑んでいる指先が、腰と共に、だんだん無感覚になって参ります。あの人が、後ろから、しっかりとあたくしを抱いて呉れたようでした。誰かが口ぎたなく罵っております。崖上の細い草が、風に戦《そよ》いでおります。その時、あたくしの頭の中には、死んだ母の笑顔が、渦巻きながら浮んだり消えたりしておりました。

あたくしは、自分でも気附かぬうちに、腰に蔵《しま》いこんでおいたナイフを取り出しておりました。もっとも、最初は、それが何であるが、それで何をしようとするのか、自分で自分を知りませんでした。

助かりたい。この儘では不可能だ。そうだ助からねばならぬ。あたくしの頭には、こうしたややはっきりとした考えが次に現れて参りました。次に、あたくしは、ナイフを、無意識に、そうです、幾んど無意識にでございますが、綱に加えておりました。(どうしてあたくしが、綱を切るなどという事を考えついたのでしょう。それには、今になって思い返すと、確かに心のどこかに潜在していた、一つの物語りの主人公の仕業が働いていた事を疑う訳に参りません。それは、御存知かも知れませんが、三人のアルプスの案内者達《ガイド》の、美しい犠牲の物語りでございます。足を辷らせた二人が、その儘ではもう一人の命をも無駄に奪う事を知って、一言妻子の後事を頼んで、自ら命綱を断ち切って身を滅ぼしていった、あの傷ましい物語りでございます。かつて読んだこの物語りの魅力が深く心のどこかにとどまっていて、それが、綱を切るなどという動作になって現れて参ったのに違いございません）あたくしが刀《ナイフ》を加えると同時に、誰かの手が、しっかりと肘を支えたのを知りました。とたんに、あたくしの意識は、極めてはっきりと目覚めました。あたくしは、自分の為《な》そうとしている事の批判さえ出来たのでございました。愕然として、手を引こうといたしました。と、同時に左足を支えていた岩ががくりと欠け落ちました。

『助けて！』

あたくしは、思わず絶望の声をもらしました。あたくしの眼と、夫の眼は、一瞬間大きく見開かれたまま見合いました。夫の手が、助けを求むるかのように、あたくしの手をしっかりと握っておりました。

『綱を切れ！　綱を切れ！』

誰かが、叫びました。肘と手首をしっかりと摑まれていたあたくしの手は、ぐいと動きました。

『真弓！』

と、夫の声だけが残りました。そして、姿はどこにも見えませんでした」

彼女は、すべてを告白した後の気落ちからか、ぐったりとなりながら、泣き崩れた顔を伏せました。私には、事毎にある予感が働くのです。これは永年のうちに培われた鋭い予言者の感触にも似ております。この時私に囁きかけた予感に由れば、彼女の告白には、いつわりの微塵をも含んでいないという事を信じなければなりませんでした。

「あなたは、御主人の従弟を愛していらっしゃる」

私の言葉に、彼女は、顔をあげました。それは、無言のうちに私の言を肯定しておりました。

「この事件の原因が、あるいはそこに蟠《わだかま》っていないと言えるでしょうか。あなたは、御主人からの解放を、長い間望んでいらっしゃった。よしそれが殆んど無意識だったとは言え、あなたの行動にそれが秘かに働きかけていなかったとは言えますまい。絶好の機会。最も自然に恵まれた解放の手段。恐らく、あなたはこれを否定する事は出来ますまい」

突然、老人の従弟が這入って参りました。彼の顔は、色づけたほど蒼白に変っておりました。

「あなたは、まさか我々を犯人だとはおっしゃらないでしょう」

彼は、うわずったような調子で言いました。

「左様、あなた方の何れもが綱を切ったのではないという証明がつけばです」

彼は、俄かに力を落したように見えました。

「この人の言った通り、すべての事情は、非常に私達に不利な状態にあります。私は、この人の告白に、改むべき箇所を見出す事は出来ません。しかししかし、私達は、まぬがるる途がないのでしょうか」

私は、厳《いかめ》しい眼で、彼の心の底を見透かそうとするように、この老人の従弟を見つめました。私の様子から、彼は、何を読んだのでしょう。彼は、暫らく内心の葛藤をとりまとめようと努力する風に見えました。自嘲するように、頬の肉を痙攣させて、強いて笑おうとしている様子でした。

「私は、私自身の告白をしなくてはなりません。あなたは、私の告白のなかに、何か新らしい発見を、少しでも私達に有利な条件ともなるべきものを見出して下さるかも知れませんから……」

彼は、ゆるやかな調子で語り初めました。

「私達は、進んで参りました。私は、先登に立った案内人の教えてくれる通りを、私の後に続く人達に繰り返していたのです。そのうちに、従兄の声を聞きました。振り返って、彼が危険な状態にあるのを見てとりました。私には何が出来たでしょう。私は、自分がどんな処に居るかを忘れて、急いで、彼女の傍に助力に行きました。けれども場所は不自由でした。彼女を、完全に援ける事は不可能でした。直接に従兄の重みを支えているのは、彼女でした。か弱い女の力では、たえられぬ事が分っております。彼女が夫と同じ状態に陥るのは、恐らく三分以内の事です。次に私。それから案内人。運命は、せっかちです。忽ち、私は、彼女の為そうとしている事を見てとりました。最初、自らを救けたい本能的な慾望から、次に彼女を私の手に残しておきたいという渇望から、私は、彼女の業《わざ》を黙って見逃そうとしました。あなたは、勿論、これが否難すべき行為だとおっしゃるでしょう。今になってみれば私も、それを認めます。しかし、しかし、目前に死の顔が見える場合なのです。普通の想像を超越した状態にあるのです。このような場合、誰が、もっと適当な手段を見出し得るでしょう。

けれども、私の良心は、突如として働き初めたのです。私は、周章てて彼女の肘をひかえました。その時です、彼女の左足を支えていた岩が欠け落ちたのは。彼女の体が、がくりと傾いたとたん、私は、生きながら地獄を見ました。彼女は叫びました。私も、思わず絶望の幽かな声を立てました」

「綱を切れと叫んだのですね」

「あ、あなたは誤解していらっしゃる。私は、単純な驚きをもらしただけでした」

「では、誰が、綱を切れと命じたのです」

「従兄かも知れません」

「これは、随分と思い切った責任転嫁ですね。老人は、必死の力で彼女の手を押えていたのですぞ。勿論、綱を切られまいがために」

私は、彼を冷笑致しました。

「それに、老人は、綱にすがりながら、あなたを呪わしく叫んでいたというではありませんか」

「ああ」彼は嘆息をもらしました。

「従兄は、彼の妻の事で、私を深く嫉妬しておりました。私が、彼女を救おうと抱きよせたのを見て、叫んだのではないでしょうか」

「想像は自由です。とにかく、綱を切った犯人は誰かという最大問題が残されているのです」

「あたくしではありませんでした」

老人の妻が叫びました。

「誓って言うが、私ではありません」

老人の従弟が、しっかりした調子で叫びました。

「お互に、そう否定されると、解決が中々困難になりますね」

私は、皮肉るように、もう一度冷笑しました。

「あなたが、ナイフを持っておいでになった。その手を、老人の手が動かぬように、しっかりと押えている。もう一つの手が、決定的要素として、これに加わっている。事件は明白なものですがねえ。それこそ、本能的にでも動きましょうよ」


女は、静かに、すすり泣き初めました。男は、決意的な顔を壁に向けて、沈黙を守り初めました。私は二人の真中に坐って、もう一度彼等の告白を心の中で繰りかえしてみました。逃るる途はありません。彼等は、ただ、駄々っ子のように、理由もなく、（それは、よし少しく情状酌量の余地はあるにもせよ）自分達の犯行を否定しているに過ぎません。彼等の方で、何等の証拠なしに否定すれば、私の方でたった一つの動かす事の出来ぬ証拠を見つけだして、その有罪を決定するまでした。しかも、一方に私の予感は、彼等の告白を通じて、彼等が綱を切ったのは自分ではないと叫んでいる事に対して、疑を持つべきだろうかと囁きかけるのをどうする事も出来ませんでした。事実と予感との不可思議な錯誤でした。かつて私は、このような精神的な矛盾感といったようなものに悩まされた事は無かったのでしたのに。私の予感は、初めて私を裏切るようになったのでしょうか。夜が更けていたので、明朝、一行と老人の死体捜索に行くはずになっていた私は、もう獄の暗い生活をも描いているかのように沈みこんでいる二人を残して、自分の寝室に戻りました。

6

老人の死体は、中々に見つかりませんでした。私と案内人は、見当をつけた方面を随分と探しまわりました。案内人の言うように、老人は、この急流にどこかへ押し流されていってしまったのかも知れないと思いながらひとまず捜索を断念しようとしかかった時分、私達の予想した箇所より十町も下流の方にある、黒ずんだ葉を持った灌木の茂みの中に、冷たくなっている彼を見つけ出す事が出来ました。可愛想な老人は、右手に、しっかりと紙片を握りしめておりました。

——私は、落ちた。覚悟して落ちた。真弓を愛するが故に……私は、真弓が、あれと親しくしていたのを知っていた。いや、殊に由ると、親しいという言葉で言い現わす以上にすすんでいたかも知れない。それが、随分と長い間、そうだ三年もの間私を苦しめ続けてきた。が、私は、真弓は勿論、あれに対して、明らさまに私の不快を現わす事を避けてきた。いや、出来なかったと言った方が適当であろう。私は、ただ、心の中で憎しみを燃しつづけてきた。

時が来たのだ。私が、やつと指示した岩に足をかけた、崩れた。その時、しまった！　謀られたと思った。どうしても死んではならないと思った。殊に、やつが真弓をたすけようと、あれを抱きよせにかかったのを見て、私は、これでは死にきれないと思った。私は、やつを呪い喚めきながら、登った。ひたすらによじ登った。迫った危険を、真剣に恐れて登ったのではない。真弓をとられては最後だと思う心から、いまの状態を忘れて、もがき登ったのだ。

真弓は、咄嗟に、ナイフで綱を断とうとした。恐らくこれは理性的な行動ではなかったのだろう。私は、あれを疑う事はいやだ。ともかくも、私は、あれの手を動かすまいと努めた。繰り返して言う。それは、綱を断たれて生命《いのち》を失うのが恐ろしかったからではない。そのような常識的な生命感からではない。ただ、永遠に彼女から引離されるのがたまらないと感じたからだ。この表現が分ってもらえるだろうか。あれが、やつと一緒に幸福な微笑をもらしていることの想像が、私の魂を貫ぬいた。これは、死にも勝る。一つの侮蔑だ。私はだから命を惜しんだのだ。助かりたいと願ったのではない。助からねばならないと欲したのだ。私はやつと、火の如き眼を向けて睨み合った。

　とたんに、真弓の足もとの岩が欠けた。あれの絶望的な顔を見た。悲しげな声を聞いた。このままでいたなら、あれも駄目だと閃いた。私のとるべき方法は一つきりだった。（この辺から字は読みづらくなっていた）あれが可愛想だ。あれを救けてやればよい。そう思った。何もかもその余の雑念は、この時、一時にけし飛んでしまった。憎悪も、嫉妬も、未来の予想もが……。「綱を切れ」と叫んだ。二度叫んだ。あれはためらっていた。私は、しっかり握っていた真弓の手を、自ら動かして、自らの命綱を断ち切ったのだ。これがやつへの愛のしるしだ。二人は、これで罪をのがるるだろう。……助けてくれ……眼が見えなくなる。真弓！　私はお前を愛している。……真弓……私は静かに水を聞いている。静寂だ。声の無い音楽が……感謝する。私は、やつとあれの総ての行動を、好意的に見る事にする。これは、死にあたっての、魂の安息にとっても必要な事だ。……真弓……もう一度……微笑を……微笑を……。

「乱れ乱れに、そう走り書かれてありました。私は、彼等を、どうする事が出来たでしょう。ともかくも、彼等は、今、一つの家に住まっております」

　聞手は、皆、深い沈黙に支配されていた。話手は、黙って葉巻に火を点けた。突然、向うの隅の卓子《テーブル》から、二三人の調子外れの笑声が、けたたましく起った。

柘榴《ざくろ》病

――このえやみ、後にジバングに入りて、人面瘡というものになれり。――

○

和蘭丸《オランダ》が、喜望峰を過ぎて、一直線に太平洋の気まぐれな水に船腹を撫ぜられながら、追手に三本檣《マスト》の全帆《フル・セール》で、余り感心出来ぬ速さで、しかもたゆみない故郷への歩みを続けていた。その時、船長以下十八名の船員が蒼白《まっさお》になった。というのは、ちょっとした不注意から、飲料水の欠乏というありがたくもない不祥事に出合わしたからであった。

「神様、懐しい故郷を夢になさいませんように」

髯面《ひげづら》の水夫の一人が、憂わしげに吠えた。

「地獄へ失《う》せろ。こんなにたんまりある水の真中で、水に不自由するたあ妙なもんだ」

破れた風の漏る手風琴で、故郷の甘美な唄を鳴らしていた一人が、皮肉でもない調子で言った。

彼等は、怒濤と、嵐と、霧と、暗礁と戦う業《すべ》はよくのみこんでいた。が、飲料水などというつまらぬ相手と争う策は知らなかった。極めておとなしく、しかも避けがたい底力を以て、あたかも真綿で咽喉《のど》もとを緊めつけるように、執拗に彼等の生命線を刻々に縮めてゆく意地悪い相手であった。

――日、一日と、水夫達の顔から生色《せいしょく》が褪せていった。水の全く無くなるまでに、彼等は、この心配でまず倒れそうに見えた。高級船員達の相談の結果、かえって船を返す方が得策だろうという事になった。けれども他の水夫達は、一日も早く見らるる故郷の顔に思い及ぶと、かたくなにこれに反対した。といって、ジリジリと怯やかす貯水槽《タンク》の度盛りの降下をどうする事も出来なかった。彼等は、不安に裏づけられた希望の航路をこのままに続けるか、または、港に出迎えているはずの妻子に、この上また二月の待ちぼけを食わせるかの、何れかを選ぶべきだった。しかり。進むか。退くか。船は、これらの不徹底な乗組員を乗せて、足どり正しく軋りながら、西微北の方向に這って行った。

三日目。見張りの男が、マストの頂きから鋭く叫声を落した。

「島。島。鯨のように素晴らしく大きな奴だぞ！」

船全体が、一つの大きな口となって喚《さけ》びだした。

「島にありついた」

「島をつかまえろ」

全員は甲板に集まった。船長は、急いで海図をしらべた。が、これほどの大きな島を、それから見出す事が出来なかった。

「馬鹿らしい事だ。例の悪魔のいたずらだ」

船長は、雲にたぶらかされた記憶を思出しながら呟いた。だが、今、島は、正しく眼の前に浮び出てきた。鬱蒼たる森、その隙に点綴《てんてつ》する家々さえも伺えるではないか。ボートが用意された。三人ばかりの留守居を残して、全員が上陸した。久々に踏む砂は、足裏に快よい感触で甘えかかった。彼等は子供のように一握りの砂を掴み上げ、サラサラと指の股から辷り落ちるのをしばらく楽しみさえした。彼等は、陸に飢えていた。出来る事なら、陸を食べてしまいたかったのだが。

やがて、大した手間もなく、（彼等の尖った神経は、いち早く水を喚ぎつけたから）泉を見出した彼等は、まず落着きをとりもどした。

「コリや、島の住民に断わってから貰うが法だろうて」

一人が、至極もっともな説を吐いた。

先刻から人々の心にわだかまっている不思議は、大海嘯《おおつなみ》の後のように、島うちに小虫一匹すら見えない事であった。でも、一同は、丘上の森から二つの眼のように覗いている窓をもった白い家に向って進んで行った。直射する白日の下に、島は、余りにも森閑とまどろんでいる。一羽の海鳥の羽音すら、この静もりきった空気を揺がそうとしない。低くなだらかに彼方に起伏する丘裾に、蒙古包《ヤルタ》に似た原始的な住家《すみか》が、小さいながらの立派な町並みをなして連っていた。丘上の珍らしく洋館仕立ての家は、例の二枚の硝子《ガラス》窓に、キラリと光を受けとめて輝やいて見えた。人々は、この館の屋根から一本の竿が、中空に危うげにデリケートな線で伸び上り、その頭に一枚の布切れをとどめているのを見た。それはまるで濡れたようにだらりと垂れ下って、竿に纏《まつ》わりついているのだった。

進んで行くにつれて、彼等は、とりとめのない、不安に似たものが、悪寒のように、ぞくぞくと身うちを走るのを感じてきた。深入りするにつれて、説明のつかぬ恐怖感といったようなものが、嵩を増して重く心を圧迫してくるのだった。誰からともなしに、言い合わせたように口をつぐんでしまった。今までの陽気なさざめきをひそめてしまった沈黙の一団《ひとかたま》りは、直きに兎のように臆病な足どりにうつっていた。

やがて十町のほども進んだが、真先にたっていた二等運転手が、突然、機械のように、ギックと立止った。砂上に横たわる異形のものを見つけたからであった。近づいてみると、それは不可思議な死にざまをみせた一つの軀《むくろ》であった。俯伏しになって両膝を屈《かが》め、一方の手を枯枝のように長く伸して、その掌《てのひら》に、何か部厚な紙片《かみぎれ》をしっかりと握りしめていた。それは、まるで重い車輪に押圧《おしつぶ》された、みじめな蛙のような恰好であった。彼等が奇異の感に打たれたのは、このどす黒い屍が、肩からあたかも襷《たすき》をかけたように、燦爛《さんらん》とする宝石の帯で縛られている事であった。この幾聯かの輪に貫なって、幾百、幾千の、「桃色の女王」、「青き悪魔」、「白玉《はくぎょく》の妖精」、「真紅の神々」が、落ちかかる日差しを吸いこんで五彩の虹を放っていた。

一人の年若い水夫が、けたたたましく叫んだ。

「あすこにも寝てるぞ！」

彼等は、覚えず、襲いかかる無形の敵に対して己の身を護るかのように、一つにかたまりながら砂浜の遠近《おちこち》に探るように怯えた眼を投げた。幾つかの黒いそれらしいものが、砂に半ば埋もれ、あるいは前のめりに、あるいは坐ったままの形に、点々と伺えた。思いなしか、丘の上から撫ぜ下ろしてくる風には靡爛《びらん》した屍の一種焦げるような悪臭が溶けこんでいるようであった。彼等の極度の驚愕はその様子に明らかだった。一人は、無感覚にその叢のように茂った髭の中からパイプを引っぱり出しては、また銜《くわ》え直す動作を繰返していた。一人は、いらだたしそうに上衣のボタンを指先でまさぐっているのみだった。他の一人は、神経質に帽子をしきりにかぶり直しながら、無表情な顔を殊更に長くしているのみであった。この妙におどけたような死人から五六歩を隔てて、一本の棒杭に一尺四方位の厚紙が挟みつけられて、しっかりと砂に突き立ててあった。

——危険。島に踏みこむべからず。恐るべき伝染病、(柘榴病)発生す。全島に生存者なし。医師フェデロしるす。——

紙の表には、こんな文字が、うっかりすると古代東方の象形文字と間違われそうなスペイン語で、中心を失ったように乱れた手跡で印されてあった。人々は、顔をあげて今更の如く、この死の跳梁し尽し支配している島の立たずまいを眺めた。いつの間にか海軟風《はえ》にはらりと解けほぐれ、鰭《ひれ》のように活潑に翻っている竿先の布ぎれは、危険を予告する黄色な旗印である事がはっきりとした。

「さすがに医者らしい最後だ。死の瞬間まで義務を忘れずにいた」

船長は、感に堪えたように深い声をもらした。「柘榴病」。一同の中には、そんな奇妙な病名を知っている者はなかった。だが、恐るべき伝染性のものであるとしたら、うっかり奥へは踏みこめない訳であった。船長は、意味ありげに死人の手にした紙片に眼を落した。そして身を屈めてそれを取ろうとしたが、

「あっ!!」

と、確かに二三尺は飛び上った。が、直ぐに周章《あわ》てながらも頭株らしい落着を取戻そうと焦りながら、そっと指さした。屍の右側の頸の部分が、折から傾きかけた赤い陽《ひ》の光で明らかに伺われた。どす赤く盛り上った肉がはじけ反《かえ》って、罅《ひび》のはいった柘榴の実のように大きな口を開いていた。無遠慮な光が、その奥の奥までも覗きこんで、まざまざと暴露《さら》して見せていた。それは恰度、何か赤い兇笑でももらしているグロテスクな仮面のようにも見えた。

「これだ」

人々は、無言でその場を逃げだした。水を汲む事も危ない。船は、直ちに出帆した。船内は大消毒が繰返された。で、ともかくも、船は、渇ききった航路を喘ぎながら続けた後、時々降る雨水を貯えて、無事に古い泊《とまり》に辿りつく事が出来たのだった。和蘭丸の船長の持ち帰った例の部厚な紙片の内容が、その後彼の口から公にされた。

――医師フェデロの告白、及び日記。――

その原文通りに諸君に伝える事は面倒だし、長たらしくなるので、すぐれた話し手である船長の口からの物語を、能う限り忠実に書いてみよう。

〇

住民二百に満たぬこの島に、(島の名は、フェデロ氏の手記にも書いてなかった)フェデロ氏は、美しいその妻と、三日間の漂流の後半死半生で這上ったという偶然の機会から移り住む事になった。島に着く早々、彼は、医者らしい直覚で、湿り勝な空気、猫の瞳のように変化する気候などによって、かなりな商売にありつける事を知った。とは言え、彼等夫婦は全く流人《るにん》同様な地位にあった。(後になって知った事ではあったが、もし彼が医者という看板を持っていなかったならば、とくに島隅の土饅頭《どまんじゅう》の下に無理往生を遂げているはずであった。島民は、全く蟻がありまきを養うように、やむなき必要から彼を放ち飼いにする事を決議したのだった。

一つの教会堂、（宗教は多神教の一種で、自由な形式の、言わば、なくもがなといったような類《たぐい》のものであった）を中心として、八方に放射状に伸ばされた町並みが中央の盆地に蟠居していた。蒙古包もどきの家は、その持主の趣味に適うように色々の色彩に塗りあげられ、不健康そうな顔色をしたその主人たちを摑んでいた。彼等の容貌は、どこか陰険に、何かしら兇悪な相を潜めていた。目立った主権者といった者は別に無かった。海賊の末裔でであるように、彼等の懐は、融通自在な慣習法が一般に流用されていた。それでも各自の利益を保護するために、武器と黄金に重くなっていた。フェデロ氏が、てっきり海賊だと目星をつけた理由は、年に一回か殊によると三月に一回位の割合で、不定期に島人所有の一つの大きな黒船が、北の湾内に入港するからであった。船は、見かけは商船らしく装われてはいたが、犀《さい》の体のようにに厚い鉄皮で厳重に固められた所を見ると、下手な巡洋艦よりは立派であった。（この船が、医師としての彼に必要な品々を一通り呈供してくれたのだった）

フェデロ氏は、素晴らしい頭と腕を持っていた。彼が、天下った人かなどのように珍重された事は言うまでもない。彼は町を離れた丘の上に家を持った。家は、白く塗られた。それは何も病院らしく見せるといったためではなくて、ただ余りにも沈んだ島の空気に、ちょっとした瀟洒味《しゃれみ》を交えてみようとした彼の気まぐれの現れに過ぎなかった。それは甘《うま》く成功した。彼の所謂「研究室」は、丘の高みに建って、島人の眼を少くとも一日に一度は引きつけずにはおかなかった。それは、黒い傘《からかさ》の集りにたった一つまぎれこんだ白いパラソルのように一際水際だってみえた。

さて、一通り薬も整い、荒世帯も大分豊かになってくるとフェデロ氏は、何の慾望もなくただ静かに美しい妻の愛に浸って居ればよかった。妻は、便りない島の生活の寂しさのすべてを夫の愛撫によって癒そうとして、弱々しい蔓草が大木にすがるように彼に傾きかかったのであった。二人は、やがて見ん故郷の夢を抱いて、二つの顔を窓辺に並べ、灰色の海の明け暮れを眺めて過ごすのだった。

フェデロ氏の日記によると、恰度三年目の夏盛り、島に奇病が湧いた。実際それは湧いたといってよかった。どこからこの種が舞いこんで来たのか誰も知らなかった。最初に病にとりつかれたのは、二人の漁夫であった。彼等は早速白い家にかけつけた。

「よく利く一服で、いっぺんに治してもらいたいんで。明日から海に出かけられぬとなると、三匹もいるひよっ子供の口を干上らしてしまわにゃなりません」

それから彼等は、全身に激しい痛みを感ずる事。それはある生ぬるい痒みによって一層ぎごちなく刺戟する事。日に三廻《めぐ》りずつ、彼等の言葉で言うと体温計を突き破りそうな高熱が、頭の頂点《てっぺん》から足の爪先まで無性に荒れまわる事などを訴えた。一通りの診察の結果では、フェデロ氏にさえ分らぬ病原であった。

「おとついの事。二人で浜をほっつき歩いておりやすと、ついぞ見た事もない大きな鳥が、さよう狐みたいな面《つら》付きの奴でしたが、たあいもなくごねておりやした。こわいもの見たさについ近よったのが悪うござんした。たぶんあいつの毒気にあてられたらしゅうござんす」

彼等は、いかにもそれが悪魔の使徒ででもあったかのように、口を極めて野人らしい想像と迷信でこね上げた恐怖を細々と述べたてた。で、近代的なメカニストであり唯物論者であったフェデロ氏も、ひょっとするとと考えた位であった。彼は、二人の外出を禁じた。そして隣室のベッドに最初の入院患者として静かにやすんでいるように命じた。貧しい家庭の柱だった二人は、年老いた母親や黄色いひよっ子の口を……と駄々をこねたが、結局フェデロ氏の保証づきでようよう納得して落着いた。翌日から、彼は、この不可思議な熱病患者に附ききりで研究を初めた。

一日目。熱、日に二度となる。

二日目。発熱、日に一度。頸部に疼痛あり。

三日目。頸部の激痛止まず。

四日目。五日目。六日目。頸部に腫れ気味あり。

八日目。頸部に赤味を帯びた星形の腫物現る。

十三日目。拳大となる。この日午後、中心より裂く。しかれども膿汁出でず。

フェデロ氏のくわしい説明書を簡単に言えば、それは頸動脈に寄生する一種の黴菌《ばいきん》によってであった。星形の中心から裂けて、柘榴の熟れたように赤く笑ってゆくのであった。これに侵された人々は、血液の欠乏によって極度の衰弱に陥り、何の苦悶もなく一月後には魂を天外に飛ばし去るのであった。この二人の男は、この苦い運命を背負ってこの世から消えていった。——熱心なフェデロ氏は、遂にこの治療法を発見した。動物の新鮮な血液によってする一種の輸血療法に似たものであった。（専門的な記述は避けよう）そのときまでに、全島に、ぽつりぽつりと新患者が現われた。彼等は、この異形な怪物に変る事を恐れて、総ての蓄財を投げ出してフェデロ氏の腕にすがった。支配者の位置は、今や転倒した。彼こそは全島民の生命の鍵を握った権力者であった。フェデロ氏は、莫大な財産を得た。一は二を望み、二は五を欲し、五は十を追求した。慾望は端を持たぬ。ふと、彼の心の隙に貪婪《どんらん》な悪魔が躍りこんだ。どうせ人のものを掠めとる彼等の財を蒐集するに、ちょっとした悪行位は許されねばなるまい位に考えたのだった。

　これからがフェデロ氏の告白になるのであるが、彼は、全島の住民が長蛇の列をなして地獄への長旅を続くる様を想像した。で、彼の手腕を以てすれば、この疫病の撲滅位は泣くよりも容易《たやす》かったのであるが、なるが儘に棄てておいた。奇病は不注意な下層階級の家々から漸次上流の連中の頸を覗《うかが》い初めた。白い家にはこれらの人々の長い列が殺倒した。と同時に、宝物箱の絶えざる往復が伴なった。フェデロ氏は、特に一つの庫《くら》を営造して飽く事もなく貯《た》めこんだ。一度泥にまみれた足は、全部の汚れるのにも無関心になる。彼は、積極的に病原の伝染を人工的に行い初めさえした。新鮮な血液を得るために、全島の家畜類が片端しから屠られた。それがために起った食物の欠乏などという比較的緩慢な圧迫は、目下の急たるこの脅威のために顧みる事もされなかった。

一年半の後、全島の生存者二十人。フェデロ氏はそう書いている。今や、彼の身辺さえも危なくなってきた。硝子張りの研究室はぱったりと閉じられて、愛する妻とたった二人、厳重な消毒の下に、日一日が過ごされた。全島民が斃れる。島のすべてが、それこそ砂の一粒までが我物となるのだ。船の姿さえ見つければ、地球上に二とない富限者となって故国の山河に接する事が出来るのだ。二人の希望は華やかに、その夢はおごりやかだった。曇った硝子を通して熱心に水平線を漁《あさ》る四つの目は、ただ茫たる水と雲を捕えるのみであった。船影の代りに、蒼白い顔をして狂ったように海辺を徘徊する五六人の柘榴病患者の姿が見うけられた。

ある日などは、表晴らしい首飾りや腕輪等をその手に山と盛って、研究室の外まで嘆願に来る彼等の顔が引釣ったように映った。彼は、胸を聳やかし冷笑をもらした。棄てておいてもそれらは既に自分のものではなかったか。それに生血を得べき唯一の家畜の半影だに認められぬ今の有様ではないか。自暴自棄になったこの半死半生の亡霊達は、遂には大きな石塊を投げて研究室の扉《ドア》を破壊しようと企だてるのだった。がもう理性を超越したこの絶大の権威者の手に鳴った短銃《ピストル》の煙と共に、脆くも仰向けにひっくり返えってしまった。妻は、この夫の所業に非難を加える余裕さえもなかった。

全島に、生存者、否、生物なし。フェデロ氏は、その妻と無人の島の支配者に践祚《せんそ》した訳である。

二ケ月の外界との絶縁生活が続いたある日、その夜世界の終焉が近づいたようなもの凄ごい嵐が島を襲った。高みに立った研究室は、きちきちと鳴った。森は、妖婆の高笑いのように、キキと叫んだ。地の底からでものように聞えてくるわだつみの呻き。フェデロ氏は、恐怖で失心したようになっている妻を、しっかりとかき抱いて、じっと夜明けを待っていた。突然、ピンと鳴って、扉の掛金が外れた。ばたんと開いた瞬間、風の一吹きと共に、蝙蝠《こうもり》のようなものが、いや殊に由ると大きな黒猫であったかも知れない、が、影のように辷りこんだような気がした。フェデロ氏は、小さな叫声さえもらした妻を力づけると共に、周章てて扉をしっかりと閉じ、この予期せぬ無気味な侵入者を追払おうとして室中隅《へやじゅう》なく探した。神経質な眼を尖らして書物の頁《ページ》の間までめくり探すようにしたが、とうとう見つからなかった。彼は、あるいはそれが幻覚ではなかったろうかと考えた。今頃この島に生物が居ようなどとは。この不可解な超自然的な出来事は、さすがに極端なメカニストであったフェデロ氏の心にも大きな衝動を与えたらしく、手あたり任せに室中の道具類を扉にもたせかけて漸く安心したように、ぐったりと椅子に体を落したのだった。

夜があけた。フェデロ氏は、妙に昨夜の事が心のどこかに棘《いばら》となって残っているのを感じた。無関心になろうとする努力が、よけいに疑惑を掻きたてた。

午後、ふと、額に触れてみると激しい熱が汗をにじませていた。稲妻のように閃いた考えは、とうとう自分も捕えられたという確信であった。

二日。三日。徴候は正しく柘榴病のそれであった。精鮮な血！　それは今はどこに求めらるるのだ。激突な絶望と、常識的な悲哀感を超越した慟哭が、かたみ代りにフェデロ氏を見舞った。彼の苦悶は、一夜のうちにその美しい黒髪を蒼白に褪せさせてしまった。遂に、献身的な妻が決心した。

「妾《わたし》の血を役立てて下さい」

彼は、妻から愛情を貪る事はいとわなかったが、その年月賞《め》でたたえてきた肌を傷つけ、そこから生命の幾滴かを貪る事はたえられぬ苦痛だった。だが彼のない後の妻を想うと、彼は、義務的にも生きねばならなかった。フェデロ氏は、戦《おのの》く手でこの「冒瀆」を敢てした。白い二の腕の静脈からしたたり落つる生血は、フラスコを真赤に染めた。――不幸は、鋭い嗅覚を持っている。未だ彼が完全に癒えきらぬうちに、さきの犠牲者が、意地悪なその陥穽《おとしあな》に落ちた。万事休す。

「妾に触れては不可《いけ》ません。せめてあなた一人だけでも……」

けなげな妻は、夫を愛する一心から、次の部屋に我と我身を幽閉して、内側から鍵をかけてしまった。

「開けてくれ。開けてくれ」

彼は、雨のように扉を打ち叩いた。

「生命の浪費はつつしまなくてはなりません」

冷静な声が、内側から彼を叱るように響いた。フェデロ氏は、心の限り泣いた。涙は血の色であった。不可抗力に対しては、唯物論者であるだけに、彼のあきらめは早かった。信ずべき神を持たぬ科学者は、祈りを知らなかった。フェデロ氏は、ただ焦りに焦った。早く自分自身さえ全快すれば、己の血の最後の一滴を以てしても愛するものの生命を購わねばならぬ。しかし、運命の最後の頁は既に塗りつぶされていた。ようやくに全き体に復したフェデロ氏は、それまで隣室に永らく聞えていた、か細い祈りの声を聞かなくなった。

我身のかたわれを失った彼は、魂の抜けた哀れな傀儡として残った。ただ、生きたい。意味のない生命の憧憬《あこがれ》だけが、未だ彼の心にこびりついていた。船の影よ。血走った眼は、眠りを忘れて雲煙のはてをさまよい続けるのだった。

彼は、恐ろしい孤独のために、呪うべき憂鬱に捕われてしまった。彼のために未来を奪われた島人の幾つかの顔が、乳色の空気を透して窓外をよぎるのを見た。

「彼方には永遠の安息の国がある。お前の魂は疲れきった呼吸《いき》づきを続けているようだ。妻の仲間入りをしたくはないのか。さあ、ためらわずに俺達の後についてくるがいい」

彼等は、首を捻《ね》じ向けて海の彼方をさし示す。その頸もとに小さな星形の斑点が鮮やかに浮んで見える。と、想像も出来ぬ速さで、それはむくむくと腫れひろごり、忽ち赤くはじけかえって、彼に、げらげらと笑いかけてくる。彼は、ケースから鋭いメスをとり出して、「畜生、々々」と叫びながら、眼をいからして終日その幽鬼にいどみかかるのだった。

冷たい死の島の、じめじめとした空気は日中も氷のように冷えきっていた。冬に近かった。霧と雨。霧と雨。鳥さえも訪ずれない。フェデロ氏は、極度の衰弱のために気がふれた。彼は、最初に己を陥れた憎むべき不道徳な慾望を悔いた。「無価値な巨大な富の上にしつらえた空虚な玉座の帝王よ」

彼は、宝庫にかけつけた。あらゆる貴重な品を身につけた。腰もたわむほど。そして、赤ん坊のように大声でワアワアと手ばなしに泣き喚きながら、この高価な生ける屍は、あたかもタランテラの毒針に刺された華麗な蝶のように、砂丘をめぐり海の辺を乱舞し廻った。

「妻は死んだ。だが、貰い愛は生きているはずだぞ」

彼は信じた。そして斧をとりあげて扉を粉々に打ちくだき愛するものの終焉の床に躍りこんだ。不思議にも蠟白に冴えたその面だちは、損《そこな》われずに横たわっていた。妻を抱いた。そして、激しい音を立てながら、半ば腐敗した二枚の肉片から、限りなく接吻を汲みとった。——今や、フェデロ氏は、妻の愛を新らしい形式でうけついだ。それは彼を二度《ふたたび》妻の住む楽園に導く、悲しくも嬉《よろこ》ぶべき柘榴病の再発であった。

フェデロ氏は死期を知った。船の見ゆる望も絶えた。心待ちにしたあの海賊船らしい船も、その後姿を見せなくなっていた。冷静な意識が、彼によみがえった。

「せめて、最後でも潔く……」

と、思い澄した彼は、残された日を、懺悔と告白書との記述に費した。和蘭丸がこの島を訪ずれたのは、フェデロ氏の死後三日目であった。

その後、太平洋の中心を震源地とする激震が、世界をゆすぶった。船長の話を聞いたある貪慾家連中が、海図にもないこの島めがけて出帆したが、空しく引上げねばならなかった。たぶんあの激震のため、深く深く海底に陥没してしまったのであろう。

フェデロ氏も、その美しかった伴侶も共に、その醜い姿を二度と地上に現わす機会を永遠に失って、蒼溟の底深く珊瑚の墓に安らかに眠りについている事であろう。

裸足の子

1

その頃、私は、T市に住んでおりました。御承知の通り、開業したての医者ほどみじめなものはありません。顔が少し売れて、薬壜が少しずつ空になってゆくようになるには、少くとも半年以上も経たねばならぬ事です。で、私は、退屈な自分を持ち扱って、幾《ほと》んど毎日のようにぶらぶらと町端れの方に散策に出かける習慣にしておりました。

私の住んでいた町から、二つばかりの隣合った町の短い通りを出外れると、直ぐに広い田舎道が、（県道でしたので、幅のある整った気持のよい道でした）隣村まで約小一里の間、展けた田畑の真中を走っておりました。郊外の透徹した空気、香ばしい光、見透しのとどかぬほど彼方にまで晴々と打開けた平野、午後の散歩には丁度適当な道のり。私は、この小旅行を楽んでいるうちに、学校を卒《で》たばかりで少し損《そこな》っていた健康をめきめきと取りもどしておりました。

秋の一日でした、私は杖を引いて例の通り、この「好もしい悪癖」（全く、このやめられなくなった習慣のために、私は、留守中に訪れた得意を、幾人かとり損ねてしまったのです）を楽《たのし》みに出かけました。

どうした気まぐれか、その日、私は、いつも通りつけの道順を辿るのが嫌になったので、一つ違ったむきに行ってみようと考えました。で、磨いたばかりの靴に泥を食わせるのが少々心外でしたが、道標を後にひかえた地蔵尊の祠の傍から直ぐ右に折れて、細い田圃道に這入《はい》りこんで行きました。左右には黄色な稲波《なみ》が、時折渡る野分の行方を知らせながら、うねりかえしていました。早稲《わせ》は早くも刈り取られて、重い頭を逆にはさに懸っていました。私は細道の両わきから、たわわになだれかかる穂を、両膝で漕ぎ分けるようにして歩いて行かねばなりませんでした。忽のうちに、下半身は、跳びつく蝗《いなご》でべったり模様づけられてしまいました。

　道は、やがて、やや広くなった所で、小さな城塞のように厳重な黒板塀で囲んだ一廓の正面に向っていました。それはT監獄であるという事はかねて知っていましたが、つまらぬ好奇心から、もう一つは、この兇《いま》わしい建物の傍を通らなければ、向うに盛り上って見えている静かな森の入口に行けぬらしいので、私は思い切ってその道を選ぶ事にしました。

　監獄と云えば、内に封じこめられた不良の輩の呪詛や嘆息で、どす黒く曇って見えるものです。いや、赤煉瓦建というその外観から既に陰気臭いものですが、秋晴れの光の微分子をたっぷり含んだ日差しを一杯に浴びて、まるで黄色く寄せかえす稲波の中に一つの孤島のように立っているこの木造《きづくり》の建物は、至極平和に明るく見えていました。正面の閉された大門の右側には、低い通用門が開け放しになっていて、その傍の小さな番舎《ボックス》の前には、太い皮帯《ベルト》を襷《たすき》がけにした監守が一人、仏蘭西《フランス》できの玩具《おもちゃ》のチョコレート兵隊のようにきっちりとした姿勢で立番をしています。――私は、建物の正面から右に折れて、丁度黒板塀のまわりをめぐるようになっている道を辿って行きました。傍によってみると初めて、ここには随分と大きな区域が全く世間から切り離された一つの世界を限っている事が分りました。塀の上には、尖端を鋭くした無数の釘が、あたかも脱獄者を威嚇するようにびっしり突立ててあります。幅一間《けん》位の溝が、ぐるりと塀の足もとを取り巻いています。板塀の倒れるのを防ぐためでしょう、所々から太い針金が地上の杙《くい》に斜《ななめ》に引っ張られてあります。それには雑草をしのいで伸びた昼顔の蔓が、もう半ば枯れ果ててゼンマイのように這い纏《まつ》わりながら、幾んど塀の頂《いただき》までとどこうとしています。――どこからともなく田畠に働いている人々の唄のどよみが、いろいろの物音と一つになって、所謂「野の声」となって聞えるのです。私は、間近に、生気のない疲れ果てた別の唄声を聞きました。その単調な唄は、この塀の内側から漏れてくるのです。労役に従う囚人達の合せて唄う声なのだろうと想像しました。私は、ふと顔を挙げて、塀の上に並んだ釘に眼がとまると、俄かに微笑しました。幾んど例外なしに総ての釘の頂点に、無数のキの字を撒き散らしたように秋空を群れ飛んでいるあの赤蜻蛉が羽根を憩《やす》めているのです。それは、まるで幾千の小人の飛行機が、ずらりと一直線に勢揃いをしているような「可愛らしい壮観」でした。

私は、自分の眼を疑うように立ちどまりました。確かに、長々と続いている塀の行きづまりに当って、誰かが、ひょいとその上から顔を覗かせて、また直ぐひっこめたように見えたからでした。昼寝の夢を覚まされた猫かなにかが、塀の裏側に飛び下りていったのかも知れないなどと思いながら、私は、見当をつけた辺まで行くと、最初の発見が間違っていなかった事を見つけだしました。

さきでは大丈夫見つからぬつもりなのでしょうが、二つの小さな手が、塀の上べりにつかまっているのがいち早く眼にとまりました。親指を除いた他の四本の指のほんの第一小節ずつだけが現れているに過ぎないのですが、内側には誰かが潜んでいる事を証拠だてています。驚いた事には、それが極めて小型な、丁度七つか八つ位の子供の指先のようにしか見えぬ事です。私は、立ちどまったまま、暫くその手先と瞰《にら》めっこをしておりました。その僅かの間に私は別に小さな発見を至しました。その黒板塀の表面には、上べりに近くこれも極めて可愛らしい泥の足跡が三つばかり、（一つは完全な足裏、他の二つは指先だけの跡）白く印づけられていました。丁度その上べりに植えられた太い釘からは、針金が地上に引張られてあるのですが、他のものに位《くら》べると、ぐたりと張りを失ってたわみ、それに纏った草蔓も、僅かに地上から一尺位の処に一かたまりにこき下ろされてあるのです。これらの発見からくる綜合的な判断は、この小さな手の持主が、この針金をたよりにして高塀を越えて出入したに違いないという事でした。

小さな手は、仲々に動こうとしません。丁度少し下った所に開いている節穴から私の動静をそっと伺っているらしいのです。私は、相手に油断させるために、何気ない振りを装ってまた歩きだしました。——大分場所を離れてから素早く振り向いてみると、猿のように小さな子供が、今、うまく溝を越えた所でした。子供は、小道に立って私の方を警戒するように伺っていましたが、そのまま傍の畔道を伝い初めたのでしょう。稲穂の間に割りこんでいって、その小さな黒い頭だけが、ときどき隠顕するのが見えていました。そのうちに、私の立っている位置が少し低かった故《せい》か、どこにまぎれこんでいったのか行方が分らなくなってしまいました。小さな事件ながら、ちょっと想像もつかぬ出来事でした。あんなに小さな子供が、白昼誰にも気付かれずに監獄の外囲いから出入している。説明のつかぬ奇怪事です。

――殊に由ると、近隣の百姓の小忰《こせがれ》が、獄庭の柿の実でも盗みに這入りこんだのではなかろうか。――これは、塀の上にかなり高く梢を張った柿の樹に見事な大粒の実が、まばらの葉がくれに生っていたのが、この建物の性質上変に不似合な事のように先刻《さっき》眼についていたのを思い合わせたからでした。

私は、そのうちに森の入口に行き着いておりました。案外気持のよい森の散歩道を見つけ出した嬉びに、やがて帰路を辿るうちに、私はこの事件からかなり深入りしていた好奇心を引離してしまっておりました。

2

次の土曜日の午後でした。私は、例の田圃道に出かけました。僅かに一週間ほどがうちに、稲の大半は刈り取られて、渇いた田の面《おもて》には、点々として無数の刈株がかすりのように残っているばかりでした。幾枚かの田をへだてて点在している大根畠には、生々とした葉が、べっとりと濡れたように鮮明な緑のカーペットをひろげていました。

私は、例の黒板塀に添って曲りかけたとたん、ふと、いつかの小さな侵入者の事を想い浮べたので、まさかとは思いましたが、全身を現わす前に、そっと顔だけで覗いてみました。と、驚いた事には、例の子供が、あだかも申し合せたように、今、塀を跨ぎ越えようとしている所でした。子供は、軽業師のように巧妙に針金に両手で摑まると、両足の膝の関節を曲げて引っかけ、まるでケーブルカーのように、するすると地上に辷り下りたのです。溝は、さすがに跳び越えるには広過ぎます。で、石垣を伝って溝に下り、三足ばかりで膝ぎりの水を渉ると、また反対側の石垣を這い上るのでした。私は、よほど飛び出して行って捕まえようかという気持に襲われました。が、直ぐに私にはそんな権利が無いのだと考え直しました。それでも俄かに熟してきた年甲斐もない好奇癖を満足させるために、ひとつ子供の行先だけでも突きとめてやろうと思いました。で、途上の冒険者《アドベンチュアラー》気どりで、私はうまく子供の後を追い初めました。

　すっかり刈り取られた田圃道をつけて行くのですから、姿を見逃す事はありません。子供は、ずんずんと街道の方に歩いて行きます。私は、やがて街道を出るや否や、他に人通りもあるし、かなり近づいても相手は私をいぶかる事はあるまいと考えたので、殆んど三間《けん》と間を余さずに後に従って行きました。子供は、未だ八つ位でしょうか、貧しい洗いざらしのあわせ一枚で、その膝小僧の露われる位短い裾からは、二本の裸足の足がむき出しになっていました。傍目もふらず、もう真白になった足裏にパタパタと埃をあげながら、町の方に向って歩いてゆくのです。私は、埃の上に残されたその小さな足跡をいたいたしく見ました。

　直きに、子供は疲れてきたように、のろのろとした足どりに変りました。小橋の上まで来ると、その橋桁の上に跨がってしばらくの休みをとりました。また歩るき初めると、今度は路傍の草を挘《むし》り取って鞭のように振りながら、何か唄い初めました。文句は何を言っているのかはっきりと分りませんが、それは間のびのした、丁度労働者が機械的な仕事を反復する際に調子に合せて歌い合うものに似ていました。私は、不意に先日の囚人等のもの憂い唄声を思い出しました。こんな小さな子供の口から、こんな種類の歌が唄われると、全くへんな調子に聞えるものです。

　そのうちに、ガラガラと音を立てて、空《から》の荷馬車が私を追い越して行きました。子供は振り返ってこれを見つけると、馬方に見つからぬようにひょいと車の後ろにぶら下りました。丈が短いのでうまく尻をかける事が出来ないからでしょう、両手でぶらんと下って足を縮めた儘、ふらふらと車の動揺につれて揺れてゆくのです。所々で、手が疲れると、一丁ばかり歩いてはまた例の格好で釣下ってゆくのでした。私は、呑気に後から煙草を口にして従《つ》いて行くのです。

車は町に這入りました。ある横町にかかると、荷馬車は左に曲って行きました。そちらが目的の方向でなかったとみえて、子供は周章てて手を離すと、もとの通りを真直ぐに歩いてゆくのです。気が付いてみると、それは私の元関《げんかん》を張っている町なのです。四つ角にある八百屋、それから三軒目の理髪店は、私の行きつけの店です。子供は、少し行くと、やがてぱたりと立ちどまりました。そして呆然として目の前の家を見つめたまま動こうとしないのです。それは、翁の湯と白く染め抜いた紺暖簾《のれん》を下げてある銭湯に隣した、二階建の小さな一かまえでした。表の雨戸は閉ざされて貸家と書いた紙が斜に張りつけられてありました。五日ばかり前、夜逃げしたので評《うわ》さにのぼっている家だと知っていました。

子供は、全く当惑しきったような顔で立っていました。それから、決心したような様子で雨戸に寄って行って、隙間から内を覗いておりました。次に、手をかけて戸をこじ開けようとかかりました。ガリガリ音を立てていましたが、仕舞いには爪でも痛めたものとみえて、指先を甜《な》めながら断念した様子でした。

「馬鹿にしとらあ」

ませた小言を云いながら、振り返ってそこに立っている私を見つけると、疑い深そうに小首をかしげて私の顔色を伺い初めました。あめんぼうのようにくりくりした眼をした悧悧《りこう》そうな円顔《まるがお》の子供でした。私は、うちの飼犬のポールが新来の客を眺めるときのある姿勢《ポーズ》を思い出しました。私は、心置きなく子供に笑いかけました。無邪気なものです。相手が直ぐに私を信頼したらしいのです。

(勿論先日の私を記憶していた訳ではありません)

「お前んとこは、ここだったんかい」

「いんや」

子供は、頭を振りました。

「ここんちの人あ、どこ行ったんに」

「知らないよ」

私は、ぶっきら棒に答えました。と、子供は、懐から小さな紙片《かみきれ》を出して眺めながら、脹《ふく》れたような顔付で暫く黙っておりました。

「困ったぞい、おっかあの用事が足りんじゃ、また叱られちまわあ」

子供は、諦め悪そうにもう一度閉ざされた二階を見上げました。

「それお見せ」

私は手を差出しました。子供は俄かに懐にその紙片を放りこむと、いかにも大事そうに着物の上から固く固く押えつけながら、いやいやを繰り返しました。

「見せんけや、分らんぜ」

「やだ。おっかあが、叔父さんの外《ほか》にゃ誰にも渡すな云うたんだい」

私は、騙すより外に手が無いと考えました。で、見せれば所謂叔父さんの居所を教えてやろうからとかまをかけました。

「ほんとかい。ほんとかい」

子供は、何度も駄目を押していましたが、とうとう私にそれを手渡しました。紙片には、まずい鉛筆の女文字でしたためられた数行がありました。


　また、あの女と一緒に居るそうじゃありませんか。直ぐに別れて下さい。でないと、あたしも覚悟がござんすから、直ぐ返事下さい。　とみより。

これだけでは訳が分りませんでした。何か痴情沙汰が、この差出人とこの家の今までの住手との間にあるらしい事だけは想像出来るのです。私は、もっとよく聞き正そうという興味にかられました。

「お前のおとつぁんどうした」

「おとつぁんなんか、居ねえんだい」

「おっかあはどうした」

「居る」

「どこに」

「あの、あっちの……」

言いかけて気付いたらしく、子供は、うふんと誤魔化すように笑いました。それは多分あの陰気な建物の事を言いかけたのでしょう。それからいくらなだめかすかしても、子供は、石のようにかたくなに黙りこんでしまって、この詮索屋を警戒するように執拗な疑い深い眼差しでじろじろ眺め返すばかりでした。その凝視には私に何か悪寒に似たものを感じさせるほど不愉快なものを含んでおりました。

「叔父さんのとこ教えとくれんかい」

子供の面からは無邪気さが拭い去られて、詰るように私にかかってきました。私は、ちょっと困ってしまって、この小さな債権者をどう始末したらよいかと思案しました。仕方がないので同じ紙のはしに、尋ねる人はどこかへ引越してしまって貸家になっている旨を簡単に書きこんでから、子供に渡しました。

「ここに書いといたから、帰っておっかあに見せりゃ分る」

子供は、ふんと冷笑するように肩を聳やかしてから、手早く紙片を引ったくると、もう向うの方にかけ出して行ってしまっておりました。

私は、夕食後ソファに寝そべって、色々に空想を走らせてみました。監獄の劃内には、幾つかの監守達の家庭もある事です。疑問がそこから醗酵しているとすると、私は、考えを推し進めました。

が、いくら想像の翼を伸してみても、結局になるとどこかに辻褄の合わぬ所が出来てくるのです。この事件の底には何か非常に突飛な関聯が潜んでいて、生やさしい推理では到底解きほぐす事の出来ぬ謎であるらしいのです。——が、それが私自身に何のかかわりがある事だ。全く田舎に引っこんだために味わわねばならね無聊から、役もない事に興味を燃やしたものだ。そして、私は自分の年を意識すると、このいらぬ詮索に夢中になった自分をいささか愚かしいと観ずるまでに落着いておりました。

3

一日間を置いてから、私はまた出かけたものです。もしもこの日に偶然にもあの出来事に出会わさなかったなら、呑気なものです。私には生涯それを思い出す機会がなくなったに違いありません。底冷えのする、時雨たような午後でした。私は、真ともに監獄に向って歩いて参りました。と、どうしたのか、二三人の非番の監守達が、昼火事にでも出会ったように周章てかえっていきなり通用門から飛出してきて、一散に何か叫びながら黒板塀の側面に向って走ってゆくのです。私は、何かに突つかれたように突作《とっさ》にぐっと興奮しておりました。で、彼等の後から同じようにかけ出しておりました。

丁度、私が塀の上に子供を見つけたあの場所です。四五人の人だかりがしていました。

「いけない。早く医者だ」

「でこを割られたんだ。ひどいぞ」

私は、叫んでいる人々の間からずっと顔を割りこませてみると、あの子供が、半顔赤《あけ》に染まって溝のふちに両手両足を大きく展げたまま仰向けに倒れているのでした。蚊の鳴くような弱々しい泣声が、その口から漏れておりました。私は、職業的な自覚から、無意識に重傷者の傍にかがみこんで、断りもなしに直ぐと応急の手当を初めました。——私は、職業入りの名刺をイタマシイといったように眉をよせて眺めている監守の一人に手渡しました。これで漸く納得がいったものとみえて万事私に任せてくれる事になりました。

人々の手で、ぐったりとなった小さな体が獄舎内の貧しい一部屋に運びこまれました。私は、必要な品を看護婦に命じた手紙を持たせて自宅に人を走らせた後で、びくついている子供の小さな手を握って刻々に移ってゆく脈の変化に注意しながら、傍の人たちの言を聞くともなく耳にしました。

「可愛想な事をしてしもうたな。いきなりわしがめっけて大声をあげたのが不可《いけ》なかったんだ。奴《やっこ》さん、びっくりしてあの高みで手を離したもんだ」

「驚いたね。今まであんな危い業をして度々抜け出していたもんとみえる」

私は、そこで何気なく口を入れて、うまく事情を聞き出そうとしました。が、役人根性と云っては不可ないのでしょうか、彼等は、事件が外部に漏れるのを極端に恐れているらしく、仏脹面《ぶっちょうづら》をして、私自身にはそんな事を聞く権利などは無いのだといったような口ぶりで相手に至しません。——その時でした。突然、入口の扉《ドア》が投げつけるように開いて、囚人服の儘の女囚が一人、髪もおどろな姿で躍りこんで参りました。そして、寝台《ベッド》の上に虫の呼吸《いき》でいる子供を見つけると、その儘棒を呑んだように部屋の真中に突立っていましたが、みるみるキャベツのように血の気を失って、ばたりと卒倒してしまいました。また、一騒ぎでした。漸くどこでたのんだかタクシーで看護婦が命じた品を運んできたので、私は、二人の手当を終ることが出来ました。

私は、それから、初めてこの可愛想な母子を運んで囚人の部屋というものに這入る機会を持ちました。狭っ苦しく悲惨なその部屋で、私は、彼女の興奮を取り沈める必要から、一人の年とった教誨師と二人きりになって、他の人々に遠慮してもらいました。

女囚は、正気にかえって、ぽかりと空虚な眼を見開いて身辺《あたり》を見廻しました。驚いてとめようとする私を振り払って、気狂いじみた乱暴さで前をくつろげると、頭被《タバン》のように分厚く繃帯で頭を固められて傍に寝ている子供、そのもう命を取り止める望みのない我子の口に、渇いてしまっているその乳房をもっていって無理に含ませようと試みるのでした。

「光《みつ》や、さあお飲み。おっぱいだよ」

私は、叱りつけるように命じて漸く彼女を引離しました。

「畜生！　みんなお前のためなんだ。あたしを裏切ってしまって。今まで、あたしはお前のために黙っていてやったんだ。畜生！　くやしいくやしい」

女囚は、自分の袖をビリビリと食い割きながら、ヒステリカルに泣きだしてしまいました。涙に光っている女の面には、昔日の美しさが消えがてながら面影をとどめていました。私は、そっと黒衣の教誨師に、泣き沈んでいるこの女囚の身の上を尋ねました。

女囚は、夫殺しという罪名で十余年の刑期を負っているのでした。彼女は、（いつかの手紙で私の記憶にあるように）とみという名でした。彼女が、夫の留守中、情夫の土木受請師《うけおいし》と密会している所へ、ひょっこり夫が帰ってきました。激しい口論に続いて銃声を聞いた近所の人達がかけつけてみると、彼女は、震える手に短銃を握った儘、失心したように、倒れた夫を見つめて立っていました。後ろには怪物に出会ったように顔を長くしている情夫が立っていました。

「あたしが殺しました。あたしが撃ちました」

係官に問われた時、彼女は、この言葉を繰り返すのみでした。そして、姙娠二ケ月の身で暗い絶望の生活者の仲間入りをしました。

「これが獄内で産れた子供だったのですね」

教誨師は、黙ってうなずきました。

「けだもの。あたしはお前の甘い口に乗せられて、のめのめと濡衣を着てやったんだ。あの人非《にんぴ》人《にん》を捕まいて下さい。誰か、あのうそつきを引きずって来て下さい。ほんとうはあの男が撃ったのです。人殺しはあいつです」

女囚は、狂気のように叫び出しました。教誨師は、びくりと白い眉を動かしてから、そっと胸の十字架を握りしめて、この呪われた言葉にけがされまいとする風でした。

「ははは、自分で自分の子供まで殺すなんて、自業自得さ、畜生！　いい気味だ」

私は、さすがに慄然としました。この筒抜けたように狂笑をもらしている母親の口からの思わぬ告白で、私の胸に蟠《わだかま》っていたあらゆる疑問が、少しずつ晴れてゆくのを感じました。何故これまで子供が母親と共に居たか。どうして人目を盗んで忍び出る事が出来たか……等の Why? how? はどうでもよい事でした。

私は、いつかは例の情夫と一緒になれる時を予想して、今まで口をつぐんで男の愛情をつなぎとめておこうとしていた女の激しい情熱の力に、ただ驚かされたのでした。

私は、細りゆく子供の心臓を聞こうとして、小さな胸をくつろげました。と、はらりと小さな紙片が床上に落ちました。

　御親切な方にお願いします。貸家の主の引越し先を、これに記《しる》してやって下さい。どうぞお願いでございます。

私は、これを読むと暗然としました。この小さな恋の密使は、母親の言いつけで例の通り脱け出そうとして不慮の禍《わざわい》に会ったのでしょう。――子供は、既に絶望でした。

母親は、あの可愛いむき出しの裸足の足指に頬をなすりつけて、低い声で未だ新らしい情婦と行方をくらました薄情な男を呪う言葉を続けています。私は、教誨師に目配せしてそっと立ち上りました。私の出会った今までの事柄については何事も漏すまいと決心しながら。――出かけしなに、私は、妙なきっかけから私と小さな因縁を持つようになった小さな受難者の顔を、もう一度つくづくと見かえしました。塀から転落する際に偶然附着したのでしょう、その微笑を浮べたような豊かな片頬の上に、十字架のように薄い墨跡がこびり付いておりました。

犯罪倶楽部入会テスト

1

突発的な気まぐれが、私を会長《プレジデント》の部屋に案内したのでした。

「お訪ね下さった事を光栄に思います。この倶楽部の主旨といったようなものは先刻御承知の事と存じますから、くどくどしくは申しません。——何しろ小さな存在ながら世界的の名声を誇っているのですから」

覆面の小柄な会長は、そう言って傍の卓子から一束の書簡紙を取り上げて示しました。

「ここにアルセーヌ・ルパン氏、シャーロック・ホルムス氏等知名の犯罪研究家からの発会式祝賀状が参っています。——素晴らしい犯罪者、偉大なる探偵、これらは私共の眼からみれば同じく一箇の『犯罪研究家』なのですからな」

気が付いてみると、部屋の壁には、隙間もなく、この倶楽部のモットーめいたものがなぐり書きされてあるのです。

——我々は、犯すべく興味つけられたる動物なり。

——余りに計画的なる仂《なか》れ。デリケートなるものは破れ易ければなり。

——犯すという事と探るという事は、畢竟同一物の表裏に過ぎず。

——最も巧妙なる犯罪は神もよみす。如何となればそは永久に発《あば》かるる事なければ。

——凡そ人の犯すところ、あらわれざるはなし。

これはほんのそのうちの一例に過ぎません。

「では簡単なテストをいたしますから、ほんの子供だましです——が、侮っては不可《いけ》ません。それは常に『死』を暗示しているのですから」

会長は卓上のボタンを押した。同じく覆面の人物が扉口に現れた。

「用意をするように。新入会員、番号《ナンバー》十三です」

私の神経は、この瞬間からかみそりの刃のように尖ってきました。――やがて用意の整った知らせでしょうか、建物全体を揺がすような大銅鑼の音が轟いて、私の不気味な予感をそそり立てました。

2

小さな真四角な部屋です。四方は金属製の壁で囲まれ、十方に扉がついています。

「ここに四つのボタンがついています」

会長は、部屋の隅に覗いている白いボタンを示しながら言いました。

「何れかのうち一つを押せば、扉が開くのです。けれども、他の三つを選べば、死です。一つは、この部屋を外部より赤熱し、一つは、この部屋を一つの平面に変形し、一つは、ここを一つの水槽と化す事でしょう。あなたは、二時間以内に、この部屋から逃れ出なくてはならないのです。――では、しっかりおやりなさい、明敏な頭脳だけが助手ですよ」

そう言って会長は私に分らぬように後ろに手を廻してそのボタンの一つを押すと、扉は勢よく外部に跳ね開きました。

「時計を合わせて下さい。今、十時です。おいしいおひるを用意しときましょうから」

扉は閉じました。

考えろ！　考えろ‼　考えろ!!!

そうだ。会長の指紋が残っているだろう、そいつを探せば訳はない。私は、ボタンの傍に飛んでいって仔細に験《しら》べました。どうして相手がそんなまずいものを残しておくものでしょう。失敗だ。皆さんはどうしますか、一緒に考えてみて下さい。

飛躍的にいい考えが閃きました。そうだ。一どきに四つ共押してやれ。恐しい三つの変化はそんなに急激に起る事はあるまい。よし起ったにしても、同時に扉《ドア》も開くのだ。瞬間に外に飛び出せる。――私は、思いきって四つのボタンを押すと、パッと扉の方に飛んだ。開かない。どうしたのだ。部屋は、忽ち変貌し初めた。今まで気づかなかった天井の穴から、太い水の柱が瀑然と落ち注いできた。怪しげな呻きを立てて四方《あたり》の壁はゆるやかに蠢き初めた。

騙されたのだろうか。混乱。少しずつ生暖くなってきた空気。軋りながら漸次菱形に狭ばまりゆく壁。膝にまで達した水。ああ、ああ、ああ、私は、たまらずなって、ドンドンと扉を叩き初めました。五分、十分……と、気がついてみると扉と壁との隙間に私の指が這入《はい》りました。どうしてこんな間隙が生じたのだろう。乱打する響きで自然扉が動いたためらしかった。私は、直ぐと扉の上下に走る横の溝を発見しました。そうか。私は、扉を横に押し開け、多量の水と共に室外に排泄されました。ちっぽけな、からくりだ。跳ね開く仕掛だとばかり信じさせておいて……。

「うまくやりましたな」

外では、会長が揶揄するように浴せました。

3

「さ、その椅子におつき下さい。この暗号文を判読して戴きたいのです。五分間です。――例によって死の影は附き纏っていますからな」

私は、示された椅子につき、会長から渡された紙片を眺めた。

ふん。片仮名だな。そいつを左右《ひだりみぎ》に書いたのだ。私は、早速、紙を裏がえしにして透かしてみました。

゜ロデニヘマポンサイナブア

何か簡単な鍵《キイ》だ。が、余り単純なものは反って解きがたいものだが。頭に付いている「○」は何だ。考えろ！　考えろ!!　考えろ!!!

逆に書いてあった事もおかしい。何か意味があるだろう。——もうあと二分だ。

逆と……突然私は、椅子から躍り上って、つかつかと前に出ました。丁度五分過ぎです。と、間髪を入れず、私の身を託していた椅子の上に地響きして一大鉄槌が落下してきて、その骨組を粉々にするのを見ました。

鍵は、「逆」にあったのです。「○」が私の推理を早めてくれたのです。これを逆に読んでみて下さい。

アブナイ　サンポマヘニデロ。

4

ガランとした二つの部屋の一方に立たされました。

「さあ、向うの部屋に行って、あの卓子の上の紙にあなたの署名をなさって下さい。二十分の時が許されてあります。——お忘れなさらないように、『死』が網を張っている事を」

会長は、その儘、私一人を残しました。このテストは少々私を馬鹿にしたような形式でなされているようです。両足で歩いて行って、卓子の上の紙に署名するだけの事です。けれどもある不安が、よけいに私を要心深くさせました。こうなると、一歩前に出る事さえが、何か恐しいたくらみに引っかかりそうで、うっかりできないのです。

　私は、じっと考えに沈んでおりました。と、私の耳は、どこかでせせらぎの音のように、またはブラシで何かを急速にこする時のような物音を聞きつけました。徒《いたず》らにためらうべきではない。時間が追っかける。私は、進みました。と、一つの不可思議な罠《わな》らしいものを見つけました。確かに罠です。二つの部屋をへだてている真中の仕切りにあたって、天井から一つの金属製の細長い板が、丁度天井から床までの長さを二等分した辺まで垂れ下っている事です。それは、私の眼の高さに位置しています。私はそれを確めるために、こわごわ近づいてみました。

　例の物音は、蜂の羽音の如く、やや高く聞えてきました。風が、私の全身に吹きつけてまいりました。

　私は、突作《とっさ》に例の製材所で使用している機械鋸《のこぎり》を連想したのです。あれほど凄じい音もたてず、また、殆んど眼ざわりにならず向う側の物象が覗《み》えるからには、非常に細身な、薄い刃物が、電力でしょうが、プロペラの如く回転しているに違いないと考えたのです。

　これだ、私は、確めるために、そろりと上衣のはしを、近づけてみました。すぱりと見事な切れ味を見せて、それは三角形に切れ落ちました。――さて、どうしてこの関門を通過すべきだろうか。

考えろ！　考えろ!!　考えろ!!!

　私は、眼で、部屋の高さと、横の長さを計りました。それは、ほぼ同じ位のものです。正方形だ。私は、数学は極めて不得手でしたが、しかも、つまらぬ幾何の一つの図形は想像する事が出来ました。鋸は、回転しているのです。それは一つの大き円を劃しながら、一つの正方形の面積を、その図の面積だけ塗りつぶしている訳です。正方形内の一つの内接円。そうするとどうでしょう。そこには当然、四つの隅に、底辺だけを一つの緩慢な円弧に変えた三角形型の間隙があいている訳になるではありませんか。それが、これほど大きな空間に画かれた図です。その間隙、左右の下の隅にあいているその間隙は、充分人一人が腹這いになって通り抜ける事の出来るほど大きなものであり得るのです。丁度二十分過ぎました。

試みは成功しました。私は、署名を終ると、直ぐに、立派な食卓に導かれ、そこで、僅かの間ではあったが極度の緊張のために恐しく空腹を訴える胃に、存分に満足を与えてから今は、世界に誇るべきこの倶楽部の一員たる事を証明する秘密の会員章、（それはある種の合金より造られ、常々は無形無色なのですが、呼吸《いき》を吹きかける事によって歴然と胸に輝きだしてくるのです）を飾って、口笛の行進曲《マーチ》に合わせて巷に飛びだしたのでした。

――附記、倶楽部の月々の例会において私の経験したくさぐさの物語りは、何れまた皆さんの眼に触れる機会をもつ事でしょう。――

古風な洋服

一

「しまった」

私は激しい舌打ちと共に道の真中に立ちどまった。この散歩に出かける初めから、いや、それは三日前から既にそのゆるっこさが気になっていた下駄の鼻緒が、運悪くN駅にいま一町という所で未練げもなくぶつりと断《き》れたからであった。

「おい！」

私は、それと気付かずにずんずんと前へ行く妻に声をかけた。岸子は、何事が起きたのかと、棒立ちになっている私の傍に引っかえしてきた。

「断れちゃったんだ。何かないか」

そう言って、鉄瓶の鉉《つる》を撮《つま》み上げたように爪先きで緒を支えて下駄を釣り上げながら、ぶらぶらさせてみせた。岸子はたいした事ではないといった風に、（このものに動ぜぬのか、あるいは努力し装うものか分らない平静さが、彼女の特長なのであるが）凡々と袂を探ってハンカチを摑み出すと、糸切歯できりりっと切れ目をいれてから、ビリビリと引きちぎって、無言で私に手渡した。

「直ぐにすげちまうから、お前は先きにぶらぶら行くといい」

私は、この往来の真中で妻の手をわずらわせるのが変に気がさしたので、そう言ったのだった。岸子は、ちょっと頭でうなずく風にして、私を置き去りにしたまま、例の凡々たる歩るきぶりで前に行くのだった。（私達は、結婚後五六年近くにもなるが、彼女のこうしたやりぶりには慣れていたとはいえ、どうもこのひどく淡白過る態度が未だほんとうにお互の心が了解し合わぬ事からくるのではないかと、年甲斐もなく時にはちょっと気に病んでみる事もあるのだった）全くこれは冷淡というべきものだろうか。または、幾組かの結婚生活者に見かける、あの余りにお互の生活になじみ過ぎた後にくる当然のそっけなさとでもいうものなのであろうか。

私は、手早く緒を始末した。そして顔を上げてみた時にはもう妻の姿は往来には見当らなかった。直ぐそこの横町に折れたに違いない。私は、少しきつくなり過ぎた鼻緒をつっかけつっかけ追いつくために足を早めた。

右に曲ろうとする時、私は、危うく一人の男に突き当りそうになった。私には、直ぐにそれが会社で私と机を挟んで向い合っている北である事が一瞬で分ったのであるが、相手は私にはちっとも気付かぬ様子だった。彼は、明らかにそれほどそわそわと周章《あわ》てきっていたのだった。

「おい、君」

私に声をかけられても、それがてっきり自分の無作法をとがめられたのだと感違いして、

「誠に相《あい》すみません」

と、馬鹿丁寧に頭を下げてその儘行き過ぎようとするのだった。

「北君、僕だよ」

「やあ！」

相手は、やっと分ったらしく、よけいにどぎまぎして唐突な高調子で叫ぶと、帽子をとった。

「この近所かね」

「うん、いや……」

彼は、非常に取り乱したような返事をするきりだった。

「こんどは、二つ休みが重なるが、どこか出かけるあてでもついたかね」

「や、どうして……その、それどころか」

そんな事を、いつもの調子とは、ちっともそぐわぬ語調で応えてから、彼は、もう一度急いで帽子をとって、

「じゃ失敬する。すまないが、今日は失敬する」

と、そそくさと言い放って、多少あっけにとられている私を残したまま何か追手から逃れるような、あわただしさで行ってしまった。

私は、停車場で妻に追いついた後でも、あの友のただならぬ素振りが妙に気づかわれた。今年の四月入社したばかりでお互の住所もろくに知らぬ我々は、未だほんとうの打ちとけた近づきとは言えなかったが、それでも常々はちょっとふさぎこんでいるようにさえ見えるおとなしい沈黙屋《だまりや》の北にしては、全く予期せぬ狼狽の仕方だった。

「どうかなさったの」

私が、一人で何か独語《ひとりごと》ちながらいるのが、妻の眼にも不審に見えたものとみえ、彼女は私の顔を覗きこんだ。

「や、なあに」

私は、ちょっと周章ててから、打ち消すようにきっぱりと答えた。けれども、岸子は、何が僅《わずか》の間に夫をこんなにわずらわせたのかを知ろうとするように、家に辿り着くまで、しつこく問い詰めてくるのだった。——このしつこさは、冷淡な妻にして、全く変なものだった。そういえば、N駅の待合室で岸子に追いついた折から、彼女の眼は興奮したような色をたたえていたようにさえ思える。呪われた散歩よ。どうも、北から私に、私から妻に感染《うつ》っていったらしい、このおかしな気分は、散歩の土産にしては厄介な拾い物だった。

二

私が、全く偶然に北の秘密をそれとなく嗅ぎつけたのは、次の土曜の午後の事だった。それが私の最初の訪問だったのであるが、彼の門を叩いた折、丁度北は出かけようとしている所だった。

第一に、私は、彼のなりに目を見張った。十八世紀の飾窓《ショーウインドー》にも見あたらなさそうな古風な裁ち方のモーニングで、頭には、寸のつまった申し訳に存在の確められている山高帽があった。

私の詰問するような眼差しに会って、まさしくかくし事のある人の如く、明らかに狼狽の色を浮べた。そして上から羽織った寛闊《かんかつ》なマントでその無ざまを蔽いかくしたのだった。

「表現派の素人芝居にでも出ようてのか」

私は、気軽にステッキのさきでマントのさきをはね上げようとした。

「よせよ」

北は、妙に怒ったような声音だった。で、私も、ちょっとかたくなった。

「ね。君、またにしてくれないか。今日はどうにも忙しいんだから……」

彼の微苦笑の裏に抵抗しがたい真剣さを、そしてひどく迷惑がられているらしい自分を感じた私は、それなりに踵《きびす》を返すより外なかった。

もう一度私の知っている範囲で彼を紹介すれば、北は、三十六の今まで独身でいた。理由は模糊《もこ》としていた。十人並みの容貌に、別に嫌われるような悪癖も持っている訳ではなかった。それで、身だしなみは、いつも平行線のようにスマートなものであった。世の中の独身者が彼ほどの身じまいが出来たら世話女房というものの必要が無くなるであろう。頭のささから爪先きまで一分の隙もなく近代的な趣味でかためていた。そうした彼の常であるからよけいにこの日の彼の古風な洋服がおかしく映ったに違いなかった。彼は、気まぐれでも剽軽《ひょうきん》な性《たち》でもなかった。だから私の疑惑は層をなして大きくなっていったのだった。

月曜に会社で一緒になったが、私は打ちとけなかった。北は、時々閃くように私の方にある眼差しを送った。それは、丁度——どうも仕方がない。誰だって人に触れらるるのをいとう秘密の一つ二つは持っているのだから。と、いっているようであった。彼は、一言も発しなかった。北国の冬空のように陰鬱な顔をしていた。私は私で、懐疑論者のように厳粛に黙りこんでいた。ほんとうに深い友情の間に、つまずきが起きた場合には、その揺らぎぎもよけいに大きなものになる訳であった。

私達は、こうして五日ばかり、お互にすね合ったようなかたちで暗澹《あんたん》として過ごした。

金曜日の退け時、私は、社の門傍《もんぎわ》で北とばったり出会った。彼は、私をそこに待ち設けていたらしかった。彼は、幾分顔を染めながら近づいてきて、私の掌《てのひら》の中に丸めた紙片を押しこんでから風の如くに去ってしまった。好奇心より先きに私は、どきりとした。凶《いま》わしいもの――絶交状――の予感さえあったからであった。彼の様子には芝居がかったところさえほの見えていたから。

私は、電車の内で、釣革にぶら下りながら、円《まる》められたものを、こっそりとほぐしてみた。

――明後日午後会ってくれ。仔細面談。

簡単な走り書だった。私は、平易な気持に返っていた。

私は、日曜日になって、無人になった門口に鍵を下ろして出かけた。（妻は、きまって日曜というと午後から、銀座に、女らしいちっぽけな眼の楽しみに出かける事にしているのだった。この習慣は、結婚すると直ぐ私達の間に約束として成立したのだった。月に四度、留守役に廻わされる私から多小の小使を当然の権利のように受取っては出かけるのだった）

さて、約束に従って訪ねて行くと、彼は、例の奇妙な洋服を着飾って、既に出かける用意をしていた。形のくずれかかった山高だけは、この度は頭になかった。

「またか。いいパートナーを見つけた仮装舞踏会にかね」

彼は、にこりともしなかった。

「出かけよう。直ぐ出かけよう」

北は、私の腕を抱えこんで性急にうながした。彼の声音や身振りには、その装いの故か幽霊じみた魅力さえあった。

私達は、それから、そそくさと汽車に乗りこんだ。その一時間に余る旅路の間、彼は、魚のように無口だった。――どこがこの得体の知れぬ旅の終りなんだろう。私は、時々そっと北の様子をぬすみ見ながら、目的地に着くまでに幾《ほと》んど一箱の煙草を終りかけていた。

やがて、私達は小さな寒駅で降りた。この待合室さえもない見棄てられたような駅を中心にして、広々とした畠が延びていた。彼は、先に立って畠の真ん中を貫ぬいている小径《こみち》について歩いて行くのだった。空はよく晴れて高かった。無数の赤蜻蛉があたかも空のどこかから降ってくるように、一つの方向にむかって限りなく限りなく群れ飛んでいた。私は、直きにこの奇妙な旅行の性質を忘れて、のどかな郊外のスピリットに感染してか、いかにも近郊散策者らしい呑気さになりかかっていた。

「早く行こう、遅れると不可《いけ》ない」

北は、時計を出してみて、気ぜわしそうに遅れ勝の私を促した。仔細らしい彼のものの言い方までが、また新らしく私の憶測をたくましゅうさせ始めた。後について行く私には、彼の長マントの後姿が、中世の魔法使に見えたり、メフィストフェレスに見えたりした。こうして前後しながら進んで行くうちに、突然、北は、はたと立ちどまったので、私は危うく彼の踵を踏みつけようとした。――と、驚いた事には、彼は何か意味のない驚愕の、いや嘆声とも聞える低い叫び声を漏らして、ぐんぐんとわき道に外《そ》れこんで行くのだった。私も訳が分らずながら彼に慣《なら》った。丁度、畠の持主が肥料を貯えておくためか何かの藁屋根の堀立小屋が見つかると、彼はその陰に廻って小さくなって、しゃがみこんでしまった。

「どうしたんだ」

この私の問いに応えようとはせず、彼は憶病そうに帽子を脱いで、そっと片眼だけを小屋の後から覗かせて、今来た小径の方を伺うのであった。私も何気なく見た。一つの地味なパラソルが、丁度私達の行こうとしていた向きからやって来るのだった。その他には何もいぶかしいもののかげは見当らないのだった。（彼は、明らかにこのパラソルの内側の顔を恐れているらしいのだが）

「ほう」

と、例の嘆声に似た声を漏らしている北よりも、私の方が次の瞬間には驚愕のために、うっかり手にしていたステッキを取り落していた。そして北と同じ動作を真似て、へたへたと小屋の陰に身をすくめていた。そのパラソルには見覚えがあった。覚えがある所か、それは妻の持物に相違ない。私達の前を、幸に？　パラソルをぐっと前にかたむけていたためか気付かずに通り過ぎて行く女の後姿は、岸子自身だった。――彼女が小さくなって見える頃、北は、のこのことかくれ場所から立上って、もとの小径を黙って進んで行くのだった。銀座にいるはずの妻が、何故今頃こんなゆかりもなさそうな土地にうろついているのだろう。そして、北のこの驚きは、警戒はどこからくるのだろう。こもごもに雲の如く群《むらが》り湧いてくる疑惑は、私の心をしっかりと包んでしまって、足はともすれば、にぶり勝ちになった。

「あの女を君は知ってるのか」

私は、呼吸《いき》苦しいような声で尋ねた。

「うん、いや」

そう曖昧に答えた彼は、直ぐ小さな声で呟くように言うのだった。

「恐ろしい事だ。恐ろしい事だ」

北は、岸子を、私の妻としては知っていないらしいのだった。（私の家を一度も訊ねて来ないのだから、当然の事ではあろうが）私は、この事実を今彼に明らかにすべきだろうか。私には、何故かそれ以上ずばりと突っこんでゆく勇気がなかった。私達は、で、お互の沈黙と秘密とを守り合ったまま歩みを早めた。やがて、彼方に盛り上って森の一かたまりが見えてきた。この針葉樹らしい黒ずんで陰気な色に浮んでいる森が見え初めると、北は、足の運びを一段と早めた。

暫くの後、私達は、森の入口に立っていた。絵馬形の道標が、落葉の部厚に重んだ地上に、忘られたように立っていた。彼は、それを指さした。

皆川養児院

そう記《しる》された札を前にして、彼は、もう一度時計を引き出した。

私には見当がつかなかった。あまりにも空想とかけへだたった物語の始りだった。

「丁度よい。行こう」

そこは、百坪ばかりの地所が低い木柵でめぐらされてあった。広場には、十二三を頭《かしら》に五つばかりまでのうすぎたない幼児が、十五六人、秋のなごやかな陽光を全身にみなぎらして静かに遊んでいた。全く夢の中のような静かな動作で跳ね廻っていた。

北は、案内も乞わず、粗末な折戸を開けて内部へ這入《はい》って行った。児供《こども》達の動きは一勢にぴったりと静まった。と、広場の隅に建てられた平家から、白い前掛をつけた小造りな老婆が一人、にこにこ笑いながら私達の方にやって来た。北と老婆は慣々《なれなれ》しく言葉を交した。私も彼女に紹介されたが、彼女は、老後の余世をこうした慈愛に満ちた、ゆとりのある保姆《ほぼ》生活に捧げて過すに適《ふさ》わしい温直さを多分に持っていた。こういう老婆はともするとコスイ感じを与えるものだのに、私には意味なく好感が持てた。

私の驚いた事には、六つ位になる女の児が一人、いつの間にか北の傍にやって来て、彼のマントの中に小猫のようにじゃれながら、くるまっていた事だった。他の児供達は、日向の草花のように大人しく私達のまわりに円座を作って、じっと立っていた。北のマントにからまった女の児は、素ばしこく手を伸して、彼の服のポケットというポケットを探し、小さな玩具《おもちゃ》や菓子の小箱の類を引出しては、その度にうれしそうに、

「あった。めっかった。またあった」

と、叫んだ。北は、全くそのなすに任せて、微笑みながら無造作に束ねられた彼女の髪を優しく

撫ぜてやっていた。女の児は、その一つ一つの品を手で探り、時には鼻で嗅ぎなどしながら吟味しているような風だった。その動作からふと気付いて、私は、彼女が盲目であるのを始めて知った。彼女は一人一人のお友達の名を呼んだ。呼ばれた仲間は、そっと手で探るように進み寄って来て、彼女からその分け前を手渡して貰った。彼等は、この広場の幼児達は、言い合わせたように皆盲目だった。私には、直ぐに、あんなに軽々と跳ね廻っていながらも、どこか妙にもの静かさを感ぜしめる彼等の動作に初めて合点がいったのだった。

「かくれた慈善家だったのか、北は」

私は、謎を半分解いたような気がした。それにしても、この厚かましく振舞う女の児と彼の間には、なみならぬ因果関係をうなずかせるものがあった。

めくら、めくら、

大めくら、小めくらさん……

手をつなぎ合った児供達は、広場の真ん中でこんな風に唱《うた》いながら遊戯を始めた。この唄は、彼等の運命に同情する者の胸には異様に響くものだった。私達は、暗い微笑を浮べながら、無心にたわむれている一団に見入ったのだった。

三

「みんなぶちまけて、しまうんだね」

その夜、私は、北と向い合って麦酒《ビール》を傾けながらうながしていた。北は、もうかなり酔っていた。

「君は、全くあの児の父親らしくさえ見えたぜ」

「そうだ。ありゃ僕の子だ……かも知れない」

北は、空虚な声で言った。

「出来るだけ簡単である事が必要だ。何故って、秘密ってものは、聞き手には興味だろうが話し手には苦痛だからね。もう一昔にもなるが、僕は、その下宿の娘と恋に陥《お》ちたのだ。学生時代の事だから、女に対して、そんなに洗練された趣味なんか持ち合わせていなかったのは当然だろう。昔気質《むかしかたぎ》なお人よしだった僕は、若い女の上すべりした人情にからまれても、手もなく落ちてしまうのだった。

お定《きま》りの筋で、両親の反対をおし切って僕等はむさくるしい新居を構えた。僕の大きな希望は家庭生活と共に消えてしまっていた。小さな幸福を希《こいねが》う望で一杯だった僕は、未来の華やかな空想に飛ぼうとする自分を説服しながら、二年ばかり泥の下のみみずのような生き方で一緒に暮した。

人生に無経験な私達は、初め無鉄砲な暮し方を選んだので見事実生活に足をすくわれて、みじめさのどん底に叩き落された。実力の無い者のあせるのは、深い泥沼にはまりこんでもがくようなものだ。もがけばもがくほど底に沈められて行くに役立つばかりだった。この時分の悲惨な記憶は、今でも僕の胸を嵐のようにゆすぶるのだが。私達は、一人の口さえ持て余した。で、お互に自分の糧を探しに巷にさ迷い出ねばならなかった。私は、漸く小学校の臨時教員の口にありついた。妻は、あるデパートの事務員になった。（妻はそう言って毎朝出かけて行くのだった。そして遅くなってから戻ってきた。そのうちに、ちょいちょいと夕食時にさえ姿を見せぬようになった。女の口一つさえ満足に養ってゆけぬ男には、女に対して批難するような眼差しさえ投げる権利がない訳だった）敏感な君は、直ぐ次に来る僕達の破綻に先走りするだろうが、その前に一つの問題が起きたのだ。妻は妊娠した様子だった。それはかつがつに身すぎしている我々にどんな威嚇だったろう。それに、妻は漸くありついた口を奪われてしまう羽目にもなるのだった。

たった一つの呪うべき手段《てだて》が残されていた。僕には、それの道徳的批判などを、ゆっくり思いめぐらしているようなゆとりはなかった。これは火のついた実際問題だった。押し寄せて来る洪水だった。その火はもう眉の上で燃えていた。その水はもう爪先までも浸しているのだった。ああ、（彼は嘆息した）この不愉快な思い出から逃るるために、出来るだけ簡略に結末に急ごう。どたん場にくると、女は、反って男より強いものだ。

『あたし、お種婆さんのところへ行って参ります』

妻は、がばりと決心を定《き》めた風だった。僕にはそれを引きとめる勇気が無かった。頭から蒲団をひっかぶりながら黙っていた。さて、悪徳の神々の哄笑のうちに薬は盛られた。が結果はもっと悪かった。しいたげられながらも、一つの生命がとうとう誕生したのだった。この芽《も》え出でた不幸な一つの生命は、輝やかしい世の光を見る事から、はばまれていたのだった。生れながらに盲目の赤ん坊が僕の手の中で、もう苦々しい世間苦に怯えるようにひくついていた。

とうとう妻は、棒っ切れのように僕を棄てて、その男と逃げた。僕には、女に大して未練は無かった。そうした時が来て、枝から離れ落ちてゆく一葉を誰がとどめ得よう。僕の女性嫌悪癖《ウーマン・ヘートリズム》はこの時から始まった事も事実だ。さて、残されたたえがたい一つの疑惑は、この盲目の幼児が、果して僕を、『父』と呼ぶにあやまりが無いだろうか、という事だった。勿論妻からは何事も引き出す事が出来なかった。殊に由ると彼女自身さえ父親の何れかに迷っていたのかも知れない。（彼は、ここで無理にしぼり出したように笑った）父親と母親との役目を無理強いされた、それから二年間ばかりの目も当てられぬ人生行路。僕は、例えてみれは、びっこの上に重荷を背にして、絶えず鞭の音に怯やかされながら石ころ道の長坂《ちょうはん》にかかった驢馬《ろば》にも似ていた。力くじけ思案に余った僕は、幼女をあの育児院にあずけたのだった。他にどんな適当な手段があるというのだ。（彼は、目をつむり想い出を呪われた過去に走《は》せる風に見えた）

僕と娘との今の関係はどうだと言うのかね。そう、彼女の『父』でもあるだろう、もしかすると、赤の他人の『叔父さん』でもあるだろう。恐らく生涯、僕はこの妙な立場をあの児に対して守り続けて行く事だろう」

「それで、あの古風な洋服は……」

私の声は、幾んど空虚だった。

「あれは、僕の貧困時代の光栄ある記念さ。あれは、僕の涙と汗で色もなくこわばっている。古着屋からただ同様の値で手にいれたあの洋服で、僕は、毎朝一里半の田舎道をぽくぽくと通ったものだ。時計のように正確に早朝の田舎道を欠かさず往き過ぐるものとては、僕と町通いの荷馬車きりだった。そして、僕は自分を古服を着けた駄馬以上のものには考えられなかった。哀れなあきらめよ。それでもあの山高帽を見た村の悪童達は、『村長さんのとおんなじだぜ』と賞《ほ》めてくれたものだ。さて、ここ数年の間、毎土曜日、僕はあれをつけて娘を訪ねて行く事にしていた。物心づいてからの彼女は、僕をただあの洋服の触感によってのみ色別《しきべつ》するようになったのだ。つまり洋服が人格を持つ事になったのだね。


そのうちに、漸く物質的にも余裕の出来た頃、僕は、一日真新らしい流行の服を着こんであすこを訪れたのだ。心すすぎに心使いがないほどの豊かさというものは、何と心を和らげるものだろう。(彼は、変に笑った)一分の時も違えず土産を持って行く僕を、小さな胸一杯の期待で娘は待っているのだった。いつも僕の足音が聞える、直ぐに蝗《いなご》のように飛んでくるのだった。あすこは全く忘れられた一つの小さな世界だった。人目に触れるのをいとうように、自然の森がその緑豊かな円屋根で秘かに蔽いかくしている。不幸な児供達の仙境《フェヤリイランド》、現世から完全に絶縁されたものの、もの静かなユートピアだった。小さな彼等は僕等けがれた現世の眼を持てる者には一つの神秘力としか思われぬ鋭いある力で、お互にしっかりと結びつき合っているのだった。誰か一人が、外界からの物音にびくりとして立止る。すると一同が一勢に鳴りを静めて、小兎のように聞耳を立てる。誰かその中の一人がその物音を了解して安堵する。すると、皆が一どきにぱらりと警戒の輪を解いてしまうのだ。彼等は全体で一つの有機体として生きているようだった。一人ずつが一つの感官だった。細胞だった。人目ない平和な一劃に心置なく生きている。君、悩み多い浮世から忘れらるるという事こそ幸福への道ではなかろうか。少くとも弱者に開かれた一つの逃れ道だろうじゃないか。

その日も、娘は飛んできた。が、いつもに似合わぬ僕の新らしい服に手を触れると、俄かに顔色を変えて、おろおろと手を引っこめた。そして大声で、

『違う違う』

と、泣き出した。僕はたじたじとなった。僕は、娘の見えざる視力——鋭い触感に代えられた——を裏切った事にどれだけ大きな責《せめ》を感じた事だろう。小さな心の平静を乱された娘の味気なさを想った。外《ほか》の児供達には、この世界の突然の変化がどうしても理解されなかったのか、舌を抜かれたような顔付で、まごまごと互いを探り合いながら、一つにかたまろうと努力していた。罪深い洋服が、この盲目の娘にどれだけ大きなショックを与えた事か、後になって聞いた事だが娘は、その後三日間ばかりというもの、鼠の物音にさえ怯えて泣き叫んだという事だ。

そうだ。そして娘が『違う』と泣き叫んだ瞬間から、『自分の娘だ』という確信が、稲妻のように、ある天啓のように僕の心に殺倒してきたのだ。こうした直感は、野末のどこかから捲き立つ風のように不可解なものであるが、この時から、僕の娘に対する愛情はほんとうのものになりかけて来たのだ。

そうした理由で、今でもあの古風な洋服が、僕と娘との心を通う力強いなかだちになっているのだ。——だが、（ここで北は、真剣な面持で私を見つめながら）僕等親子のこの不思議な関係にも、やがて終りが来る事だろう。僕は、あの女にいつかも会った偶然に。それは狼狽の余りいつか君を面食《めんくら》わせたあの時の事だった。……今日も会った。とうとうあれも自分の娘の居所を嗅ぎあてたものとみえる。あの女の事だから、どんな風にして、『母親の愛』を主張するか知れたものではないから……しかし、その方が娘のためにはあるいは幸かも知れない、所詮、父親は母親たる事が出来ないのだから……」

四本の足を持った男

一

「お早う。いいお天気になりましたねえ」

里見は、今まで指先で嬲《もてあそ》んでいた算盤《そろばん》を、ガチャリと下に置くと、あわただしく事務室に這入《はい》って来た宗方《むなかた》老人に声をかけた。癖で少し前かがみになって自分の机の傍まで行った老人は、滅多に話しかけた事もない里見に珍らしくも不意に浴せられて、びくりとしたように振り向くと、真面《まとも》に彼の顔を見る事を避けるように、早朝の爽やかな日差しが一杯にあたっている金網張りの窓硝子《ガラス》の方をまぶしそうに眼をしおしおさせて眺めながら、はばかるような声で小さく応えた。

「さようで……」

「おや。頬をやられましたね。――手をどうかしましたか」

畳かけるように里見に追求されると、老人は、左の眼尻から上唇の辺りまで、ひどく腫れ上ったみみず腫れが長く赤い筋を刻みこんでいるのを、庇うように掌《てのひら》でかくしたが、その手の甲にも二筋三筋の跡が浮いていた。

「ええ。猫に掻きつかれてしまいましてな。昨夜《ゆうべ》……ひどい目に会いましたよ」

彼は、微苦笑で艶のない顔の皮膚を皺苦茶に歪めながら、そっと椅子に音もなく腰を下ろすと、そのまま卓子《テーブル》の上の大帳簿の上に蝙蝠《こうもり》のように蔽いかぶさってしまった。そして、財界の大恐慌に襲われて、もともとぐらつきかかっていたこの曾田《そうだ》銀行の基礎が危なくなってきたので、その財政整理のために十日ほど前から臨時に雇いこまれたこの老会計士は、こつこつとその数字の世界に没頭し初めたのだった。

里見は、金格子をへだてて曾田銀行と金文字で書かれた入口の扉《ドア》を暫く瞰《にら》んでいたが、ふと眼を

移すと、傍の出納部係の森の姿が見えないのに気付いたらしく、

「森君が未だみえませんねえ。まさか部屋で寝こんでいるんじゃないでしょう」

と、会計士の方を振り向いた。

「えっ！」

と驚いたように伏せた面《おもて》を挙げて、じろじろと舐めるような視線で部屋中を見廻した相手は、

「さあね」

と一つ小首を振ってから、ちらと里見の方を窺った後、また亀のように背中に首を縮こめた。里見は、老人の半白《はんぱく》の頭から眼を外らさなかった。と、卑屈そうにもぞもぞと顔を上げた彼と里見の眼が、がっちりと途中で打ち合った。二人は、お互にその腹の内を覗きこもうとするように、いつまでも縺《もつ》れ合った視線を解きほぐそうとはしなかった。

十時過ぎになって、ぽつぽつ預金を引出しに来る客が、里見の受持ちの窓口に立たずむようになると、肝要な出納係が居なくては動きがつかぬので、彼は初めて周章《あわ》てだした様子だった。

「宗方さん。あなたは昨夜森君と一緒だったんでしょう。それで、今朝姿を見かけなかったんですか」

「へえ」

老人は、きょとんとした顔で応えた。里見は、客にせきたてられて、しどろもどろに言訳をしながら、いらいらした様子で机上のボタンをやけに押した。

「何か御用でございますか」

そう言って後ろの扉から首を突き出したのは、「脂肪の塊」と綽名《あだな》を貰っている雇婆《やといばあ》さんのお牧だった。

「森君が見えんがどうしたんだ」

「あらそでございますか」

そう言い棄てて、バタバタと宿直室の方へかけ出して行った様子だったが、直きに帰って来て、そんなちょっとした運動で、もう苦しそうに、くうくうと太った腹を波打たせて呼吸《いき》づきながら、

「お部屋にも見えませんでございますよ」

と、あきれ顔に訴えた。事件はちょっと面倒になってきた。

「どこへ行きやがったんだろう困ったなあ」

里見は、ガリガリと頭を掻いた。

「昨夜のうちに、いいとこへでも抜け出されたんでないでしょうか」

老婆は呑みこんだような事を言った。

「そんなはずはありませんぜ。昨夜は、十時過ぎまでわしの処で話してから部屋へもどられたんだし、部屋が隣りですから、確かに電気を消してやすむのが分りましたがな」

会計士は、そうなるとやはりじっとしては居られないらしく、のこのこと立上って彼の傍にやって来ながら、打消すように言うのだった。里見は、舌打ちを続けながら、自身で探そうとするのか、二人を残して、ぐんぐん宿直室の方へ曲って行ったのだった。

恐るべき事件が発見されたのはそれから数分後であった。

絵具で染めたように真青な顔色になって、後頭部に一撃を食ったかのようによろめきながら戻って来た里見は、吐き出すように、

「殺されてる。裏の物置の内《なか》だ」

と言ったまま、どたどたと傍の椅子の上にくず折れてしまった。老婆は笛のような音を咽喉《のど》から漏らすと、あたかも自分の身の上に危険が落ちかかってきたように、これも呻くように棒立ちになっている宗方老人の痩せた軀の後ろに寄り添うようにして歯を震わせていた。

二

「宿直室はこちらです」

里見は、眼の鋭い刑事を案内して事務室を出ると、長い廊下に進んで行った。建物は、そこから鍵形に右に折れていた。その曲り角には普通の玄関が小路に面して、私用の人々の出入のためにしつらえてあった。これを堺にして、隣り合った三つの部屋から出来ている平屋建の一棟が、細い廊下で、事務室のある二階建の主屋《おもや》とも言うべき建物につながっているのだった。

「ここです」

最初の部屋の前に立って、彼は後ろの刑事をうながすようにして扉を開けた。刑事は、扉口《とぐち》の上に、黒塗りの札に白く「宿直室」と書かれてあるのをちょっと見上げてから、内に這入った。八畳位しかない粗末な洋式の部屋には、金属製の安寝台《やすベッド》や、足のぐらついた机と椅子が二脚、それでもう八分通り部屋をふさぎながら、埃っぽい床の上に蟠《わだかま》っていた。

「私自身あの男を探しにこの部屋へ這入ったのですがね。——この窓が二寸ばかり上へ上った儘になっているのに気が付いたのです」

彼は、庭に面した押上式の窓を、ぐいと一杯に押し開きながら、いかにもその筋の人らしい俊敏な眼付で仔細に部屋を眺め廻している刑事に示した。

「近頃のような夜寒に、一寸も隙間をこしらえていて気付かぬ訳はありません。それに内側から鍵を下すようになっていますから、誰かが内側から、多分森君でしょうか、何かの目的で自分から窓を開けたのに違いないと思ったのです。それで窓から首を出して何気なく下を見ると、御覧なさい、この足跡が眼についたものです」

刑事は無言で里見の背に重なるようにして覗きこんだ。今朝からの天気で乾いてしまっている故《せい》かよけいにはっきりした靴跡が、あたかも胸毛のように点々と叢生している蘩蔞《はこべ》に点綴《てんてつ》して、どす黒い庭土の上に一列に象嵌されていた。四方を建物で囲まれた、百坪そこそこの、庭というより空地といった方が適《ふさ》わしいこの狭い裏庭の一隅には、独立して建てられた小さな一棟が見えていた。それは、曾田家の先代の時代には住家として造られたものだが、当主がこの建物とは別に立派に新築した邸宅に移り住むようになってからは、専らがらくた道具を放りこんでおく物置になってしまっているのだった。

「調べてみると、足跡は、あの物置まで続いているのです。私は、何もそんな事は予期せずに戸を開けたものですから、昨日まで卓子をへだてて談笑していた友人が、冷たくなっているのを見つけ出した時の驚きったら、まあ察してみても下さい」

里見は、恐ろしそうにもう一度物置の方を眺めるのだった。

「行って見よう」

今度は、刑事が先にひらりと窓から地上に飛下りていた。里見が不器用に漸く窓から這い下りると、じっと地上に眼をつけていた刑事が、俄かに彼の腕をぐいと引きながら、

「あなたは、これに気が付かなかったですか」

と、緊張した声音で囁くように言うのだった。もう一つの別な靴跡が、丁度隣室の窓の下から始まって、直ぐにこちらの窓下からの足跡と僅かの間隔を保って殆んど並行するように同じく物置の方に向って刻みこまれているのだった。

「ああ。ちっとも気が付かなかったですが、それじゃ二組の足跡だったんですね」

里見は、感嘆したように叫んだ。それから二人はまた沈黙を守りながら、二十歩ばかり距《へだ》てた小屋の方に向った。

「宿直室の隣は誰の部屋ですか」

小屋の戸を開く前に、突然刑事が尋ねた。

「隣室には、この一週間ばかり前から、先刻《さっき》お会いになった宗方という老人が寝とまりをしてい

るんです」

小屋の内部の様子は、注意して発見された当時そのままに置かれてあった。片側に山積している古ぼけた道具類の中から引っぱり出したらしい円卓子が一つ、横に転がっている傍に、絹セル地の上衣のみをつけて、メリヤスのズボン下のままという妙ないでたちの被害者がうつ向きの姿勢で長くなっていた。刑事は、綿密に被害者の全身を調べた後で、今度は出来るだけ証拠を蒐集するために小屋中を掘じくるように詮索し始めた。最初に当然眼に触れたものは、倒れた円卓子の傍に、開かれたまま放り出されてある大きな銀行帳簿であった。その他に、厚ぼったい床上の埃を乱して、一本のペンと半ば以上燃え尽きた蠟燭、赤い三本のマッチの軸木、黒い毛糸の手袋が片方、インキ壜（それは遠く部屋の隅に飛んで青黒い液は勢よく壁板と床の上に飛散して殆んど空虚《から》になっていた）それに、まっ黒な朽葉のようにカサカサに燃え尽きて、僅かに一隅に白く残された部分から、帳簿から引破ったものと覚しい一枚の紙片の残骸が、くるくるとちぢかんで埃の上に浮んでいるのが見つかった。

「この様子では、かなり激しい争闘があったらしいですねえ」

先刻から部屋の入口に立って、臆病そうに横たわった体から眼を外らそうと努めていた里見が、苦しい沈黙から逃れるように口を切った。それに答えようとはせずに、刑事は何か新らしい発見をしたらしく、床の上を見つめていたが、つかつかと反対側にある戸に近づいて行って、ぐいと押し開けた。鍵が下りていなかったものとみえて、それは苦もなく開いた。と、地上を眺めた刑事の眼は異様に輝やいて幽かに呻めきさえした。

「何かありましたか」

頓狂な声を立てて部屋を踏み越えて来た里見に、刑事は、にやりと確信ありげな微笑と共に、そこからまた続いている靴跡を指さして見せた。

「一組きりですね。ここからは……」

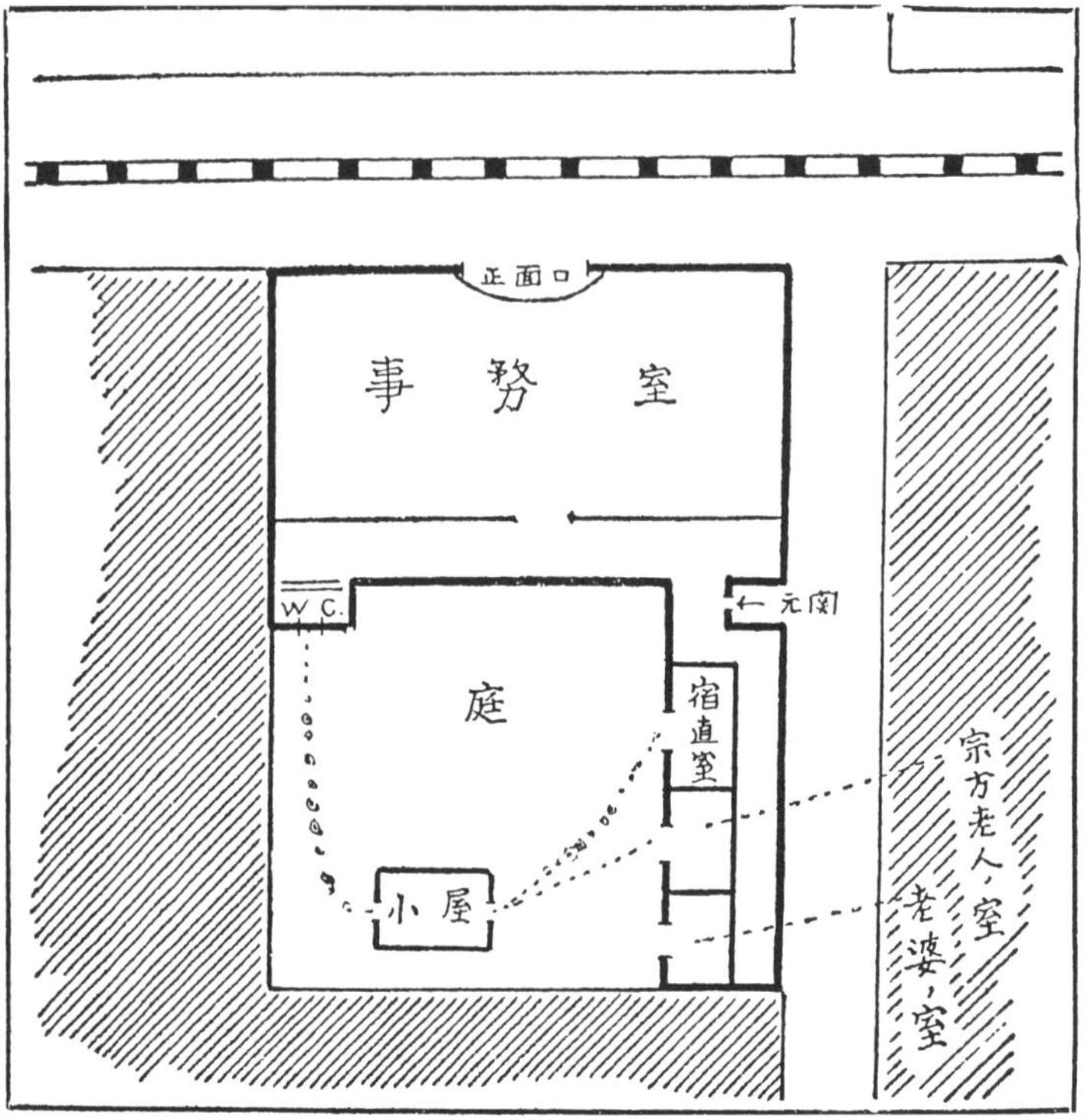

そう言う里見を残して、刑事は、その足跡を辿って行ったが、直ぐに包み切れぬ興奮の色を血色のいい頬に明らかに浮べながらもどってきた。

「あの主屋の左端の出入口まで続いていますよ。——それに、この跡は、宿直室の隣室の窓下から始まっている奴と、そうです、宗方とかいう人の部屋からの足跡とそっくり同一のものです」

「それじゃあ……」

と、何か言いかけた里見を、ぐんぐん引っ張って、刑事は例の出入口まで連れて行くと、そこで終っている足跡を秘密そうに示した。

「ここから内へ這入ったのですね」

里見は、急いで戸を開けて内へ飛びこむと、戸の蔭にかくれるようにして、左の眼だけを覗かせながら何物かを注視し始めた。刑事も、その唐突な動作に引かされたように、自分でも周章てて内に飛びこむと、相手の視線を辿るようにしてみた。丁度宗方老人の部屋の窓硝子に、合羽《かっぱ》のように黄色く干涸《ひか》らびて皺の多い一つの顔が、失心したように密着しているのだった。その爬虫類のように飛び出した眼は、じっと問題の小屋の方に注がれているのだった。二人は、暗黙の合意をうなずき合うようにそっと見交した。

「ここが両便所になっています」

里見は、直ぐに自分の役目を思い出したように、相手に示した。そこは一段と廊下よりも低くしつらえたコンクリートの床になっていた。二段ばかりの踏石を登ると、直ぐに事務室に続く廊下になっていた。刑事は、素早く、コンクリートの上に幽かながら二つ三つ、それに踏石から廊下に向っている幾つかの泥の靴跡らしいものを認めて、その上に暫らくかがみこんでいたが、

「この電気は夜分になればついているのでしょうな」

と、頭上に蜘蛛の巣にまみれている小さな電球を見上げたのだった。里見は、何故に相手がこんな質問を致したのか分らないので、ただうなずいてみせた。刑事は、性急《せっかち》にその電球を外して透してみたが、

「きれちゃいない」

と、呟きながら、摘むようにもとにはめこむと、ぷっぷっと指の埃を吹いた。それから、もう一通り様子は分ったという風に、それから先は一人で仔細に廊下を調べながら、もとの宿直室の前まで戻って来た。すると、丁度そこの廊下に、お牧が、ぼんやり立っていたが、刑事の姿を見ると、唾をのみこみのみこみいかにも重大な秘密を漏らそうとするように近づいてきて、そっと囁いたのだった。

「あのう、旦那様。いらぬ事をお話し申すようでございますがねえ、昨夜、十二時過ぎでございましたろうか、わたくしが便所に立とうと存じましまして、戸を開けて廊下に出ようとします折に、その曲り角に何かゆらゆらした光が動いて参りますので、妙に気味悪くなって、また部屋の中に這

入り、そっと細目に開けた戸の隙から見ていますと、宗方さんが、寝巻のまま片方の手で蠟燭を持ち、片方の手で灯をかばいながら、そろりそろりと歩いてきなさいましてね、自分の部屋の前で、ふっと灯を吹き消すと、そのまま中に這入ってしまわれたのを見つけたのでございますよ。何でもない事なんでございましょうがねえ」

そして、刑事の面上にかなり激しい色が動いたのを認めると、充分満足したように、一番端の自分の部屋、即ち宗方老人の左隣りの部屋にぶくぶくした腹をかくしたのだった。

二

検死の結果、被害者の咽喉部に濃紫色に斑点となって現われている指跡から、激しく緊めつけられた致命的な原因からの他殺という事が判明した。より厳重な探索が繰返された。

証拠品からの綜合的判断の結果は、当然宗方老人の上に疑惑を層一層と積み重ねてゆくのみだった。宿直室の刑事の前に呼び出された時の老人の恐怖に乱れた表情、それから例の幾つかの品を鼻面《はなづら》に突きつけられて審問が初められ、理詰めにじわりじわりと窮極の決定に追いつめられ行く自分を意識すると、もう瀕死の病人のように声さえ上ずって、ただ、繰り返し捲き返し、「存じません」の一点張りで、仕舞いには、両手を合せて刑事を拝む始末だった。老婆の証言から昨夜蠟燭を点けて外出しなかったかという問いに対しては、

「いかにも昨夜遅く便所に立ちましたが、停電とみえてあかりがみんな消えてまっ暗だったので蠟燭をともしていって参っただけの事でござります」

と、答えた。が、他の有力な証拠、殊にあの毛糸の黒手袋の対をなす片方が老人の部屋の卓子の上から見出された事、続いて、玄関の下駄箱の中から、疑問の靴跡にぴったり一致する老人の古風

な靴が一足、しかもま新らしい泥にまみれたままで探し出された事に対しては、何等言い解くものを持たぬ老人は、例に由って「存じませぬ」と、かたくなに否定するのみであったが、全身的に犯行を否定しながらも、自分でさえその否定が信じこめぬような様子が、もの慣れたその道の刑事には、明らかに読みとる事が出来るのだった。

「寒がりの私は、いつも手袋に襟巻をしたままで伏せるのでござりますが、どうして片方だけがそんな恐ろしい場所で見つけ出されましたのでしょうかのう。靴の方は一向に存じませぬ。外出する時にだけ穿きますので、銀行の中では、このスリッパでいるのでござります。それに昨夜は朝から一度も外に参った覚えがございませんのに、とんでもない」

そう言いながら、ふと何かに思い当ったらしく一段と蒼白になりながら、バイオリンの勘所のように静脈のとび上った例の掻き痕のある両手で自分の頭をしっかりと挟みこんで、子供のように夢中に頭を左右に振りながら、「そんなはずはござりません。毛頭ござりません」

と、叫ぶのだった。その手の甲の赤い痕は、刑事に、ある争闘の一場面を想像させるに役立つばかりだった。そして一人の警官に附き添われたまま、ひとまず自分の部屋に引とる事を許された老人が、神経中枢を侵された動物のように、うつらうつらと踏みこたえの無い足取りで部屋を出て行った様子は老人であるだけにひどくみじめに見られたのだった。

次に型の如く、里見が呼びこまれたが、彼は先刻刑事を案内した時から少しずつこの事件に素人らしい興味を燃やし始めているらしく、這入ってくると直ぐ、

「で、大体の見当でもおつきになりましたか」

と、元気よく声をかけた。

「何か非常に確信でもありそうな調子だね」

刑事は、半ばたしなめるように、半ば揶揄するように厳めしい顔を多少和らげて迎えた。里見は、眼の前の卓子の上に並べられた品々の中の、特にその大帳簿にじっと眼をつけながら、

「ちょっと調べさせてもらってもよござんすか。実は、もしお聞きになったら素人の思い過ぎだと頭からけなされてしまいそうな意見ですが、先ほどから私の頭の中で一つの推理がまとまりかかっているのですが、ただ一つ、原因といったようなものがどうしても思い当らないので、いやそれも想像では見当がついている訳ですが、どうもしっかり摑めないと、その出発点がぐらついているとにもならぬ訳ですからね」

「それだよ。僕も行き詰っている点は」

刑事も、ちょっと乗気になって膝をすすめた。里見は、帳簿の頁《ページ》を次々と順序よく丹念にめくって行ったが、そのうちにある一枚をめくると、突然、

「ここですよ、ここですよ」

と、指の背で、青と赤の縦横に引かれた線の中にびっしりと蜘蛛の子のように数字が詰まっている一頁を叩きながら、その上白の頁数を打ちこんである部分を示した。

「ほうれ。五十三頁から五十六頁に飛んでいるでしょう。五十四頁と五十五頁が、即ち一枚分が無くなっているのです。破り取ったあとが残っていないのは、ここの一綴りの反対側にある半分、つまり都合四頁分だけを綺麗にむしり取ってしまったからでしょう。……ええと、待って下さい、そらこの二百三頁と二百四頁がありません、確かです。当人はこれで結構分らないつもりでやった事でしょうが……愚かしい事ですよ。でもこんなへまは初心な犯罪者にはよく見かける事です。私自身でもこれに似た事をやらぬとどうして断言出来ましょう。断っておきますが、この帳簿のつけこみは、私と森君とでやっていたのですが、この五十四頁と五頁は森君がつけたものです。反対側の半分の二頁は、そのうちの一頁がやはり森君、他の一頁は、偶然でしょうが私のつけた部分です」

「それで結論はどうなんだね」

里見は、暫く自分の話し出そうとする筋道をまとめようとするように考えこんでいたが、やがて、話を進めるに従って手真似さえ交える熱心さでその驚嘆すべき推理を語り始めたのだった。

四

「まず犯行のあった時刻は、誰でも容易《たやす》く想像出来る通り、昨夜の十二時前後でしょう。昨夜は十時頃まで雨が降り続けていました。そしてあの足跡の模様では、降り止んでから一時間、遅くも二時間とはたたぬうちに印されたものです。

で、この帳簿が何故あの現場にあったか、しかもそのうちの一枚が破られたばかりでなく御丁寧にも焼棄られていたかという事です。親友に対して、次の想像は私自身にも余り心苦しいもので、その上言わば死屍に鞭打つような仕儀になって非礼極まる話でしょうが、森君は、私より前に入った関係上、出納係という信用された役目についていたのですが、従って金庫の鍵なども自由になる所から、ふと、恐ろしい誘惑に身をゆだねるようになったのではないでしょうか。そして当然現わるべき穴を弥縫《びほう》するために、帳簿面を誤魔化していた。この仮定から出発すれば、事件は明らかになってゆくのです。

所が、御承知の通り、突然のこの財界の恐慌に巻添えを食って、この銀行も整理の必要に迫られてきた訳で、そのためにあの宗方老人が熟練した会計士である所から臨時に雇いこまれてその任にあたっていたのです。帳簿は、次々に厳重に験《しら》べ上げられてゆきました。この帳簿は、待って下さい。ええ、大正十四年の下半期分のものです、……から、丁度この次に老人の手に廻わされる事になっていたのですよ。森君の狼狽は想像出来ます。勿論、彼は他に幾つかの手段をめぐらせた事でしょうが、名案などはそう手っとり早く浮ぶものじゃありませんからねえ。日は迫る、不安は加速度的に募る。とうとう我慢が出来なくなって、そっと、昨夜、自分の宿直にあたったのを幸に、（私達は交代に宿直する事になっていました）この帳簿を事務室から持ち出しました。何のために？　勿論うまく数字を書き改めるためにです。自分の部屋、この宿直室で仕事をやろうとしましたが、直ぐ隣室には、言わば自分の最も苦手の敵、宗方老人がいるのです。所で、彼は、最も安全に人眼から逃れた場所を求めました。あの離れ小屋です。そっと窓を開けて出かけて行った訳です。卓子を引き出し、蠟燭を点けて、さて細工にかかりました。それがうまく行かなかった事が分ります。彼は、一時逃れ位にはなるだろうと考えたのでしょうか、その証拠の一頁を引きちぎり、未だ不安だと見えて焼き棄てたものです」

「明察だね。実は、あれから被害者のポケットを探してみたら、こんなものが見つかったのさ。インキ消しだよ。君の説明を裏書するようなものだな」

「そうですか」

里見の面には、自分の自信を深むる色が、華やかな紅色のほめきとなってのぼった。

「続けましょう。丁度、彼が小屋の中で秘密な所業に耽っている折でした。宗方老人は、眼を覚ましました。そして何かのはずみに窓外を伺ったのでしょうが、人気ない小屋の窓にちらめく不思議な灯を見つけました。それは誰の好奇心をも誘うに違いありません。老人は、同じく自分の部屋の窓から抜け出して、その原因を確かめるために小屋に行ったのです。私はその現状を見ている訳ではありませんから、くわしい描写は出来ませんが……ははは。でも、発見者と、見つけられた者との間に、激しい争闘が起った事は想像されます。最初に襲いかかったのは被害者の方には違いありません。露見を恐れて殆んど無意識にかかって行った事でしょうが、結果は、反対でした。老人は、自分の五本の指が、冷たくなった相手の咽喉に食いこんでいるのを見つけ出しました。驚愕の余り、理性などを失ってしまった加害者は、そのまま小屋を飛び出して、もとの窓に戻る事なんか忘れてしまい、最も近いあの便所の傍の裏の出入口から、自分の部屋に逃げ戻って来たのですよ。これが私の大よその推理です。――もっとこまごました所を突っこんで行けば、被害者が、何故あんな妙な姿でいたか。それは、シャツとズボン下きりで寝ていた彼が、起き上ったが、そんな場合わざわざ服をきちんとつけるなんて事は誰しもしませんからね、寒さしのぎに上衣だけに手を通したのだと思います。それに、その黒手袋の片方は、宗方老人のものです。老人は、いつもそれをはめたまま寝るのですから、小屋へ覗きに行った折も、うっかりはめていたのでしょう。争いの最中に落した。考えられぬ事ではありませんよ」

「じゃ、動機は偶然だというのだね。ふうん。（と、刑事は鼻を蠢めかしながら）僕は、もっと判然たる動機があっての事だろうと考えたのだ。いいかね。被害者と加害者がぐるになっていたのじゃないかとね。例えば、こういう事も考えられる。被害者が、この宗方という老人に、自分の秘密をぶちまけてしまって、その上である買収策を講じた。つまりもっと帳簿面を誤魔化して、それを二人で山別《やまわ》けにして互に口を拭っていようとね。で、二人で小屋に出かけて行って計画を進めているうちに、何《いず》れ分け前か何かからだろうが、意見の衝突が在って、結果あの犯行になった。どうかね。それに、君は加害者が非常にとりのぼせて逃げだしたように言うが、僕は、かなり冷静に振舞ったものと思う、と言うのは、先刻君に案内してもらった折、あすこのコンクリートの上に、足跡に交って蠟燭の点々たる滴りを見つけたからだ。誰か便所に立ったが、電気が消えているので蠟燭を点じて来たのだと思ったのだ。もしか電球が切れているからではないかと調べてみた訳なんだ。そして、宗方老人を調べた時の言葉では、僕の察した通り、蠟燭を点じて便所に来たのは自分だと承認していたが、どうもあやしい。あるいは、あの太った老婆に見つけらるる事を素早くも予測して、犯行後、直接に自分の窓から這い上る等というぶまを避けてわざと便所の出入口に廻り、そこで、蠟燭を点じたのを捧げて、いかにも便所に立った帰りだと見せかけながら自分の部屋に戻ってきたのじゃあるまいかな」

「そういう事も考えられないじゃありませんね。しかし、そうだとすると、何故別々に窓からなぞ出かけてゆく必要があったでしょう」

そう言いながら、里見は、相手の推理のどこかにのっぴきならぬ欠陥を見つけ出して、多少傷つけられたような自分の説を救おうとするように、じっと眼を状せて考に沈みこんだ。二人の間に醸し出された沈黙は、やがて扉を遠慮勝ちにノックする音に破られた。

「誰かね。まあ這入り給え」

刑事は、頭もめぐらさずに言った。

「失礼させて戴きます」

低い声でおだやかに小腰をかがめながら、型の古い服の肩をすぼめて一人のかなりの年配の男が這入って来た。

「あ、君か」

見知り越しとみえて、刑事は軽くうなずいた。

「私のような頭に黴の生えた男が出しゃばる幕じゃないでしょうが、その頼まれましたのでな。さっき宗方さんから電話で、何か大変な事がこちらに持ち上ったそうで……そうです。宗方さんは、私の古馴染の一人でしてな。小学校時代からの知己ですわい」

そう言訳するように言いながら、彼は、椅子が塞がっているので、傍の寝台のへりに浅く腰をかけ、両手の指を組合せて膝の上にかしこまって置いた。

「一通りお話し願えませんでしょうかな」

彼は、刑事の方に、年に似合わしからぬ童顔に微笑を浮べながら慇懃に言うのだった。肝要な箇所にくると一々深くうなずきながら、事件の概略並びに里見などの意見を刑事の話すままに聞いていたこの柔和な老人は、やがて立上って、

「それじゃ、私自身に一つ調べさせて戴きましょうか……この衰えた眼《まなこ》ででも何か皆さんの見残しを見つけないとも限りませぬからなあ」

そう言って、老人は、心もとない恰好で窓から外に下りようとしたが、地上まではかなり高かったので、一気に飛び下りる事が出来なくて、とうとう刑事の手を借りねばならなかった。その、鈍

い、間の抜けてみえる動作の一つ一つを眺めている里見の眼には、軽い侮りさえ浮んだ。

「ありゃ、青砥甚之助《あおとじんのすけ》といって、もとは鳴した男だったんだよ。年を取ってから退隠したかたちだったが、僕なんか時々子供扱いを受けたもんだ。口惜しいが腕がものを言うから敵わん」

刑事が、里見にそんな事を言っていると、窓べりから、ひょっこり当人の顔が覗いて、

「君、何か棒っ切れのようなものがあったら三本ばかり、それに細紐か綱を借して戴きたいものですがなあ」

と、手を伸した。刑事が、あり合せの椅子の足の折れたのか何かに、馬鹿に太い綱を添えて差出すと、それを受取って何かもぞもぞといじくっていたが、やがて三本の棒をH形に組み合せて、無恰好に綱でゆわえ上げた。それを持ちながら老人は、地上にかがみこんでしきりに例の靴跡を験べながら小屋の方へと進んで行った。——小屋から出て行く姿が窺えた。一たん例の便所の出入口から内に消えたが、今度は、事務室の方で、彼の軽い咳の音が暫らく聞えていた、と、また便所の出入口から現われて小屋に消えた。

青砥老人が、ズボンのポケットから風呂敷のように大きなハンカチを出して額に滲んだ汗を拭き拭き、二人のいる室《へや》に戻って来たのは、それから約三十分の後であった。

五

青砥老人は、どこで拾ってきたか一つのボタンを骨ばった指の間にまさぐりながら、一語々々《ひとことひとこと》を嚙んで吐くようにゆっくりと語るのだった。

「非常に非常識な事を申すようですがな、あの小屋へ歩いて行ったのは、二人の人間ではありませぬぞ」

「えっ！」

椅子の二人は、等しく身を強ばらせるようにしてこの意外な説明者を見た。

「そうですよ。死者が歩るくという事は奇蹟でもない限り起り得ぬ事でしょうが……」

「と言うと？」

「と、申しまするのは、被害者は、あの小屋に運ばれまする前に既に冷たくなっていたのだという事です」

「じゃ、この靴跡は、どうしたというものです。これは、宗方老人と森君の靴跡じゃないとでもおっしゃるんですか」

「いやいや。靴跡は確かに二人のものには相違ありませぬがな……」

「じゃ、加害者は、四本の足を持った男だという事になりますな、青砥さん」

「左様」

「おかしいですな。四本の足を持った男が被害者を運んであの小屋まで行ったと……」

「左様々々」

老人は、がっくりがっくりと深くうなずきながら、あの特徴のある柔らかい微笑さえ浮べて二人を等分に見守った。その時、一匹の猫が、音もなく開かれた窓から飛びこんで来て、のそのそと部屋を横切ってゆくのだった。

「御覧なさい。あれです。一人の人間が四本の足を持って歩るく事が出来ましょうがな」

と、老人は、低い笑声さえ立ててその四足獣を指さすのだった。

「お分りかな。それでと、私は、被害者の上衣のボタンが一ついかにも無理に引ちぎられたような跡を残して無くなっているのに気が付きましたのじゃ。あなたが現場から集められた証拠品の中にそれがない。で、私自身もあの小屋を蚤取り眼《まなこ》で探し廻りましたがございませんのですわい。それでこの帳簿を引出した所でもと思いまして、事務室の方に行ってまあ一探しやりました。所で、こいつがひょっこり見つかりましたのじゃ」

そう言いながら、掌の深い皺の間に埋れている例のボタンを二人に示しながら、

「それと、も一つ被害者の事務用の机の上に、ぽちぽちと蠟燭の滴がたれてるのを見かけましたのじゃ。争いが、あの事務室であったのらしい事は、このボタンで判明しますが、蠟燭の方はどうじゃとなります。――所で、あなたの推理が、（と、老人は、ちらと里見を見た。その眼差しが意外に鋭い閃きを含んでいたので、里見はぎくりとした様子だった）この場合非常な便宜になりますのじゃ。被害者が、細い灯の下で帳簿をいたずらしていた所へ、加害者が、どうかして這入ってきた。掴み合いがあった。恐ろしい結果になった。それからが四本足のくだりになりますのじゃ。犯人は、頗る犯罪的教養？　がある男ならば絶対に指紋様《よう》のものを残さない事や、または次の恐ろしい事実の想像から明らかになりますわい。まず、倒れた男の靴を自分で穿き、それは玄関の下駄箱の宗方さんの靴と一緒にあったものでしょうがな、それから両手にその宗方さんの靴を穿き、被害者の死体を背にして、勿論わざと一つの合理的な犯罪経路を残すために、突作《とっさ》に事実の反面を利用する事を思い付いて帳簿、インキ、ペンなども共々に携えて、いったん宿直室に忍び入り、二人の眼覚め易い老人の眠りも驚かさなかったほどに細心の注意を以てその窓から抜け出しましたのじゃ。雨あがりの庭土と靴跡とを聯想して利用するあたり、超人的なえらさがございますのう。窓下に下りると、身を伸ばして手にした靴跡をその持主の部屋の窓下近くに印し、さて、さぞ苦心した事でしょうがな。確かに一つの見物でしたろうよ。四つん這いになった彼は、うまく少し離して二組の足跡を刻む事が出来た訳ですよ。小屋で、死体にその靴を穿かせ、他の諸道具立てよろしくあって、今度は手の靴を改めて足に穿いて、堂々とあの便所の出入口から玄関へ、そこにあの男の靴を置き去りにしてさよならをきめこんだものらしいですよ」

「じゃ、加害者は宗方という老人じゃないとでも……」

と、刑事は、朧げながらある事実に逢着出来たような面持で叫んだ。

「左様々々、あんな老ぼれに、（と、旧友を好意的に軽くけなしつけて、ちょっと悪童のように首をすくめて見せながら）どうして血気盛りな相手の咽喉を征《せ》めつけるなんて事が出来ますかい。これだけでもいい証拠というものですわい。それに、あなたは、便所からあの男の部屋にまで続いている蠟燭の滴の事でちょっとは疑いを残していられる様子じゃが、私の調べでは、あれは和蠟の涙じゃ。事務室の奴と小屋の奴は同じい洋蠟の涙でしたよ。あの男の言葉がいつわりかどうか、あとで、停電の事実を会社に電話ででも尋ねれば簡単になりますよ」

刑事は、今更ながら畏敬の眼で、仰ぐように老人を見た。そして、次の言葉を充分の期待を以て口にする事が出来た。

「で、犯人の見こみはついたのですか」

「勿論、この私の推理に間違いのない限りはです。犯人は外部から忍びこんだ者ですよ。それで、このやり口からみて、こんなにも内部の案内を審《つまび》らかにしている男はさて誰でしょうかな」

里見は、憑かれたもののように、紅皿のように真赤に血走った眼で、青砥老人を見つめていた。思いなしか、それまで柔和な色を湛えていた老人の半白の眉間には、いつの間にか冒し難い峻厳なものが光芒《ほむら》のように輝やいて見えるのだった。

「聞けば、焼棄られた四頁分の紙面は、その一面があなたの受持ちだったそうな。所で、不正のかくされてあったはずの頁は、どの頁だったのでしょうな。三つの場合が想像されます事じゃ。三面にあったか、残りの一面にあったか、あるいは両方の受持ちに共々に秘んでいたか（両方の何れにもなかったかも知れないが、これはこうした事情の下には考えられませぬ事じゃ）総ての事は知る人ぞ知るという事にもなります」

「手袋は、どうしたもんでしょうな」

突然、刑事が口をいれた。

「あの男は、いつもはめて寝ていると言いましたじゃ。どんなに指の利く玄人《くろうと》だっても、まさかにはめているやつをはぎとる訳にはゆくまいて。で、ぬいだのは今朝起きてからでしょう。最初に被害者を見つけに立った男が、もう一つ疑いを増させるために、行きがけにあの男の部屋から持って行って現場に放りこんで来たという考えは無理でしょうかな」

二人は、別々の心で、この明察に打たれたように全く黙りこんでしまった。

「言うのを忘れましたがな、私は、先刻あの速製の平行定木《じょうぎ》で、宗方さんのらしい足跡を調べてみましたのじゃ。手で歩るくんですからな、まるで滅茶苦茶じゃ。どんなよいよいの老人でもあれよりは上手に歩るきましょうわい。ははは。それでないにしたとて、別の口から出て行った方の同一の足跡とは、歩き方が雲泥の相違じゃ。何ぼ私でも、六本の足を持った男は想像が出来ませんからなあ」

それから、青砥老人は、ふと思いついたように、妙に笑いを噛み殺しながら言うのだった。

「そうそう、先刻あなたがあの男を審《しら》べた折りに、あの男の素振りが煮切らぬのにお気付きになったでしょうがな。これには私だけの知っている秘密があるのです。あの男は、私と一緒に中学の寄宿舎に同室していた時分、時々夜中に寝ぼけては飛んでもない事をやってのけたものですよ。つまり軽い夢遊病者ですな。その後癒った様子でしたが、昨夜のからくりがあまり自分の犯行らしく暗合しているので、自分でも、もしかすると例の病で……と気を働らかせ過ぎたものらしいのですわい。臆病者が……ははは」

それから、多少皮肉にさえ響く冷やかな声音に返って、微動だにせずに椅子に釘付けられたようになっている里見に言った。

「この大胆さ。この綿密さには、私も少なからず迷わされましたわい。だがな、所詮、つくりものは毀れ易いものですじゃ。あなたは、その大胆さから、謂わば私の推理の半分以上を助けて下された訳じゃ。あなたのような方の口から語られたればこそ、厭でもこれを信ぜねばならぬという事になりますのじゃ。まあ、それであの可哀相な友人の心配に費す時間が、それだけ短かくされたというものですわい。――昨夜、あなたが、その言葉通り、十時過から十二時過までの間に、果して在宿だったかどうか、一つ後でゆっくり調べてもらう事に致しましょうからのう」

それが合図ででもあったかのように、里見は、釣糸を断たれた人形のように、がっくりと椅子から辷り落ちた。

六

里見の自白は、殆んど、青砥老人の推理（その半ば以上は老人の言う通り、里見自身の「予期せる告白」によって助けられたものであるが）と同じものであった。

ただ一つ違っている事は、被害者たる森が、全然潔白だったという事である。（もっとも頁面の符合を漠然とながら突っこんでいった老人の眼は、やはり鋭いものだったと言わねばならぬ）

里見こそ、宗方老人の眼に帳簿上の不信の行為を発見せらるる事を恐れた当人であった。彼は、うまくその証拠を掩滅《えんめつ》しようとして、その日の退け時に、人知れず玄関近くの窓の掛金を外しておいて帰宅した。――夜になってからうまく事務室に忍びこんで、蠟燭の灯の下で悪計を進めにかかった。その折、便所にでも立ったのであろう森が、多分扉の下から漏れる火影に気付いて事務室に這入ってきたらしい。（と、里見自身は告白したが）忠告か。罵倒か。里見は、相手に一言も発せられぬうちに飛びかかっていた。ちぎれたボタンからも察せらるる通り、灯の倒れ消えたまっ暗なうちで瞬時ではあったが、沈黙の激しい抵抗があった。勿論殺害の意志はなかった。（と、これも彼の告白である）が、終ってしまった行為はもう取りかえしがつかなかった。混乱した頭を纏めながら、突作に、全く驚嘆に価する計画に思い及んだのは、彼自身にさえ不思議な冷静さだった。指紋に対する用意周到さは一枚のハンカチを手先にかぶせる事に由って容易に成しとげられたのだった。

彼の下宿の部屋に行って、その本箱一杯にぎっしりと充《つ》まった探偵小説や犯罪記録の夥しい蒐集を見た者には、彼のこの素晴らしい悪魔的な頭脳の働きに合点がいった事であろう。

めくらめあき

一

天明二年、師走中旬。

「おふく。いまけえったよ」

笛の音もたてず、建てつけの悪い戸をこじ開けて、主人が這入《はい》ってきた。亥四つ半にも近かろう。

「今夜は、わりに早かったねえ」

と、迎えた女房が、

「おや、お前さん、杖はどうなさった」

「貸してきたよ」

と、あきれ顔の女房に、見えぬ白眼をぎろぎろと向けて、猿市は、平気なものだった。

「按摩に杖は命だが、どうでも貸さねばならぬ羽目になったのさ。――うん、一本つけてくれ。師走によると滅法さぶいや。さかな？　いいよ、夕飯に出たはしたがあったな。そりゃそうと、おふく、あすの朝とっつけに狸穴《まみあな》土手に騒ぎがあろうぜ、間違えのねえ所、黒装束が二人がほどぶった斬られてるから」

夜が明けると、猿市の言葉そっくりだった。それが一どきに近隣のうわさにのぼって、盲目にどうして分ったことかと不審がつのり、町内の吟味所に呼び出された。

二

わたくしが、お呼出しの猿市、近頃源兵衛さんの裏だなに按摩渡世をいたしております。とくに御存じよりの……へえ、どうして知ったかと御不審は御もっともで。くわしく話せや事が分明いたします。何、もう、極くらちもないことでござりまして……。

昨夜、きまりの通り、五ツから稼ぎに出かけまして、御町内を一めぐり、出はずれて御得意の多い袋小路から、ずっと幡馬様の御邸について参りますと、左様、かんで四ツと四ツ半の合頃と覚えますが、間違えはねえかとお尋ねで……そりゃ、こちらの得手で足の覚えででも確かでござります。あすこは、長たらしくなまこ塗喰の塀がだらだら下りに続いておりますねえ。おまけに、幽霊ごのみの竹籔が、頭の上からおっかぶさるようにぬいとはびこっていて。どうして分るかって？　これでも生れつきの不具じゃござりませぬ。十二の時分までは日の目が拝めました。我鬼大将でよく遊び歩りいたおかげで、界隈の地理は、はしからきりまで空んじております。

昼でさえそれです。人通りの無い、それこそ鼻をつままれても分らねえような闇だそうで、もっともわたくしには、闇だろうが、くらくらする日盛りだろうが、まあ不自由は同じ訳でござりますがね。闇の香いというものは、いいものでございますよ。分りませぬって、やれやれ、そりゃ夜商売の者でのうては、ちと……。

あすこまでかかって参りますと、間の悪りいもので、出かけしなにゆるいゆるいと気になっていた足駄の鼻緒が、とうとうぷつりと奉公しあげてしまいました。かかあが気がまわらねえからでござります。不自由な亭主を持ったからには、もちっと……や、愚痴で恐れいります。いけねえと思いましたが、用心者の心懸けには、ふところに緒縄を用意しておりましたので、直ぐさま塀に食っついてかがみながら、もぞもぞと、たてにかかりました。へえ、堀にぺたりとよって、御通行の邪魔というより、こないだの晩のように、ひょっくりと黒牛の冷たい鼻面にあたって胆をつぶしでもしたら……などと存じましたのでな。――と、誰やらがやって参りました。すたすたと二人連れで。裸足か、いや、草鞋でしたな、音からゆくと。そこが、目あきの悲しさには、とと御めん下さりませ、暗がりに小さくなっているわたくしに気付かなかったものとみえます。

「もうくる刻限だぜ」

と、一人が申しました。

「ばけ土手で一つ食らわすか」と、相手が答えました。

「菱に桔梗が目印だあ。七郎左め、年貢のおさめ時かな」

「へん、老ぼれに慈悲は無用だあ。仕事あ仕事さ。……山分けだぜ。ぶるっ！　さぶい」

そんなことをぼやきながら、ちわんと鼻水をすすりあげて、その儘行ってしまいました。

七郎左？　聞き流しに過せぬ言葉でござりました。日頃御贔屓に願っている山下町の森村七郎左衛門様、へえ、旗本直参の……あの方の御紋所は、確か、菱に桔梗と聞き及んでおりました。こいつが、ぴんと胸にきたものでござります。もう一つ、鼻めが逃しておきませぬ、ちんと沈んだ冷たい夜気の中に、ぷんと火縄の焦げる臭が、いやというほどはっきりと残っておりました。いけねえ！　突作にわたくしは、一つの騒動を描いておりました。

よくあるやつで、武士道の意気地とか、恋の何とか申すのでござりましょう。（もっとも、当の森村様はもう五十路も大分すすんでの事故、まさか惚れた脹《は》れたじゃござりますまいが）八兵衛くどきに申しますれば、よろよろと、ほろ酔い機嫌の千鳥足、鞍馬天狗に扇の鼓、一節高く一節低く、来かかる闇の大土手伝い、下げた提灯ぶらぶらと、菱に桔梗が目あてにて、わき手にあたりどんと一撃《ひとうち》……という寸法になるのではないか。きやつ奴等のなまり等から案ずると、どうでもおさぶらいとは受けとりかねる、遊人風にぞんざいな調子でござりました。山分け、というたからにゃ、誰ぞに多少握らされて頼まれたのではござりますまいか。場所は、ばけ土手と申しました。これはちと生噛りのいなせな連中の申すことで、つき合いのあるわたくしには、狸穴土手だなと、直ぐに合点が参りました。左様で、あの籔つづきの、道を外れた大溝に添った高土手でござりますな。

こいつは、少々わたくしの思い過ぎかな、一人ぎめの空騒ぎになりはすまいかなどと、一時は自分を笑うてはみましたが、まてまて用心に後悔なしとやらだし、まぐれ当りってやつもあるものだと思いかえして、やっとすげあがった足駄をつっかけました。が、さてどうして森村様まで御注進申してよいのやら、はたと当惑してしまいました。血のめぐりの悪りい男で、猿市め、塀によった儘暫らく首を投げた体で居りましたわい。お邸は、よっく存じておりますが、めくらの辿り足では急いでも知れたもの、それにどこで行き違いにならぬものとも限りませぬ。また、一つには、お邸からお出かけの所を覗おうとしているのやら、どこぞからかのお戻りを待ち伏そうというのやらはっきり致しませぬ。――が、まんざら阿呆でないお蔭にゃ、やがて膝をぽんと打ちましたな。なまじ下手に動こうより、ここにじっとすくんで居て、通りがかりになるのをお呼びとめ申すが上分別と。で、こりゃてっきりお帰りを嗅ぎつけやがったとかりにきめて、狸穴土手を過ぎてお邸へは、幸か不幸か、この道一筋ほかにはねえ訳だ、もしお邸からお出かけを覗ったとすりゃ、どれだけ急いでもどうでわたくしの力には及ばぬことだと諦めもつきますことで……。あたるかそるか、百に五十だけは、こっちに歩があるんだと臍《ほぞ》を固めました。

　わたくしに提灯の紋所が分ったかと、御冗談でしょう。代りに耳と鼻が一倍働きます。じりじりしながらその儘に暫らく待ちました。人を待つ身は永いもので……と、誰かが向うからやって参ります、一人で。（森村様は、律気な方で、あの年でも、しょっちゅう仲間なしで往来なされてでござりました）年寄りに付きもののりょうまちで、こう寒さに向うときまって足腰が釣るとの事で、度々呼び出しを戴いておりましたから、歩るきぶりにどこか不自由とみえて癖がござりました。歩るき振りに癖はどなたにもござりまするが、わけてもはっきりとけじめだっておりますので、わたくし共にゃ、聞き分けは朝飯前の仕事でござります。

　前にかかった、と、「森村の旦那様」と、ついと道中《みちなか》にはだかりました。案の定、覗いは確かなもので、「誰じゃ、ふん、猿市か」とありました。わたくしは、まあ、人の疝気を頭痛に病むような猿市めの苦労性を笑うて下さりませといった訳で、一部始終を手短かに申しあげました。

「よくした。覚えがあるわ」と、旦那様は申されました。

相手は、言葉つきから、腕に覚えのありそうもない素町人、ま、それ故、卑怯な飛道具という段どりになったのでもござりましょう、それに、森村様は、年こそ召されてござりまするが、一刀流には名うての腕利き、面と向うたら赤子を撚るよりたわいの無い事でござりましょうが、何せ、不意にぶっぱなされてはちと心もとないことだと思いました。

こりゃ、猿市めの一生の智慧でござりましたが、わたくしの杖を旦那様にお貸し申しました。相手も、闇で提灯が目あてでござります。で、わたくしの共の杖は、探り見当をつけるために滅法長く造らせてござりますのが、時にとっての幸。その杖のはじに提灯をくくしつけて、伸ばせるだけ先に突き出して行く。どん！　とくる。火が消える。が、身には怪我はないと。それからは、軍談にありまする通り、死んだと見せて倒れた儘、敵の寄るを待つとか何とか、色々とおさぶらいの心得があることでござりましょうが、そうなったら、もうどう外れても森村様の腕がものを言います。

「名案じゃ、暫らく借りるぞ、後でとどけさせようから」

そう断って、偉いもので、心息常にたがわず、ええ、歩るきっぷりで、僅の心の乱れは覿面《てきめん》に分ります、が、とっととお出かけになりました。わたくしはどうやら杖なしで、うちまで辿り着きましたが、生来の口軽、黙ってて居れば難はないものを、女房にちらと漏らしたのがお騒がせのもとになりまして恐れいります。

ありようはざっとこんな次第で、二人が黒装束だとどうして見透したかと、こいつばかりや自分でも確かとは申されませなんだが、物言いが、何かこう口ごもる風に、手拭でも一重へだてて響くような案配に聞えましたので、さては、目ばかりみせた、ぬばたまの烏装束と見当をつけましたので。安くふんで頰かぶり位と言わなんだ所がさすがだと、なに？　へへへ、やあたりました。そいつも軍談からの耳学問で。――何の遺恨からだったとかおっしゃるので、人事でござりますからなあ、今申した通り。何れ森村様から使いのある事でござりましょうし。何ですって、感がよすぎるとおっしゃるので。全くわたくし共は、感で生きているようなものでござりますからなあ。ま、こらで手前味噌をほざかして戴ければ、全くめあきめくらとはよく言ったもので。へへへ、比べると、あたくしなどは、めくらめあきとでも申すのでござりましょうか、へへへへへへ。

海《うな》底《ぞこ》

一

私は、その懸崖《いわ》の鼻に立っていました。佐渡は四十九里、波の上……と村人達の唄うその佐渡ケ島は、八月の快晴な空に、かっきりと浮んでいます。たださえ気短かな日本海は、この月の半過《なかばす》ぎにはもう不機嫌になって、浴客を怯やかし始めるのです。

私は、その崖のへり添いに、毀《こぼ》れた櫛の歯のように不規則に並んでいる、半ば朽ちかけた木柵にすがりながら、出来るだけ身を伸して覗きこんでみました。懸崖の遥かな足元は、ほの暗い淵になっていて、藍瓶のよりも濃い水がとろりと澱んで、耳を澄ますと、波の寄せる度に巌の裂目《さけめ》の空洞に反響して、どぶんどぶんと底気味悪い音を立てています。「自害淵」と、村人は称《よ》んでいるのです。必ず年に二三人の犠牲があるのです。それが、皆最後の場所を求めて、ふらふらとこの寒駅に下りた旅の者ばかりなのです。自殺者の神経には、その死場所というものに対して、一つの類型的好みといったようなものがあるのでしょうか。この選ばれた運命的な懸崖の鼻は、しかし、この附近では最も秀れた景勝の地なのです。

私は、そのまま芝草の密生した斜面《スロープ》に横になって、あたかも白レースで縁取られたような波打ち際に、ごろごろと蠢いている裸体の男女の群、微風にひらひらしている幾軒かの浜茶屋の旗布という、海水浴場にはごくありふれた景色、ずっと右に眼を移して、太い丸太を波間に浮べて、その長い髪と豊かな乳房という生理的外観が無かったならば、危く男と見分のつかぬ海女《あま》達が、海豚《いるか》のように巧みに水を潜っては海草を採っている有様等を、睡たげに眺めていました。

「旦那退屈でがしょう」

漁夫特有の太いだみ声がしたので振り向いてみると、渋紙色をした源吉の顔が、朴訥な微笑を浮べて立っていました。私は、この夏一杯、源吉の二階を借りる事にしたのでした。彼は、私の傍に腰を下ろして、縄のようによれよれになった細帯から鉈豆煙管《なたまめキセル》を摑み出して一服吸いつけました。

「旦那ごらんになりましたかい」

そう言って、顎で自害淵を指してみせました。

「恐《お》っそろしい場所ですぜ」

彼は、突然立ち上ると、何かを漁《あさ》るように芝原の彼方も見廻していましたが、直ぐに出かけて行くと、やがて白っぽい大きな石塊《いしころ》を一つ抱いて、のっそりともどって来ました。

「こっちへお出でなせえ」

彼は、先刻《さっき》まで私が立っていたその鼻さきに案内すると、抱いていた石を、ふいと投げこみました。どぶうんと音がするまでの時間の長さから、私は、予想以上に崖の高さがある事を知ったのです。言わるる儘に、私はまた身を伸して沈んだ石のありかを確めてみました。厚い厚い水の層をへだてて、それは卵ほどに見えているのです。

「随分、水が澄んでるんだね」

私は、源吉を見返りました。と、彼はそれにには応えずに、もっとよく眺めてみろというような合図をするのです。私はもう一度視線をもどしました。――私は、おや！　と思いました。卵ほどに見える石が、生物のように少しずつ位置を変えるのに気がついたからでした。それは非常な距離のために蟹の這う位ののろさに感ぜられるのですが、実際はかなりの速さなのでしょう、徐々として崖の足もとに吸い寄せられて来るに従ってその速さを増して、やがて呑みこまれたように全く見えなくなってしまいました。

どうだという風に私の顔を伺った後で、源吉は、私と同じように寝そべりながら気軽に語り始めました。

二

もう二昔にもなる話ですが、今でも機嫌のいい折には銚子の七八本平げてもけろりとしている源吉は、盃を手にせぬ奴は人間の仲間じゃないというような漁士達の間でも随分と強い方でした。それが、五六月にかけて、鯖と鯛のしんになって、網の破れるような大漁が続くと、浜の堀立小屋に胸毛を露わにした連中の車座に交って、獲れたばかりの鯖の生身を摑み食いにして、連日連夜鯨飲を続けるのでした。悪い癖で飲むと気が荒くなって見定めなしに喧嘩を売るのです。さもない時は、村道の真中に大の字なりに寝そべって高鼾《たかいびき》で夜を明すか、夜半《よなか》過ぎになってから克明に村中の表戸を一軒ずつ下駄でどやしつけて歩いて、何事かと寝呆け眼《まなこ》で飛び出してくるはなから、小便をひっかけて歩くというわる振りなのです。酔いどれて、正体もなく腐った魚のようになっている彼を、横ざまに引っ抱えながら家に運んで行く女房の姿を見うけるのは珍らしい事ではないのです。それほど魂からの酒好きが、ころりと裏をかえしたように止んでしまったのです。それほどこの事件は、彼の心に大きな衝動《ショック》を与えたのでした。

その日の夕方、源吉は、ほろ酔い機嫌で帰ってきました。別にくだも巻かず、ごろりとそこの板の間に横になったのだから、そのままにしておけばよかったのでしょうが、勿論悪気からでなくも、女房のおさくが愚痴交りに意見めいた口を利いたのが始りでした。初めはまたかと馬耳東風だった源吉も、二口三口と応じているうちに、突然、ぐんと痛にきたものです。

平常《へいぜい》から女房などというものは憂さ晴らしの道具位に心得て、惜し気もなく殴りつけるのが仕事だった彼の事です。ガミガミと食いつくようにがなりたてると、よろめいて行きざま、もうバシバシと二つ三つ頬桁が崩れるほど強く平手打ちを加えていました。

「何しやがる」

おさくも負けてはいません。口穢《くちぎたな》く罵りながら肘を振ったのが、偶然彼の鳩尾《みずおち》の辺りを突いたものです。

「うぬ、くたばりぞこない奴《め》が……」

彼は、いきなり傍の囲炉《いろり》にあった鉄の角火箸を取って振り翳しました。

夫の無鉄砲を知っているだけに、おさくは、勢一杯に悲鳴を挙げながら、裏口から飛び出しました。続いて飛び出した彼は、少し眼があがっていたので敷居に爪ずいて親指の生爪をはがしてしまいました。その痛みも怒りをそそり立てるばかりでした。

ただでさえ足先がもぐるので、一足毎に力を殺《そ》がれて歩きにくい砂地を走るのです。

仕舞いには、源吉は、へとへとになって喘ぎながら、もう何のために追いかけているのかも忘れたように、無暗《むやみ》に火箸を振り廻しながら、女房の白い襦袢が薄暗《うすやみ》にほの白く飛んで行くのを目あてに、透し透し走っておりました。

「くそッ」

そこは男と女との足の違いです。それにおさくは丁度身重になって、四月目の体でした。彼女は漸次追いつめられて、その逃路の範囲を狭められてゆくのに気付いたらしいのです。そして最後の活路として残されたのは、恐ろしい路でした。源吉は、そこから女房の足が俄かにのろくなったので、ふと気付いてみると、いつの間にか自害淵の鼻が直ぐさきに見えているのです。彼は、その行きづまりに立ちどまって哀願するように振り向いた彼女の顔を見ました。この時までには彼の憤りはもう治っていたのですが、生酔の冗談じみた強がりから、

「うぬっ！　とらまいたぞ」

と、彼女の白襦袢の端を引っ摑んだものです。おさくは、ぱっと躍り上るなり、彼の手に着物をそっくり残して、つつと懸崖の鼻に進みました。一瞬間、彼の方に世にもうらめしげな眼差しを投げるとみるひまに、ひらりと空間に飛びこみました。それきり、彼女の姿は、暗い平面的な空間か

ら、拭い消したようになくなってしまいました。

源吉は、突作に何か異状な事が起ったぞというぼんやりした自覚を感じました。

「えらいやつだ。よう飛びこみやがった」

涎交りにそう呟いているうちに、彼は、四肢が、ガチガチとひどい音を立てて震えてくるのを感じました。一種の恐迫性な怯えが漸々《だんだん》心に食いこんでくるのを感じ始めました。それが漸次、深い自責に変化してゆくのでした。

「馬鹿な女《あま》だ。とんだ事をやりやがった」

彼は、いつかへたへたとそこの芝草の上に尻を落してしまいました。そのままの姿勢で三十分もじっとしていたでしょうか。またふらふらと立ち上ると、崖の鼻まで行って聞耳を立てました。

「未だ落ちた音がしねえ」

彼は、何かに追い立てられているような気持にそわそわしながらも、当然女房が待っていてくれるような気持になって家にもどるために、真直ぐに芝原を横切って、村の本街道の方に出ました。そこで未だ手にしていた火箸に気がつくと、ぶるっと身震いして穢ないものを棄てるような手付きで道傍の叢の中に投げこみました。

直ぐに村の入口といってもいい所にある、田舎じみた銘酒屋の硝子《ガラス》戸を漏れる灯を見ると、彼は、重くなった心をまぎらすのと、酔の覚めかけた折りに襲ってくる、例の「追っかけ飲み」の欲求にかられて、もうたまらなくなったように、そこの建つけの悪い表戸をガタピシと開いて内に飛びこみました。

「婆さん、お八重さは居るかあ」

彼が、がなり立てるように言うと、奥から細い眼をしょぼしょぼさせながら、一人の老婆が現れました。

「さっき遊びに出て行って居ないわい」

婆さんは、商売柄とはいいえ、いつも迷惑ばかりをかけさせられて、その上時々大事な勘定を踏み倒されたりするので、決していい顔は見せませんでした。お八重というのは、この婆さんの一人娘で、母親に似合わぬ縹緻《きりょう》の上、つい二三年前まで関東の方へ女工に行っていたというので、色白なちょっとした娘なのです。その上身持も余りしっかりしたものではないのが、反《かえ》ってこんな商売にはいい看板にさえなって、村中の若い衆、（漁士達の強壮な肉体と旺盛な欲望は、五十までは妻子のあるなしに拘らず若い衆といってよいのです）の人気を得て、今まで村に二軒ばかりあった酒の小売店は、まるで大打撃を受けたほどでした。源吉のようなのは、まあ酒が七分に色が三分という方なのでしょうが、お八重だけが目的で、今まで盃等は見た事もないような連中までが、この家の薄暗い電灯の下に顔を並べるようにさえなったのです。勿論、彼女が原因の喧嘩沙汰は度々あるのでした。

彼は、へんに大人しくそこで銚子を二本ばかり平らげました。婆さんは、影が薄くなったようにさえ見える彼のその夜の姿を、不思議そうに眺めていました。彼は、お八重とでも下卑た冗談を言い合って、妙に悪寒のようにぞくぞく迫ってくるものを追っ払い、そして今夜に限って水を割ったようにちっともうまくない酒に興を添えようと思ったのでしたが、女の姿が見えないとなると、もうすっかり断念して、ぷいとその店を飛び出してしまいました。それでもほんの生理的にしろ幾分のぼってきた酔にだまされながら、家の方の小路に漂ってゆきました。——すると、向うから誰かがやってくるのを見つけました、彼はその黒い輪廓だけで、見慣れている従弟の松造だと分ったのでした。向うでは、少しよろめきながら彼の近づいて来るのを見つけて、面倒だと思ったらしく、直ぐに路を外して浜の方へ下りて行こうとしました。源吉は、誰でもいいから夢中に話しかける相手を捕えたかったのです。

「おう、松公。俺だあ。今頃どこへ行くのだ」

彼は、大声で叫びながら、彼の後から、その肩にしている大きな網をどんと突きました。

「何するんでえ」

さすがに相手は、ちょっと尖った声と共に、素早くぐるりと彼の方に向き直りました。

「そう怒るな。こんな夜分に出かけてどうだ。そんなに稼いで、またみんなお八重にいれあげようてんだろう、はははははは」

松造は、未だ独身で、そしてお八重を競っている仲間の一人でした。相当話の合う従弟同志とはいえ、松造は、惚れた女の事で何か言われたとなると、腕力の方では決して彼に引けをとる方ではなかったので、負けずに罵りかえすか、あるいは拳位は振ったかも知れません。けれども、相手の酔っているのを知ってるのか、暫く攻撃されるのを避けるように彼の方を向いた儘、後退りに五六歩行ったが、源吉の方で敢えてそれ以上近づこうともしないので、その儘舟の方に黙々と下りて行ってしまいました。彼は、喧嘩の相手としてでもいいから人が欲しかったのです。が結局相手にされないと知ると、もう一度空虚に笑ってみましたが、寂しさが一どきに殺到してくるだけの事でした。それで、まるで翼を折られた鳥のように萎れ果てて家に辿り着いたのでした。

源吉は、そんなに広くもない家の中に独りぼんやり坐っていると、それが非常にだだっ広いもののように感ぜられてくるのでした。居ても居なくても大した関係もない女一匹と思っていたものが、こうなって独りきりでいると、始めて彼女一人の存在が、家中に醸し出される家庭的《ドメスチック》な雰囲気というものに一番大きなかかわりを持っている事が分るのでした。彼は、仕方なく横になりました。そして重っぽい不安に呵《さいな》まれながら、女房のもどって来ないのが、まるで彼女自身の落度からのように思って待ちました。

「おさくの畜生未だけえらねえ」

この言葉が、まるで老婆の念仏のように絶え間なく彼の唇から漏れ初めました。そうして自分の言葉に追いかけられているうちに、漸々酔が覚めてくるに従って、彼は、自分の犯した罪がどれほど大きなものであるかを、はっきりと意識し始めました。

——泳げるのだ。まさか死《しに》はしないだろう。夜半にでもなったら、そっと帰ってきて明朝《あした》は素知らぬ顔で台所で茶碗や庖丁の音をたてているに違いない、と強いて考えようとするのですが、例の場所といい、時といい、彼の不安に味方するものばかりです。それに彼にとっては、可愛い初子を腹にしていたという事が、今は何より大きな苛責《かしゃく》となって襲いかかってきました。あの瞬間、じっと彼の方に向けた不思議に印象的な眼差しが、ともすると眼底《まなぞこ》に映ってくるのでした。

三

いつの間に寝こんだか、自分の呻き声に驚かされて気が付いた時には、もう白々としたひきあけ時で、やや高い波の遠音に交って、嵐に呻《によ》び叫ぶ鷗の切れ切れな声が、屋根を掠めて飛び交うのが聞えていました。彼は他の物音を求めてもっと聞耳を立てましたけれども家の中には、それらしい物音は少しも聞えません。彼は、両手で少し伸びた髪を掻きむしってまた眼を閉じました。

二度目に眼覚めた折には性急な夏の雨はとくにあがって、明るい真昼時になっていました。彼は、ひどく臆病になっているのに気付きました。……そんなに急激に露見する事もあるまい。暫くは何とかうまく言い逃れて、そのうちに最もいい方法を考えなければならないぞ。昨夜の自分達の夫婦喧嘩の顚末に誰も気付いていてくれねばいいが。源吉は、そんな事を、しかもひと事のようにそう真剣にもならず繰りかえしていました。

とうとう午後になりました。そのうちに出漁の合図の大法螺の音が浜中に響き渡りました。彼は激しい労役で心のこだわりを忘れてしまおうと、それをきっかけに家を飛び出しました。網を伏せに出かける舟には、忙《せわ》しそうに仲間が働いていました。彼は、そこで誰彼とちょっとした軽口を利き合っているうちに、いつとはなくかなり呑気な気持にかえってきました。舟の傍ではブロンズの像にも似た海女達の一団が、鵝鳥《がちょう》のように喋りながら網を手繰りこんでいました。彼は、ふと、聞いたのです。

「お八重さは、ゆんべ色男と逃げたてが、泣く若い衆がたんとあろべえ」

彼女等の今日の話題はそれで持ちきっているらしいのです。そこへ、いつも彼と組になる従弟の松造が、のっそりと舟にあがってきました。

「ゆんべはどうだった」

「思わしくなかったで、雨に遭わんうちにけえった」

松造は、ぶっきら棒でした。彼には直ぐにその悒《ふさ》ぎこんでいる原因が分りました。お八重に対する彼の熱心さは狂人《きちがい》じみていただけに、彼女の出奔が彼に与えた打撃は非常に大きなものに違いありません。源吉は、それ以上この話題で彼にからかうのが気の毒になってきました。殊に、彼が傍にそのいやな噂さを耳にしながら勉めて無関心を装おうとしているらしいのを見透した彼は、ここでうっかり同情めいた言葉をかけるのも遠慮しなくてはならないとさえ思いました。

積荷を終った舟は、元気よくえいえい声した逞しい腕にあやつられて、櫓軋《ろきし》りと共に矢のように沖に向って漕ぎ出して行きました。

四

仕事を終った帰途《かえりみち》は、至極呑気なものでした。夕日を受けて大ぶりにゆっくりと櫓を押しながら、追分の一くさりも咽喉《のど》から漏れようというものです。けれども心の奥に、各々大きな蟠《わだかま》りを秘した二人は沈黙を守ったきりでした。かたみ代りに舟をやる事になっていたので、丁度、源吉の方が櫓につかまって、松造の方は、ぼんやりと舷《ふなべり》に寄りかかるようにして胴間《どま》に膝を組んでいました。

沖からの戻り舟は、例の懸崖を目標にして、ぐるりとその鼻をめぐり、反対側にある比較的波の穏かな小さな入江にはいってくる事になっていたのでした。当然の順序とはいえ、源吉は、舟が自害淵の附近にかかってくると、唐突に、いやな気持がこみ上げてくるのを感じました。それは予感的なものでさえありました。彼は、わざと、カッと斜陽《ゆうひ》の照りつけている懸崖の中ほどを見つめたきりで、いつもよりひどく離れて鼻さきをめぐりかけたのでした。彼には、丁度淵の水が舟腹に粘りついてひどく舟足を鈍らせるように感ぜられたのです。うらめしげに、おさくの亡霊が櫓先に摑まりながら、舟をやるまいとしているようにも思えたのです。

その時でした。今までぼんやり水面に眼を落していた松造が、不意に奇怪な叫びをあげたのでした。

「どうした」

思わずぎくりとして、源吉は、櫓を手放してしまいました。その流れた櫓のあおりで、舟はぐるっとその場所に半円を画きながらとまりました。松造が顔色を変えて指さす方を見ると、いつもならばただ濃藍の水が、半透明な硝子のように澱んで、そんなにはっきりと底は伺えないのですが、今は丁度横ざまになった光が、厚い水層に幾条もの黄金の筋となって射込み、その具合で水底のある部分は鈍いぼんぼりの光ででも照らされたように朧ろんで見えていました。その海底の黒天鵞絨《ビロード》の寝台にも似た岩礁の上に、まっ白なものが横たわっています。それに目がとまると、源吉の胸は、急激にドキドキと太鼓のように不規則に鳴り出しました。彼は、なおも瞳をこらすようにして眺めると、水の幽かなたゆたいで陽炎《かげろう》をへだてて見るようにちろめきながらも、大体それは真っ白なしかも一物も纏わぬ人の体に違いない事が分ったのでした。その頭と覚しき辺りに黒ずんだ海草とは別に一際黒く、長い髪らしいものがゆれ戦《おのの》いているのは、それが女体だという事を証明していました。

「おさくのだ」

源吉は、幽かに膝を震わせました。それを覚られまいとするように、彼は、しゃがんでしまって、両手で舷にしっかり摑まりさえしました。彼は、素早く松造の様子を警戒するように見ました。この恐ろしい発見にはさすがに相手も顔の色がありませんでした。二人は、どれだけそうしたままで、神秘的な一枚の絵を眺めているように、その水死人特有の蒼白さに見ゆる肉塊に眼を落していた事でしょう。――やがて松造の方から口を開きました。

「どうしよう。また旅のもんらしいぜ。あげてやらなくちゃなるまいが……」

彼は、源吉の方を見向きもせず言うのです。

「そうだが……俺あ……うん、いけねえ」

彼は、へんにとり乱した自分の言葉にも気付かず、やはり彼の方には眼をかえそうともせず答えました。

「誰だろう」

松造が、先の問いを忘れたように馬鹿らしい尋ね方をするのです。

「知らねえ。女だ。すっ裸だ。まっ白い体だ。顔が分らねえ。女郎《めろう》のくせにうつ伏しに沈んでやがる」

そんな間の抜けたような調子で答えながら、源吉は、どうかしてうまくこの場を誤魔化してしまおう。おさくだと分ったら最後だ。どうして従弟を丸めようか、等々と頭の中を走馬灯のようにかけめぐる思案に夢中になっていました。と、松造は、彼の言葉でふっと気付いたらしく、俄かにそわそわしながら、声をひそめて相談をかけるように言いました。

「やっぱり棄てて行こうぜ。後でかかり合いになると五月蠅《うるさ》いでな。三文の得にもならねえ」

源吉は、しかしためらいました。ここで自分達が見棄ててあげなくとも、誰かに発見されれば同じ事でした。むしろ自分達が最初の発見者であればこそ、未だそこに何等かの手段もあろうというものでした。それで、

「いや、いけねえいけねえ」

と、無暗に頭を振りました。すると、また何か言いかけた松造は、突然もう一度最前と同じ叫声をあげました。彼の指先の海面には、一ひらの木の葉のように漂うている、女持の粗末な櫛がありました。手近にいた彼は、手もとの方に水を掻きながら、それを引寄せてあげました。

「見ろ、仏様のものらしいぜ」

そう言いながら手渡しされたのを入念に験《しら》べる必要もなく、源吉は、それが見覚えのある女房の黄楊《つげ》の櫛である事を認めました。

「どうだか知れたもんけえ」

源吉は咄嗟に否定しながら、何故自分がそれを早く見つけて始末してしまわなかったのだろう、それにしても相手がそれを女房の物だと気付かぬ事が、せめてもの幸だと思いました。

「仏様のものに違いねえが……」

松造は、暫くぶつぶつと口の中で呟くようにしていましたが、突然顔をあげて決心したように言いました。

「はいってみる。綱を借してくれ」

綱で縛って浜まで引いて行ってあげようというのだ、と、源吉は、この際自分にとって恐ろしく迷惑な相手の一種の勇気に内心少なからず愕《おどろ》きながら、今までの言葉とはまるで反対に、

「よせよせ。棄てて行こうぜ、それに綱なんかないぞ」

と、叫びました。が、相手は関《かま》わず立上って着物を脱ぐのでした。このどたん場に差し迫って、もう考える余裕を失ってしまった彼は、次の瞬間、

「松！　聞いてくれ。あいつは女房だ。俺がやったようなもんだ。慈悲だ。見逃してくれ」

と、すばりと言ってしまいました。それが反って効果的だったらしいのです。松造は、この余りにも唐突な告白に、あっけにとられたように彼の顔を見つめていました。彼は、そこで昨夜の始終

をしどろもどろに打ち明けながら、どうかして救けてくれと、もう眼を血走らせて頼みこんだのでした。相手は、彼の言葉をまるで細かに玩味《がんみ》するかのように暫く頭を垂れて考えていました。が、やがて、

「そうか」

と、自分に言うのか彼に答えるのか分らぬような調子で吐き出すように言いました。

「よし、もぐって確かめてきてやらあ」

潜水夫あがりで内臓の強い松造は、泣いたような顔になっている彼を残して、もう逆さに水に消えていました。

やがてあがってきた松造は、さすがに気味悪い一種の冒険に蒼白な顔になっていました。

「やっぱりそうだったろう」

と、相手のうなずくのを待ちきれぬように源吉は、もう一度まるで赤ん坊のように全身を投げ出して彼にすがりました。彼は、松造が村の共同講のあずかり金を大分使いこんでいるのを秘かに知っていたので、交換条件的にそんな事を持ち出しさえしました。

「そうか。よし、お互にまんざら他人でもねえんだ。両方で胸に畳んで決してこの秘密はしゃべらねえって事にしよう。お前の方からもちかけたのだから、よもや間違いはねえだろうな」

と、散々に念を押した上、

「じゃ、あいつをうまく片づけなくちゃならねえが、心配するな。いい方法があらあ」

と、言い残すやいなや、また白い泡を残して沈んでゆきました。従弟の秘密を摑んでいたからよかったのだと、漸く胸を静めた源吉は、半ば恐いもの見たさから、もう一つは安心出来る処置を見とどけたいので、より斜めになった光に、もっと明るくなった海底を、皿のように見開いた眼で透しました。松造は、どうやら女の黒髪を手首に巻いて、そろりそろりと海底を這うようにして、例の崖の根方に引いて行くのです。呼吸《いき》のつづく彼は、一度も水面に浮ぶ事もなしに、とうとう目的

地までその大荷物を運びつけた様子です。源吉は、漸くその計画を推察する事が出来ました。崖の根方には、表面からは見えぬ恐ろしい一脈の水路が通じていて、近づくものを容赦なくその巨大な磐石《ばんじゃく》の下に吸いこんでしまうのでした。そして一度吸いこまれたが最後二度と浮び出たものは無いのです。これまで投身者の死体が、分っている三分の二もあがらないのはそれがためでした。死体の隠匿所としてこんなに絶好な場所はないのです。

松造は、その暗流に無気味な荷物を託すと、直ぐ水を蹴ってあがって来ようとしました。と、どうしたのでしょう。彼は、水底で奇怪な踠《もが》きようを見せ初めたのです。彼は、同じ位置に引っ懸ったようにとどまりながら、亀の子のようにただ四肢を動かすばかりです。源吉は、その時、まざまざと、巨大な章魚《たこ》の足がその足首に絡みついて離れぬのを見ました。はっとした彼は、次の瞬間、章魚の足とみたものが、正しく女の黒髪である事を見とどけたのでした。松造は、身を翻してそれを解こうとする様子でした。が、それは、今度は彼の首にそして両腕に執念《しつこ》く纏わり付いたらしいのです。海底では一しきり不可思議な死の舞踏が続けられていましたが、その間にも、この生きた肉体と死んだ肉体との一かたまりは、ずるずると大磐石の腹の下に向って蠢いてゆくのです。彼の眼には、まるで、彼等が人目もはばからず淫乱なふざけを繰りかえしているようにさえ見えました。そのうちにもう呼吸が切れてしまったのでしょう、真白な泡が彼の顔を包むように湧いて上ると同時に、ぐったりとなった松造の体は、女房の白い体に抱擁されたような恰好で、忽ち速さを増して巨口に吸いつけられてゆきました。――源吉は、最後に松造が、水面を仰ぐようにして、両手を合掌して、笑うように？　彼に向って？　顔を歪めたのを見たきりでした。

源吉には、彼を救う何の力もありませんでした。この出来事の始から終まで、彼は、ただわくわくとこみ上げてくる焦慮に似たものと、火熱《ほて》る頬とを感ずるばかりでした。

「結局、俺は二重の人殺しをやったも同然だぞ」

源吉は、何も見えなくなると共に、夢中で舟をあげると、くらくら眩暈《めまい》する頭を抱いて急いで家に転げこんでいったのでした。と、驚いた事には、彼は、たった今その恐ろしい幕切れの場面《シーン》を見てきたはずの女房のおさくが、けろけろとして夕食の用意にかかっているのを見つけたのです。彼に幽霊じみた恐怖を与えるには、余りにも散文的な彼女の出現でした。

五

女房は、確かに淵に飛びこみはしたが、もとより泳ぎの達者な海女の事です。直ぐにあがって、ほとぼりの冷めるまで隣村にある親里に帰っていたのでした。では、海底に幻のように沈んでいた女の死体は誰だったのだろう。もとより投身者などはありませんでした。——源吉は、つまれたようになって、この事件の謎を解こうと苦心しました。その結果、もうお気付きの事でしょうが、それをお八重失踪事件に結び付けて考える事が最も自然的だという事が分ったのです。お八重は、あの夜から見えなくなったというだけで、一緒に逃げたはずの男が、誰も居ない事なのです。村中に顔馴染の駅員も全然それらしい姿さえ見受けなかったというのです。源吉は、あの夜、時ならぬに彼の肩にしていた網の事、それはあり合せに死体を包んで持ち出すには一番無難な品である事、うっかりと後ろから網を叩いた折に見せた彼の狼狽等に思い当ったのです。彼は、早速に、村はずれにぽつんと一軒離れて建っている従弟の家に出かけて行って、家探し同然に試べてみましたが、例の網には、幾筋かの長い髪がまつわっているのを見つけた他、よほどうまく片づけたものか、何も発見する事は出来ませんでした。

松造は、何れ痴話沙汰からお八重を手にかけたものでしょう。うまく跡を始末してから、（あるいは死体を遺棄してきてから証拠品湮滅《いんめつ》にかかったのかも知れません）女を裸にして網に包み、漁に出かけるような恰好で海に投げてきた。それは何れ自害淵とは違った場所だったに違いありません。何故というに、最初沈んでいた死体を指摘したのは彼でした。自分で自分の犯跡を発《あば》くような玄人《くろうと》？　じみた大胆さは持ち合わせていなかったはずです。彼は、場所が違っているので、まさかにそれが自分の棄てたものと同一のものだとは気付かなかったらしいのです。（夜明方の暴れで、死体は、偶然淵の傍に流されたものでしょうか）それまでの間、まるきり裸体の投身者という不自然さに気付かなかったのは、二人共逆上していた故《せい》でしょう。殊に源吉の方は、上の空だったにしろそれを口にしてさえいながら最後まで気付かずに終ったのですが。それでも松造の方は、途中でもしやと気付きました。それ故気がさして見棄てて行こうと相談をかけたらしいのです。そのうちに浮んでいる櫛から、ちょっとまた半信半疑になったらしいのです。その時に突然の源吉の告白に会ったものですからなお疑わしくなってきました。彼は、それを確かめるために、恐ろしい勇気を出して沈んでいったのです。「よし、確かめてきてやらあ」とは、実は自分のためにです。何しろ彼にも致命的《フェイタル》な問題だったのですから。それは確かにお八重だったはずです。これは、彼の態度がそれから妙に真剣味を帯びてきたのでも分ります。彼は、源吉以上に苦しい立場になりました。そして、どうにかして、（殺してでも）後日の証人になる源吉を始末したかった所へ、彼の告白です。松造は、直ぐにこの局外者からは滑稽にさえみえる彼の間違いを利用して、相手の口を労せずして完全に封ずる事に思いついたのです。そうでないとしたら、そんなに安々と自ら進んで共犯者になるものですか。あずかり金費消事件等は、あの場合もう末の末だったのです。

「総ての事件のけりは、どうやらつきましたがな。今申した私の推量はまんざら間違ってもおらなかったでしょうがなあ」

そう言って、源吉は、今は二昔にもなったその当時の恐怖を偲ぶように、その鉈豆煙管で改めて自害淵を指さしてみせました。

R島《じま》事件

一

私は、欄干《てすり》にもたれて、遥かに豁然《かつぜん》と展けた島の南国めいた風物、それを背景づけている紺碧の海と、ぼかし上った空の立たずまいを和やかな気持で眺めやりながら、煙草を灰にしていました。医師から、長病みの予後を養うべく、この島行きを勧められてやって来てから、もう三週間近くにもなったでしょうか。

この望翠館《ぼうすいかん》は、かなりな高みに建っているので、慣れるに従って少しずつ遠出をしては適当に疲労してだらだら坂を上下してもどってくるのは、薬餌以上に効果的な健康増進法でした。

「ぽーぽう」と間の抜けたような喇叭《ラッパ》の音が遠くに響いて、遥かの木の間がくれの街道を一台の馬車が走って来るのが見えました。この青塗りの豆馬車は、この望翠館の客専用のもので、三日に一度ずつ客の有無に拘らず約二里の道程を、舟つき場まで往復しているのでした。私は、御者台に坐りこんで得意らしく長鞭を鳴らしている「のろ松」の姿を見つけて、思わず微笑しました。私が最初に彼の馬車に厄介になってやって来た折、彼に贈った金口の一本を忘れないで、その後暫くは会う度毎に、宿のお仕着せの青い制服に革手袋のいでたちを自慢そうにしながら、

「旦那、西洋煙草をありがとうございました」

と、礼を述べる愛嬌者。（悪く言えば少し甘いので、松之助が、「のろ松」と称《よ》ばれているのでした）

そのうちに、私は、その日の午後の日課的予定になっていた祥天山《しょうてんやま》行きを思い出して、そろそろ仕度にかかろうかと、寄りかかった身を、ぐいと起した時でした。何か異様な声がしたように思ったので、ふと首をめぐらせてみました。宿の崖下には、山峡《やまあ》いの村に特有な透徹しきった流が、幅

十間《けん》位な岩床を早瀬をなして走せ下っているのですが、その川上に眼を向けた時、一人の若い男が、驚愕《おどろき》で顔を長くしながら、あたふたと飛んでくるのを見つけたのでした。男は、そのまま宿の裏口にかけこんで行くと、何事か極度の興奮に乱れた声で喚き立てました。と、俄かに階下《した》にわやわやと人々のざわめく気配がして、やがてばたばたと五六人の連中が外に飛び出しました。先刻《さっき》の若い男が川上を指して先登《せんとう》を切って走り出しました。私も、何かショッキングなものに動かされてどんどんと階下に降りて行ってみたのでした。

「何か起りましたか」

たった独りで苦々しいような顔付で、人の出払ってしまった台所の方を、低い格子屏風のまわされた帳場に突っ立ったまま瞰《みつ》めている主人に声をかけてみました。

「はあ、驚かせ申して相済みませんです。ちょっとした間違いがございまして……」

いつも愛想のいい主人は、珍らしくそう言ったきりで、それ以上追求されるのを好まぬらしく、必要もないのにちび筆を取上げて帳簿の上にかがみこんでしまいました。

生活の単調さが私を事件好きにしていました。私は、下駄を突っかけると皆の走り去った方向に歩を運んだのでした。五六町川添いの道を行くと、その川岸の黒い人集《ひとだか》りが、事件の起ったらしい場所を自然に示していました。私は、人垣を覗いてみました。ぱっと艶めかしく赤い彩が、最初若い私の視線を躊躇させたのでしたが、まわりの連中の妙に真剣な一種のずうずうしさに慣れて瞳を定めてみると、二十《はたち》を未だ幾つも出ていまいと見える女が一人、初めは全身水の中にひたっていたものらしく、豊かに半顔に乱れかかった黒髪から濡れしょばれて、今は僅かに真っ白な足先だけを水に嬲《なぶ》らせたままに、斜めに高くなった岸にもたせかけるような形に引上げてあるのでした。

「おみよさや。どうしてこんがにならしたや。可愛げに」

そう言いながら、宿の女中らしい一人が、そっと涙を拭っていました。そう言えば、私は、この宿の女中の冷たい横顔を見知っていました。（実は、一昨日《おととい》の夜も、不思議な場所で見かけたので

した）
色々な下馬評を耳にしながら、私は、その蠟ざめたうなじの肌、濡れてぴっちりと身にへばり着いた派手な着物、露わにされた二の腕などの一種悽愴なエロテイクさを眺めていました。一人の老人が、さっきからこの死美人、（非常に美しい女だという事が無関係な私の好奇心まで騒がせたのですが）の傍にしゃがみこんで、そっとその端麗な横顔を動かしてみたり、腕に触れてみたりしているのでした。そのうちに彼はいきなり女の少しはだけた着物の裾を撮《つま》んで、そっとめくり上げました。燃えるような腰のものが実のいった蒼白い股に引っからんでいるのが伺えるまで深々《しんしん》とかかげて、ゆっくりと何かを見すましてから、またそっと元の如くに直しました。

私は、最初それが好色な下卑たいたずらからだと思ってちょっと不快な感じに襲われました。殊に、彼がもう初老をとくに越えた男である事が、よけいに嫌悪感を強めたのでした。けれども、彼の厳粛な表情そのもの、慣れた死体の扱い方等が直ぐに私の心を救ったのでした。老人は、やがて、彼女の右手に食い入るほどしっかりと握られてある、二尺にも足らぬ完全に根こぎになった小松を持ち上げました。次いで、死人の袂からは、二本の蠟燭とマッチが現われました。それをまたもとにかえした老人の痩せた頰には、幽かながら緊張の色が上ってくるのを私は見逃す事が出来ませんでした。

二

午後になって、私は、予定の如く祥天山に出かける事にしました。

祥天山というのは、高々五百米《メートル》にも足らぬ、宿から往復三時間余の距離に立っている山でした。頂きに近く吉祥天の相当大きな堂宇が建てられてある所からそんな風に称ばれているのでしたが、宿の者が所謂、「お山の祥天さんは、女体で男体や」等というような所から察すると、どうもそれが一種の淫祠《いんし》らしく、それにその頂きからほしいままにする事の出来る島の眺望が素晴らしいとの事でした。

中川に添った、少し上りざまになった道を行くのでした。右手は流れ、左は切り立った山が迫っているのでした。十五六町も行くと、行手に、丁度道をはばむようにして巨大《おおき》な巌《いわ》が、いや小山といった方がいいのでしょう。凸凹《でこぼこ》の岩瘤で鏤《ちりば》められてがっちりと坐っているのでした。道は、自然そこで小山を挟むように両側に分れていました。私は、流れに添ったやや広い方の道を辿って行きました。一丁余もしてこの巨巌《おおいわ》の鼻を出外れる所で、さっき両《ふた》つにされた道がまた一緒になるのでした。一つになった道は、そこで橋によって流れを跨いでから、今まで右に見ていた川を、そこから左にひかえて、いよいよ祥天山のちょっと急な坂路のはじまりになっているのでした。

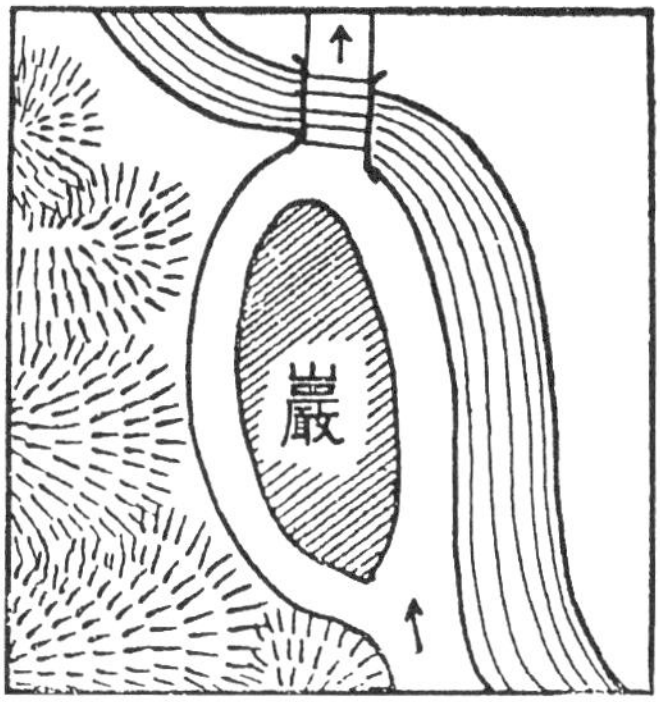

私は、この「中橋」の上に立って、白い泡をたぎらせて走《は》せ下る流れを見下ろしました。上流からやや浅くしかも急な奔流となって下って来る水勢は、そこでこの巨巌の根かたに激しい勢でぶつかり、がっぷりと岩を刳《えぐ》ってやや深いかなりの淵をなして淀むとみると、急に左に鍵形に折れ曲ってその途《みち》を見つけ、今来た道に添って、遥かに宿の崖下を過ぎ、遠く海に向けて吐き出されているのでした。

（この興味もない地形の説明は、後で必要が起るからなのです）

私は、直ぐ頭上に見えている堂宇を仰ぎながら登りにかかったのでした。山の背をうねる羊腸《ようちょう》を、凡そ半ば以上も一呼吸に漕ぎつけた所で、私は、私の前方《まえ》をのろのろした足どりで登って行く一人の男の後ろ姿を見つけました。直ぐにそれが先刻おみよの死体に並ならぬ興味を抱いていたらしい例の老人である事が分ったのです。彼は私には気付かぬらしく、細い道の左右を注意深く時々立止まったりしながら登ってゆくのでした。

そのうちに、老人は、不意に立止まりました。それから急いで道の左側に寄って行くと、そこからじっと、遥か二丈もの崖下に潺湲《せんかん》と鳴っている、中川の渓流を見下ろしていたが、その時、彼は漸く私の存在に気づいたらしかった。ほんの瞬時ではあったが、きっと私に向けられた底の底まで見透すような視線に射られて、私は、たじたじとなるような気がしました。けれども次の瞬間、老人はまるで人が変ったように柔和な面持にかえると、私の借着で直ぐと気付いたのでしょう、向うから口を切ったのでした。

「同じ宿の方ですね。お詣りですか」

もう老人のどこにも警戒的な素振りは微塵も見出せませんでした。それが私を気安くさせました。

「ええ。初めてでして」

「御一緒にお供しましょうかな。――ちょっと待って戴ければ、ほんの、十分いや五分、もし御迷惑でなければ」

老人は直ぐにかなり激しい傾斜をなしている崖を後退りに下りて行くのでした。私は、そうして彼が渓流の所まで達して暫く四辺《あたり》を見廻してから、そろそろとまた上に引返えしてくるまでの間ぼんやりと待っていました。

「や、御苦労様でした。さ、出かけましょう」

老人は、そう言ってさっさと先に立って登って行くのでした。

私達は、やがて目指した堂宇に辿り着きました。それは屋根の低い、高々十二畳も敷ける位の広さの内陣でした。正面に安置された等身大の木彫の吉祥天の立像がたった一つ、粗末な燭台を前にひかえて、まどろむようにほのかな眼差で私達を迎えていました。私は、早速に上りこんで、好奇的な視線で御像をぐるりと観察する事を忘れませんでした。裸身を白く、その豊かな肉付を透し見せる薄羅《うすもの》を丹青《たんせい》に彩った胡粉《ごふん》が、所々ぼろぼろに剥げ落ち、その上全体の彩色が齢を食って変に燻《くす》んでいるのがよけいに荒《すさ》んだエロテイクさをみせていました。殊にその不用意に見える姿態が、反《かえ》って女体の持っている最もコケテッシュな身ごなしの総てを封じこめているのでした。

私は、御像の女であるべき箇所に張られた小さな紙片《かみきれ》を見ました。それには下手《まず》い書体の平仮名で多分男女の名前ででもあるのでしょう、

まさ
きち

と、書かれてあるのでした。しかも、その箇所は既に幾度となくそんな紙片れで汚されたものらしく、古い剥ぎ跡や手擦《てず》れが黒光って薄ぎたなく残されてあるのが見受けられました。

私より一足先きに堂の縁側に腰かけて一服やっている老人の所にもどって行くと、彼は丁度手にしたきたならしい一つの手袋をしきりにひねくりまわしている最中でした。

私は彼と並んで腰を下すと、雄大な盆景めいた視野を俯瞰《ふかん》しながら語り始めたのでした。私達の会話は、そのうちに当然今朝の水死人の問題に落ちていったのでした。

しかし私は、聞き手の沈黙を守っていました。相手は淡々として話すのでした。

「全然の素人《しろうと》でない限り、まああれを自殺とみる事は出来ますまい。帰ってから医師の言葉も聞いてみなければなりませんが、御覧になった事でしょうが、死人の手に握られていた根こぎの小松ですね。覚悟した者があんな物を摑んでいるとしては不自然です。が、ともかくも流れに落ちるはずみに、しっかりとあれにすがりついた。しかし重みで脆くも根こぎになって、そのまま転落したという事は想像出来ませんか。普通の場合では起り得ない事でしょうが、例えば夜こうした山道を辿った場合などにはあり得る過失でしょう。……と言うのは、あの死人の袂から出た蠟燭とマッチ

です。これは私がちょっと女中達の噂さを耳にしたのですが、村の若い男女達は、情事が叶うように、真夜中この吉祥天にお詣りする風習があるのだそうです。しかも途中人眼に触れたが最後効験が薄いとの事で、無灯で往復するのだそうですがね。――それに偶然にも、私は、あの小松そのものをよく知っていたのです。妙な言い方でちょっと通じますまいが、これです」

相手は、いきなり自分の穿いていた下駄を脱ぐと、それを裏返しにしてみせました。

「実は、昨日私はこの山へやって来たのです。所が帰りに鼻緒を切ってしまいました。私は、それで、子供の時分よくやった便利至極な方法を思いついたので、早速傍の小松の枝を一本ナイフで切り取ると、御覧の通り一寸位の長さの切れっ端をこしらえて、結び輪に貫《とお》して支えをこしらえたものです。――所で、例の女の手にしていた小松の先の方が、偶然綺麗に刃物で断たれてあったという訳です。それで少くともあの小松のあった場所だけは分った訳です。私の転落説は全然無理な推理でもなかったようです」

「では、あの女の死は自身の過失からだとお見込みですか」

「そこです。もう一つ――私の重大な発見があるのですが、あの女は死後一度真裸《まっぱだか》にむかれたものらしいのです。何故、どこで、は未知数としても。というのは、あの女のしめていた帯です。解けてしまってはいましたが、後ろの一しめが逆結になっていたのです。それから腰のものですが、おかしな事には左前になっていて、その結び目もやはり逆になっていたのです。普通の、そしてあの年頃にもなった女が、自分自身でそんな間違いをやっていようとは想像出来ませんからねえ、それでこれはどうしても、周章《あわ》てた男の仕事だろうと思われるのですが、これはこれ以上空想で事件を造り上げる危険があるだけですから暫く置くとして、あの女の転落したと覚しい場所で、私は、こんなものを拾ったのです。まず事件に関係あるなしに拘らずちょっと御覧なさい」

そう言って、老人は、今まで手にしていた襤褸《ぼろ》切れのような手袋を私に手渡したのだった。私は、まるで智慧の輪でも渡された子供のような気持でそれを眺めました。それは警官や軍隊に用いられている高々二十銭位の白木綿の粗末な代物で、しかも大分使い古されてよごれきっていました。最初に私の注意を引いたのは、その手首に当る所に小さくKという字が、黒糸でかがられてある事でした。ただ、私はこのマークによって一人の男を当然問題に拾い上げなければならなくなりました。それは、今日の登山にも約束をして留守を食わせた、私の隣室にもう半年以上もやはり保養の目的だといって逗留している、かなりもの持ちの子息らしい、草上という○大学生でした。隣人同志なので私は二三度ならず彼の部屋へ遊びに行った事があるのですが、変に生張面《きちょうめん》な人間らしく、（旅に出かけた要心からでもあるのですか）持物の全部にKの頭文字を付けておきました。私は、彼の足袋の内側にまでそれが付いているので、律気の標本を見せつけられたように一種の感慨めいたものに打たれたのを覚えています。それでいて当人自身は学生相応に相当大まかで、この島にやって来るのにまで、よく肥えたブルを一匹同伴で、毎日の散歩にその太い房付きの綱を握って出かけるという男でした。そう言えば、彼が、綱を握って歩くので手の平が荒れて困ると、いつもこんな安物の手袋をはめて、出かけるのを思い出しました。

「右手ですね、女の持物ではないようだが……とすると、加害者の……」

「かも知れませんね。少くとも一つの出発点にはなりましょう。こんな立派な証拠品を無神経にも放っておいたとすれば、よほど胆っ玉の太い奴か、全然犯罪的初心者か、またはひどく周章てていて落した事に気付かなかったものか、そして探しても見つけ難い状態にあったものか等々と想像されます。それに、これは持主の非常に極立った特長をはっきりと物語っています。御覧なさい、人さし指から小指までの四本はひどく汚れて破れかけてさえいるのに、親指の腹にあたる部分が馬鹿に綺麗じゃないですか」

家常茶飯的《かじょうさはんてき》に語る老人の言葉を聞いているうちに、私には、ふと、一昨夜訪ねたお角《かく》婆さんの不思議な住居の印象的な情景《シーン》が思い出されたのでした。

三

私が、終日部屋に籠って無聊そうな顔をしているのを見て離れた山を窪《ひく》く欠いた所にたった一軒ぽつんと忘れられたように建った、このお角婆さんの茅葺《かやぶ》きの家を教えてくれたのは、少々蓮っ葉な女中のお茂《しげ》でした。黙って行ってみれば分るのだとお茂は、ぐふぐふと妙な笑い方をしてみせたものでした。

その日の夕方になって、ぶらりと出かけた私は、案内も乞わず這入《はい》って行くと、莚《ござ》を敷いた土間の隅にある囲炉《いろ》裏ばたに、とろとろと燃える粗朶《そだ》火をじっと見つめている、一見妖《ば》けて出そうな感じの銀髪の婆さんを見つけました。

「ござらしたな」

私は、赤い火にぎらつく針金のような髪と、鷹によく似た眼と、そして笑った時覗き出した鋭く馬鹿に長い糸切歯を見て、何かうそ寒いものさえ感じました。

「旦那はただの御見物やろ。今に始まりますやで、ひひひひ」

そう言って、婆《ばばあ》は、渡来当初の型を忍ばすようなランプを持ち出してきて火を点しました。

「何かね」

「これか。惚れ薬や。よう利く咒《まじない》の水や。頼み手が多うての。ひひひ。これ蟇《がま》と井守《いもり》や」

婆は、煤けてまっ黒な破壁《われかべ》に掛っていたカチカチの干物を取って鍋の中に放りこんでは、バイオリンの勘所のように青筋の飛び出した腕を伸して、こぼりこぼりと掻きまぜるのでした。

「さ、こちござらっしゃれ。ここで黙って見物さっしゃれ」

婆は、今まで気付かなかったまるで明りのとどかぬ一隅にある一枚の障子の裏に私を連れこみました。私は、薄気味悪さと、何か起るかという期待とで変に神経質になってそこにあった藁の上に腰を下ろしていたのでした。

　突然、外の闇に低い口笛の音が響いたようでした。老婆がにやりとすると同時に、そっと戸が開いて、美しい若い女のおずおずした顔が一つ現われました。（私が、おみよを見たといったのはこの時の事でした）二人は、早口にぼそぼそと話したり小さく笑ったりしていましたが、そのうちに、女は、立上ってそっと帯を解き始めました、深夜の一軒家で人目の無い事を信じきっているのか、彼女は、安心した態度で、忽ちくるると、裸身になって立ちました。彼女の艶やかな円っこい肉体の各部分が、覚束《おぼつか》ない光のうちに繊細な珊瑚色のハレーションさえ見せて、飽くまで白く飽くまでなだらかな線に大理石の像と見えるのでした。私は、障子の破れ穴から臆病な瞳を走らせながら縛られたようになっていました。

　女は、今はまるで一箇の傀儡となって動くのでした。婆は、払子《ほっす》めいたもので、何か咒言《まじない》らしいものをぼやきながら彼女の全身を撫で廻し、時々その頭上から例の鍋の中のどろ濁った水を振り掛け、果は仰臥《ぎょうが》させ、または俯臥《ふが》させ、四肢を様々にくねらせ躍らせて、被施術者にとっては恐ろしいほどの真面目さでしょうが客観的にはひどく淫猥なそして官能的な遊戯としか見えぬような事を、転々と展開してゆくのでした。婆は、私を充分意識して、能う限りこの生きた人形に刺戟的な姿態《ポーズ》をとらせようとしているらしいのでした。

　女の汚れでけがされたためによけいに実感を盛り立てて見える胸の辺りの陰影、その犠牲の白い肌の上を蜘蛛のように這い廻る老婆の指を眺めているうちに、私は、彼女の右手の指が、（どの指であったかは覚えていなかった）二本も何か悪い病で腐り落ちたように欠けているのを見て、ぞっとしました。美女と妖婆。この対象は余りにも絵画的に神秘でした。幼い折に絵草紙に見た、美女の腹裂く鬼婆の図さえ私の脳裡に髣髴《ほうふつ》と浮んでくるのでした。

　こうして、私のとげとげしくされてしかも空虚になった耳は、この時荒々しい足音の近づくのを捕えました。前触れもなくいきなり蝶番《ちょうつがい》の外れるほどの勢で戸は内側に突き開けられました。女は、幽かに驚愕の声を挙げて跳ね起ると、顔を外向け、まるで二本の手で全身を蔽いかくすようにして前屈みになりながら、老婆のかげに隠れました。老婆は、とたんに振り返ったが、いきなりばたばたと蝙蝠《こうもり》のように飛んで行くと、ガンと戸を閉じてそこに立っていたらしい人間を外に弾き出してしまいました。瞬間、私も思わず立上りかけて、自分の位置に気付いて辛うじて自制したのでしたが、その折扉《と》を擱んでいた人間の手先だけを、ちらと見たのでした。それは、明らかに薄よごれた白い手袋に違いありませんでした。

「心配ないわ。あれに見られたって。ひひひ」

婆はそう言うのでしたが、闖入者に怯えた彼女は、そこそこに着物をつけ終ると、小さな紙片のようなものを老婆から貰った後で、巾着から若干《いくら》かの銭《おあし》を仕払って逃げるように出て行ってしまいました。私は、やっと隠れ場所から立ち上りました。相手は、にやにや笑いながら、図々しく両手を差し押し伸べて金をせびるのでした。狡猾な二重商売だなと、私は苦笑しながらこの魔窟を飛び出したのでしたが、多分私とは目的を異にしているであろう男の訪問などから察すると、村の男女のいい密会所にも、いやもっとひどい行為のとりもち場所にもなっているらしいのでした。

　今、老人から示された手袋から、あの時の闖入者が扉にぺったりとかけていた手袋が、はっきりと私の眼に浮んできたのでした。あの折に老婆がおみよに手渡した紙片は、もしやこの御像に張られた咒《まじない》の紙片のようなものではなかったか。では、あの女のつきつめた情事の相手？　は等々と、私はあわただしく次々に考を追いかけていました。（事柄が事柄だけに、この出来事を老人に打明けるには変な躊躇がありました）

四

私達が、やおら腰を上げようとした所へ、誰かきょときょと四辺を見廻しながら上ってくる様子でした。それが、例の草上という大学生です。

「やあ」と彼は声をかけると、度の強いロイド眼鏡の奥に可愛い眼をくりくりさせながら、「実は、太郎（愛犬の名）が逃げちゃいましてね。随分探してるんですが、ひょいとするとと考えてやって来たんです」

彼が、一週間ばかり前にうっかり「のろ松」に犬の散歩を任せて、とうとう逃げられてしまったので、五十円の懸賞付きで探している事は村中に知れていました。

私は、そう言っている彼に、単刀直入に出た方がよいと思ったので、老人の手から黙って手袋を引ったくるように取ると、

「こりゃ君のでしょうね」

と、彼の鼻面に突きつけました。

「そうです」そこで彼は何かに思い当ったらしくちょっと顔色を変えましたが、直ぐに誤魔化すように笑いながら、「古くなったから棄てたのかも知れません」

そしてそんなものを何故私達が持っているのかをいささかも疑おうともしない様子でした。

「今朝の水死人を知ってるでしょうね」

私は搦手《からめて》に廻りました。

「はあ、可哀そうな事をしました」

相手は低くそう言いながら、そっとわきを向いてしまいました。私が次の一歩をどう切り出そうかと考えているうちに、

「そろそろ引き上げませんか」

と、老人は、さっさと下山にかかったのでした。草上君は、私達を二三歩やっておいてから、思い付いたように内陣に上りこんで行きました。彼は直ぐに出て来ましたが、私は、彼が例の張り紙

をそっと引っぺがして、そ知らぬ顔で袂に丸めこむのを見逃さなかったのでした。私達三人が揃って夕方近くの道を黙りこくってもどって来ると、例の別れ道の辺で、ばったり「のろ松」に会いました。彼は、筒袖に懐手という呑気な恰好でやって来ましたが、私達を見つけると、そっと草上君に近づいて行って、

「旦那、五十円はほんとやろ」

と、念を押すのでした。自分で逃した犬を探し出して賞金をせしめようという徹底ぶりと、それに腰のまわりに八つより少くはあるまい握り飯の包みをつけた熱心ぶりには、思わず微笑せずにはいられませんでした。

「あきれた奴だ」

そうたしなめながら、草上君が、さっきの丸めた紙を袂から出して、何気なく流に投げ棄てたのを、いち早く私は感付きました。

私達が宿にもどった時分には、死体は医師のしらべで立派に他殺らしいという事になっていました。女は、明らかにひどく咽喉《のど》をしめつけられた形跡があり、しかも左手でやられた事がその皮下組織に現われた指の跡で歴然としていたのでした。けれども、それは案外に致命的なものではなかったらしく、後頭部の岩石ようのもので受けた打撲傷が直接の死の原因であろうとの事でした。

——その筋の活動は直ちに開始されていました。

私は、夕食の折に丁度給仕に来たお茂に、冗談半分にそれとなく当ってみた所ですが、彼女が、所々《しょしょ》肝心な箇所では変に笑い易くなりながら説明してくれたのによると、御像に願掛けた者は、深夜に出かけて行って、あんな紙片を張りつけてから、まるでの裸身になって御像に抱きすがりながら思いのたけを祈るのだという事でした。

「祥天様は嫉妬深いで、一度自分のものにしてからでないとお許しがないのや」

そして、彼等は、それを「御像に身を任す」と言っているのでした。

「おみよというひとには、いい人があったんだろう。勿論」

「大ありですて。政吉さに惚れたが身の因果でねえ」

「政吉？（では、あの紙片のまさきちは、男女二人分の名前じゃなかったのか。私は、内心適中した暗合に横手を打ったのでした）」

「ええ、行って御覧な。今風呂場で薪を割ってますさか。あの人ね、ちょっと好いたらしい男で、内気な娘にゃいいお相手ですて」

この女も内心まんざらでもないのだなと、私は瞰《にら》みました。

「それがね、お隣りの学生さんね、おみよさに相当熱くなってた様子ですて。いつやらも、断わるのに無理にほら赤いダイヤ（ルビーの事らしい）のはいった指輪をくれたりして機嫌をとっていましたて。昨夜なんかもこっそり御堂に出かけたらしいの。今朝遅く帰って来て白ばくれてもほほほ」

草上君のO町へ出かけたといった言葉は嘘らしいぞと、私は独りでうなずいた。彼女は、そこでまた一段と声をひそめて、

「うちの旦那も、そう言や隅には置けないのですて。何しろ神さんに死別《しにわか》れて独り身でしょう。神さんにするからっておみよさを口どいたが、仲々落ちなんだのでね。——みんな政吉さに参ってたからですて。一番さきに死んでたおみよさを見つけたのもあの人さ。因縁あればこそですがね」

それから長々と因果話をしゃべってからお茂の去った後で、私は、そっと風呂場に行ってみました。政吉という若い男が、しきりに薪を割っていました。私は、目敏《めざと》くも斧を振う彼の手に新らしい木綿の白手袋を見つけました。それがま新らしいという事実が私をぞくぞくさせました。そのうちに、額の汗を拭おうとして右の手袋を取った時、その親指がきりきりと繃帯で巻かれてあるのを見つけました。私は、今度はどきりとなりました。そうなると、彼が死体の最初の発見者だという事さえある意味を含んで迫ってくるのでした。

五

翌朝早く、この愚かしくも大胆な素人探偵は、功各を横取りされる事を恐れて、たった独りでお角婆さんの住居を訪ねていったのでした。勿論、あの夜の不意の闖入者が誰であったか、もう一つの理由から（おみよがお詣りに行くという事実を知っているは、咒の紙を売りつけた老婆自身より外には無いはずでした）老婆のどの指が欠けていたかを確めるためでした。

お角婆さんは、追従笑《ついしょう》いで私を迎えてくれたのでしたが、いきなり問題を切り出すと、一ぺんに機嫌が変ってしまいました。

「そん事位しゃべってもいいだろう。損にゃならないぜ、婆さん」

私は、五円札を香《にお》わすように鼻先でひらひらさせてやった。けれども、もう警戒的になった婆は、石のように黙りこんでしまいました。私は、焦って十円札に変えてみました。が、それを打明ける事を婆はよほど恐れているらしく、横を向いてしまって相手にしないのでした。私は、灰をならしている婆の右手を横眼で験べてみました。親指と人さし指の二本が打ちひしゃがれたように無いのでした。殊にその枯枝めいた小指にきらりと怪しい光を添えているのは、ルビ入りの細身の金打ちでした。これが、草上君からおみよに贈ったという指輪でないと誰が言えよう。

「いい指輪だね。婆さん」

「ええ！」

さすがに急所だったとみえて、婆は、狼狽の色を見せました。

「どこから掘り出したたね」

私は、しつこく突っこんだのだが、婆はもう立て直って嘲笑的にしかも陰険に唇をよじらせてせせら笑うのみでした。私も思わず声高になって睨め合っているうちに、誰かが外に忍んで来て立ち聞きしているらしいのを覚りました。私は、それ以上老婆と争う事の無益が分った折だったので、多少事件に関係ありげなその人影を確めてやろうと、咄嗟に気を変えて、いきなり戸口の方に飛んで行きました。

私が、そして戸外に躍り出した時には、いち早く感付いたらしい影は、もう先の道をばらばらと遁れて行くのでした。私は、いざという時の危険も忘れてしまって、丁度理由《いわれ》なく逃げる者さえ見れば追いかける番犬のような夢中さで走り出しました。遁走者の目がけて行く方向には、下生えの混んだ雑木林が幾つもひかえているのでしたから、その中にまぎれこまれたら最後でした。けれども、相手は一たん目がけたその方向を棄てて、わざわざ大迂回して、（それが私達の距離をかなりつめる事になったにも拘らず）中川に添った道に出ると、祥天山の向きにひた走りに走り出しました。私達の速さはほぼ伯仲していました。滑稽な事には、私達にはお互にそんなにも懸命になりながら、邪魔な下駄をつけたまま走っていたのでした。そのうちに相手の方でやっと気付いたとみえて、下駄を撥《か》き飛ばすと裸足になりました。私は、（うまく気転が利いた事には）走りながら相手の棄てた下駄を片方だけ拾い上げたまま、教えられたように自分も裸足になっていました。追いつ追われつしながら、私達は、例の巨巌で道の分れている場所まで来ました。そこで、相手は、さっと左の分れ道をとったのでした。私も続いて切れこみましたが、一走りで道が一つになる例の中橋の所に出ると、たった今僅《わずか》の先を走っていた遁走者の姿が、ふっと消えてしまっていたのです。私は橋の上に立って、真直ぐに見透しの利く川添いの道の下を確めてみましたが、それらしい姿は無いのです、してみると祥天山の坂道を登って行ったものとしか思われません。私は、そこで一分の間もためらっていたでしょうか。と、誰かが山から下りてくるのです。

「おうい。たった今誰か登って行きませんでしたかね」

私は、それが宿の主人だという事が分ると、思わずせきこんで声を掛けました。彼は、けげんそうな顔で、頭を横に振るのでした。私には益々訳が分らなくなりました。その時までしっかり抱いていた例の下駄に気が付いて見ると、それはもう大分せんべいに近い。望翠館のそなえつけのものである事が、台の真中に蟠《わだかま》っている焼印で分ったのでした。逃走者は、宿に関係のある者らしい。

六

その筋の手配が厳重さを増してきた折、政吉が行方不明になったという事が分ったのは、翌々日の朝の事でした。私は、それを耳にすると同時に、今までそっと手繰っていた綱を、いざという時にぷつりと断たれたような一種の落胆に襲われました。

草上君は、愛犬の事をあきらめたか、島内の最高、D峰を踏破すると言って早朝から出発してしまいました。（彼は、あの手袋の事件からずっと私を避けている様子でした）

「仕事をほったらかして、夜通しどこをほっつき歩いてやがるのやら……」

と、昨日から馬車小屋の前で、犬探しに魂を奪われた「のろ松」の事を罵っていた主人は、今朝ほどどこかへ出かけて行って居りません。

「お山の方へ出かけて行くのを見かけましたて」

というお茂の言葉から、政吉の捜索隊が二組も出発した後でした。お茂にからかう事にも飽きた私の足は、自然、青砥老人（私は、有名な私立探偵としての老人の姓を知ったのはこの時でした）の部屋に向いたのでした。煙管《キセル》の脂《やに》を勧進撚《かんぜより》で通していた老人に、私は、老婆訪問の折の馬鹿々々しい無手際さを、無駄話のうちに打ち明けたのでした。

「いや、その事なら私のつまらぬ忠言から、もうその筋でも相当確かな筋を手繰り当てたようですよ。その婆さんの事ですが、しめあげたら泥を吐くだろうというので、昨日町の警察の方へ連れて行ったはずです」

青砥老人は、もう先日の熱心さを忘れて全然局外者であるかのように、事も無げにそう言うのでした。

「政吉の失踪と何か関聯がありませんか」

「さあ、大ありでしょうね。勿論」

老人の言葉の変に煮え切らぬ意味が、私にはこの時はっきりとは摑めませんでした。けれども、私の話した遁走者の事が相当老人の気を引いたらしい様子でした。

「その逃げ出した男が、何故わざわざ絶好の潜伏圏と思われる雑木山の方向を棄てて、わざわざ迂回してまでも、狭い行きづまりの祥天山の方向へ逃げたかという事ですね。少し興味のある問題じゃないですか。あなたが、中橋の辺で突然男の姿を見失ったというので、それが何か魔術ででもあるかのように不審にお考えのようですが、どんな不可能と見える所にも、逃れ口というものは限りなくあるものですよ。もしその辺の消息に充分通じていれば。そこですよ」

と云うてそれから老人はふと気を変えたように、「出かけてみましょうか。ほんの散歩旁々《かたがた》に。ひょっとしたらいい運に打《ぶ》つかるかも知れませんから」

と、青砥老人は、少し大儀そうに座を立ちました。私は、ただの友人としてもこんな老人を持つ事の愉快さを感じながら、二人連れ立ってかなり呑気な探検に出発したのでした。こうして、私達は、かなりユーモラスな会話を途上取交しながら例の巨巌で道が分れている辺にまで来たのでした。

「ははあ、ここから左の方に逃げたんですね。私もそっちの道は初めてだが」

そう言いながら、道に添った流に眼を落した老人は、何を見たか、ぱたりと立ちどまってしまった。それで老人の視線を辿るようにして走せた私の視線は、潺々《せんせん》たる流れの余波にあおられるように岸際の浅瀬に漂い着いたらしい、かなり古い黒羅紗《くろらしゃ》の帽子を見つけ出したのでした。「事件」という実際のために鋭敏になっている私には、それが例えこの事件には無関係のものにしろ、一応は仔細ありげにとれたのは当然であったでしょう。私より先に、老人は、岸に下りて行って、ステッキの先で掬い上げるようにして、水のしたたるそれを拾い上げたのでした。

それが政吉の所有物である事は直ぐに判明しました。帽子の内側に縫いつけた白木綿に名前が墨で浮いていました。

と、また、帽子を発見した場所よりも二間ばかり上手《かみて》に、白い手拭が一筋、ふらふらと戦《そよ》いでいるのです。

私は、無言で、まるで猫が金魚を覗《ねら》うような手付で、そっと水の中の手拭を指し示してみせたのでした。老人は、下駄を脱ぐと、ざぶざぶと脛の中ほどまで渉って行って、ステッキで絡め取って来ました。拡げてみるまでもなくその左端には、「望翠館」と紺印がはいっていました。

「やはり政吉の持物と見て差つかえないでしょうね」

「そうすると、当人は、どこかこの近くにいる事になりますよ」

青砥老人は、自分で自分の言葉に疑惑を懐くもののように、微苦笑に似たものさえ浮べて言うのでした。

「私は、随分注意深く流れをしらべながら中橋まで行ったのですが、こんな手拭は見かけませんでしたよ。これだけの品を見落すはずはありませんがなあ。――ともかくもほんの五分とは経たぬ間に、どこからかこの手拭は出現したという訳ですよ。それも、ほんのこの場所から中橋までの間より以外からだとは考えられませんからねえ」

私は、この時、例の遁走者の奇怪な消失を思い出しました。政吉が、どこかこの直ぐ近くに潜んでいて、私達を揶揄するつもりでわざと流の中にこんな物を次々と放りこんでみせて、声の無い嘲笑を浴せているのではなかろうか。沈黙して互いの考えに耽っている私達の耳に、この時、山の登り口に当って、ただならぬ騒がしさが聞えてきたのでした。

私達は撥《はじ》かれたように顔を上げてみました。一人の男が、(服装で、一見直ちに刑事と知れた)

呼吸《いき》せき切って左の方の道から走って来ました。そこでひょっこり立っている私達を見ると、

「奴はどこに行きました。早く」

と、噛みつくような勢で言うのでした。

「どうかなさったかね」

青砥老人の、至極のんびりとした態度が、そしてこの質問が、よけいに相手をいらだたせたらしかった。

「可笑《おか》しい。この道を逃げて、つい居なくなった。どうして失《う》せたんだろう」

刑事はそう言い棄てて、またもとへ走せもどって行くのでした。私と老人は、図らずも目前に突発した事件のまっただ中に巻きこまれた形で、彼の後を追わねばならなかった。刑事は、少し遅れて中橋を渡って走って来た仲間の一人と、道の途中でばったり出会うと、口早やに何か言い会っていました。

突然、犬の吠える声が、直ぐ傍から聞えてきました。私達四人はびくりとしました。それほどその吠声は警戒的な真剣さを帯びていました。殊にそれがどこから響いてくるのか、ちょっと見当がつかない事でした。どこか非常に遠く変に籠って聞えるのだが、しかも非常に間近に違いないと感ぜらるるものでした。地の底からでも漏れてくるらしいのでした。老人は、眉をひそめていましたが、二三四間上手に歩いて行くと、いきなり巌の方に寄って行って、二足ばかり登りかけました。

「ほう！」

と、青砥老人は、後ろによけるような恰好で奇声をあげました。

私達は、直ぐに彼の居る場所にかけ上って見ました、そこには、半坪位の広さの大穴が、ぱかりと口を開いていました。ずっと奥を覗きこんでみるまでもなく、それは極く残い行づまりの穴でした。ただ、行づまりに当って、ぽくりと岩が欠けたようになって落込んでいる所に、すれずれになって満々たる流れが、ほの白い水面を光らせていました。地底の暗流でした。そこに脱ぎ棄てられ

た草履の直ぐ傍に、一匹の犬が（それは草上君の逃がした太郎である事は一見して分りました）寝そべっていて、私達を見上げながら猛然と吠え立てているのでした。その犬のかげに、何かむくむくと蠢く白いものが幾つも見えました。

「お産をしたらしいな」

老人は、柔和な眼で憐むように親犬の腹の下にもぐりこむ仔犬を見やったが、

「直ぐ川下を警戒して下さい。あの道の分れる辺を」

二人の刑事は、そう言われると職業的な素ばしこさでかけ出して行きました。

「奴はここから逃げ出したのですよ。いつかあなたが欺かれたと同様に、今日も玄人達が一杯はめられようとしたという訳です。この忠実な母親のおかげで奴さんに見事裏をかかれたのです。私に見つけられて絶対絶命ここから潜ったのですよ。――直ぐにどこか河下の抜け口から這い出すでしょう。川獺《かわうそ》かなぞのように。ははは」

青砥老人は、自分の比喩が可笑しくてならぬという風に笑うのでした。こうして私達は、川下からの合図を待ったのですが、五分過ぎ、十分過ぎても何も聞えないのでした。

刑事の一人が、やがてぼんやりと戻って来ました。彼の面上にも疑惑が濃く現われていました。

「まさかに、この暗流が想像以上の場所に抜けているのではないでしょう」

「上手に出たのじゃないですか」

「これだけの流に逆らって上手に潜り抜ける事は不可能事でしょう」

青砥老人は、そっと袂を探ると、四つ折りの鼻紙を取出して、ビリビリと二つに、四つに八つにと引裂いて、やがて一摑みほどの細かい紙片の山を造《こし》らえました。

「これで抜け口だけでも知れるでしょう」

そう言って、それをパラパラと暗流の面に少しずつ間を置いて振り撒いたのでした。

私達三人は、ゆっくりともう一人の刑事が待っている例の道の分れ目の所まで歩いて行きました。

事件のクライマックスにありながら、変に気の抜けたような気分にさえなって。

「あの帽子と手拭の謎もこれで解けた事になりますよ」

老人は、私を顧みてこだわり無く微笑しました。

「だから、大体あの手拭が見つかった辺に抜けるものと見込んでるんですがね」

私達は、直きに流に漂う紙片を見つけました。それは長く辿る必要もなくかなり、深く岸の方にくびれこんでいるよどみの底から、半透明な虫けらでも湧くように浮び出て来るのでした。それを見ているうちに、ぽこりと、紙巻煙草の殻が浮いて来ました。それを見つけると、老人は、呟くように言うのでした。

「さっき中橋の上で棄てた、私の昭和の吸殻だ。きっと暗流の口はあすこの淵にあるらしいです」

こんなうちにも、私達の心には、遁走者の行方が気になっていました。あれからもう二十分以上も経っていたでしょう。この時、また何か黒いものが、ひらひらと水底から湧き上ってくるのを見つけました。

「あっ！　あいつが被って逃げた黒風呂敷ですよ」

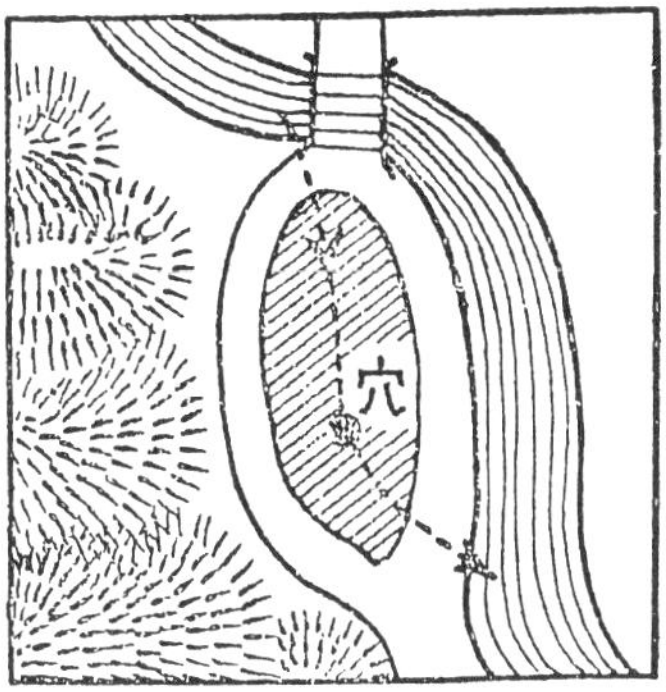

刑事が声をあげた。が、水に潜んだはずの男の姿はいつまで経っても浮んではこないのでした。私達は、僅の時間の差で、男が抜け口から既に遁がれてしまったのではないかと、幾《ほと》んど断定しかけねばなりませんでした。

「事に由ると、途中で塞《つ》まっているのかも知れませんぞ」

刑事の一人が、突然そう言い出しました。この言葉はちょっと滑稽に聞えたが、この場合常識的に考えてそうとるより外に仕方がないのでした。

青砥老人の発案で、刑事の一人は急いで望翠館に引返して行きました。それから一時間もしてから、彼は二三人の雇人と共に長い青竹の棒を十五六本もかついでやって来ました。直ぐに竹は丈夫な細引で長く繋ぎ合わされました。目測で、例の穴から暗流のはけ口まで凡そ十五六間もあったろうか、竹の先は穴から差しこまれました。手繰り込むにつれて三分の二以上も伸びたと覚しい所で、かっちりと何かに支《つか》えたようでした。

「旦那方。かかりますぜ」

彼等は、えいえい声して小突き始めました。

と、はけ口から足のようなものがぬっと食《は》み出して来ました。私達の咽喉からは、思わず低い呻きがしぼり出されました。ずるずると足を先にして現われてきたのは、ふやけた醜い一箇の死体でした。

「あっ！　政吉じゃないか」

刑事の一人が頓狂な声をあげました。叫びを聞きつけて、竹を押していた連中が集まって来ました。私には、僅か二三時間前に水に潜って死んだ人間にしては、余りにも著しい変化だと感ぜらるるものが死体の上に見えるのを覚りました。

「もっとやってみて下さい」

突然、青砥老人が、ぶっきら棒に言うのでした。訳の分らないなりにも一種の野次的興奮に夢中になった連中の手で、青竹はまたも操られました。と、今度は手を先にして、腹のふくらんだ別の死体がぬっと現われてきたのでした。思いがけなくも、それは「のろ松」でした。

七

お角婆さんの自白によって知れたのは、「のろ松」が彼女の甥で、たった一人の身うちだという事でした。数年前の新道切り崩しに、ハッパをかけ損《そこな》って右手の親指を捥《も》がれてから若い者なりにいつも手袋をはめて誤魔化していたのでした。――あの夜、婆さんの家で、おみよの挑発的な姿を見てから、彼女の夜詣りを承知して泊りがけで祥天様の御堂に待ち伏せていて、彼女が裸形《はだか》で御像に身を任せている所を躍り出したのでした。激しい女の抵抗に出会って思わず咽喉を締めたが、女が気を失ったので俄かに周章てた彼は、そこで自ら着物を着せ、過失死と見せかけようと珍らしく周当に用意して、下り坂の中途まで運んで来てから、崖下に転がし落したのでした。これだけはお角婆さんが、犯行後忍んで来た甥の口からの告白として承知している事実でした。口どめ料として、「のろ松」は、その折おみよの指から盗んだ指輪を贈った訳でした。

転がし落された折、おみよは、ふと正気に返って闇雲に小松を摑んだが、根が抜けたので、そのままに転落し、岩角で後頭部の致命傷を受けたなり川下まで押し流されたものらしかった。「のろ松」は暫く警戒を恐れて、犬探しに事よせて、夜になると婆から食料を貰っては山に潜んでいたのでした。そこを張りこみの刑事に狩り出されたものでした。未だ交渉は始まってはいなかったのでしょうが、政吉の方でも憎からず思っていた女の事です。仇を探す熱心さから、（宿の主人の行動も同じような理由からでした）どうやら、彼は、敵を探り当てたものらしいのです。けれども逆に謀られて殺害された後、流れに投ぜられた。

（それは必ず、暗流のひらけ口よりも上流であったに違いありません）

その政吉の死体が、あの暗流に迷いこんでいて、人間栓となって、宿命的な報復を成し遂げたものらしいのです。

後でてれくさそうに草上君が打明けた所によると、彼は、老婆の家の夜の御定連の一人だったのです。

女をなびかせようとして、彼が前日の夜御像に張紙をしてきた所へ、翌夜おみよが知らずにその上に自分のものを張りつけたものです。（彼があの日こっそりと自分の張紙諸共《もろとも》に引っぺがして棄てた理由がそこにあるのでした）それから手袋は、彼が、いつかうっかり婆の家に忘れてきたのを、始終出入りしていた「のろ松」が失敬していたのでした。

このR島は、こうした情熱で一杯です。

だから訪れる者にはその風習が恐ろしく淫靡なものにさえ感ぜられるのです。

私の滞在中に会ったこの一つの事件からだけでも、それは容易《たやす》く想像される事でしょう。

仮面の決闘

1

山なす富を以て大陸に名だたる辺境伯、「南方の老虎《ろうこ》」と勇名を轟かしたカルテロの古城は、その日、上《かみ》は老いたる城主より下《しも》は番犬のナポレオンに至るまで、その喜びを持て余しているかのようにみえた。それは、やがては父に代ってこの城の玉座に坐るべき、伯の一人息子が、七歳の幼時よりスパルタ風な教育と訓練を受けるために、父の膝下《しっか》を離れてこの方十七年、今宵その長い外遊の旅から帰り来るからであった。

城内の広間は、すべて光と香と彩りを以て満たされた。久方ぶりに初めて親子相並んで晩餐を共にすべき一部屋は、とりどりの花の山で埋《うず》もれ、それらの花の揺らぎだす芳香は、毒ある霧のように人々の鼻腔に透《し》みて、眩暈《めまい》をさえ感ぜしめた。中央には、五百もの大蠟燭を立て聯《つら》ねた華麗な大燭台《シャンデリヤ》が、巨大な夜光花のように燦然ときらめいていた。もの皆が笑いさざめいていた。

着飾った城主は、寄る年波に比しては未だ若々しかった。その髪の一筋も未だ黒さを失ってはいなかった。国内きっての各剣手。その腕には筋鉄《すじがね》がはいっていると評《うわ》さがあった。下僕《しもべ》に、手落のないのを確めさせながら、彼は呟やいた。

「俺《わし》は幸福だ。俺のたった一人の息子が、必ず俺の後を引継いで、逝隣に鳴り響いた古城の偉勲《いさおし》をいやが上にも盛んにしてくるるだろうからな」

彼の頬にのぼる微笑には、至上の満足に酔う父親の慈愛と誇りとがあった。突然、彼の顔がふと曇った。何事かを思い出したらしく、急いで上衣のポケットから手紙をとりだした。そして、卑しいものでも取扱うように、指先で卓子《テーブル》の上に押しひろげた。

偉大なる閣下。私の失礼をお許し下さい。簡単に申上げます。私の妹めは、昨夜難産のため藁の上であえなくなり果てました。閣下の息子たるべき運命の赤ん坊は、日の目を見ると共に、その因果を恥ずるかのように呼吸《いき》する事をやめました。あるいは閣下にとっては幸いかもしれませぬ。が、不憫な妹めは、最後まで閣下を怨みました。そしてその臨終に当って、私に報復を依頼して眼を閉じました。妹めは、閣下のために、乙女としてのあらゆるものを奪われ、最後に死までも戴かされたのです。兄としての私はどうすべきでしょう。紳士として、我々は潔よく最後の一撃を交うべきです。御承知下されば望外の幸いです。場所は、橄欖《かんらん》の森の凹地《くぼ》にて。下賤なる娘の兄より。

老いたる城主は、苦々しい思い出にちょっと眉を顰めた。その娘は、伯の所領のある百姓の娘であった。兄とただ二人で忠実に鎌を握って働いていたのだが。昨年、伯の下婢《しもべ》として古城にお出入りを許されるようになったのだった。栗色の肌をした、小柄な可愛い十六の小娘であった。——伯は、ある晩、乱酔して外出先から帰ると、この子娘を、大きな皮鞭でおどしつけながらけがしてしまったのだった。娘は姙娠した。そして暇を得て兄のもとに帰った。素朴な百姓の性《さが》を持つ兄は、何にもまして妹を愛していただけにその憤りは大きかった。彼は、再三再四伯にその責任を求めて迫った。が、城主は一笑で黙殺してしまった。度重なると、遂に、面会に来た彼を大勢の下僕に命じて、鞠の如くに縛《くく》しあげさせ、この国の最も恥辱とせる習慣に応じて、彼の頭中《あたま》の毛髪《かみ》を綺麗に抜き取らせた。この辛いこらしめに怯えたものか、若者はその後彼を脅やかさなくなった。——それが突然、一週間前になって、城主の手にこの決闘《はたしあい》の書状が届けられたのだった。伯は、この無銭砲な若者を憫笑した。けれども、その名誉のためにも、いどまれた戦は拒むべきではなかった。彼は、早速返事を送った。

願《ねがい》は快く聞いてやろう。けれども俺は百姓と決闘をするような不名誉は持ち度くはない。殊にお前の毛無し頭が癪にさわる。よって当日は双方共に仮面を仕立て、俺の高貴とお前の卑賤とをその影に包みかくして、一踊り死の舞踏をやる事にしようではないか。――だが、もう一度考え直す余裕は充分与えて仕わそう。心せよ。お前は命のかけ更えを二つとは持ち合わさぬのじゃぞ。

ありがとう存じます。あくまで粋な洒落気を忘れ召さぬ素晴らしい思い付き、私も賛成でございます。得物は剣。双方共に一人ずつの立会人を以て。では何れ、誰人《どなた》かの墳墓の地たる橄欖の森にて。

貧しき敵手《あいて》より。

彼は、二枚目の手紙を掴み上げて、事もなげに掌《てのひら》のうちで皺苦茶にして、得物もあろうに、音に聞えた使い手の彼に向うに剣とは法外の気まぐれ者に違いなかった。

「はははは。誰人かの墳墓の地とはよう言えた。青二才奴《め》。では息子の帰る前に、一撃《ひとうち》片付けてくる事にしよう。なあに、久しく剣を抜かぬで萎えしなびた俺の心を、清新な興奮と湧き立つ勇気とを以て爽やかにするには、恋よりもうま酒よりも功徳があろうというものだ」

彼は時計を見かえった。息子の到着には二時間ばかり間があった。食前の運動にも丁度よかろう。

「おい。俺の夜会用の仮面と衣装を持ってこい。お前も同じ用意でついて来るのだ。もう一つ、いざという時に鞘を払って恥ずかしくない剣を選んでおけ」

伯は、下僕の一人に命じた。主人の血なまぐさい半生に奉仕してきた下僕は、慣れきった様子で引下った。

やがて、鼻を聳やかした厳粛な顔を持った仮面をつけた二人の主従は、黒マントルに衣装を包んで、二頭立の馬車に乗りこむと、驀地《まっしぐら》に橄欖の森に急いだ。

2

選ばれた場所には、既に、道化者《ピエロ》の仮面をつけた二人の若者が待構えていた。凹地《くぼ》の上の堤で馬車を棄てた高貴な人は、無言の儘彼等に近づいた。――同じく無言で礼を返した二人を眺めた老いたる城主は、心の内で呟やいた。

「仲々話せる奴等だわい。俺も、もっと陽気な仮面を選んでくるはずだった。何故《なぜ》って、これ位痛快な宴って滅多にはなかろうから」

「南方の老虎」と道化者は、両方の介添人に勢づけられながら、闘犬《ブル・ファイト》の如き気勢を以て両側にさっ…と分れた。次いで、鋭い刃物と刃物との触れる音。閃々《せんせん》たる火花。

高をくくっていた城主は、百姓の小倅《こせがれ》の思わぬ手剛《てごわ》さに今までのゆとりを棄てて、双手《もろて》を引き緊め引き緊め、これまでに幾人もの犠牲を屠《ほふ》ったその長剣を己の魂の如く鮮やかに捌きながら、隙間もみせず飛び違い走《は》せ交わしながら、何かの快よい楽の音でもあるかのように、その冷たい刃《やいば》の音に耳を澄ますのであった。

打ち合いは、二十分も続いたか。勝負は終局に近づいた。

「ええ！」ぐさり。「心臓《ちぶくろ》だぞ！」

恐ろしい叫び声。相手は朽木の如く脆くもばさりと横倒しになった。「南方の老虎」は、勝利の誇りに血震いしながら、呼吸使いも乱れず剣を二振り三振り滴る血糊を払いながら、可哀想な相手の介添人を尻眼にかけて眺めた。彼は、いずれ肥臭い友の一人なのであろうが、だらりと力無く両手を下げながら、ぼんやりと凍付《いてつ》いたようになって老いたる城主を見詰めていた。おどけた仮面の裏には、かえって不可思議な不気味さが潜んでいるようであった。その奇怪な仮面は、驚いたような、喜ばしいような、または皮肉げな、大きく飛び出した眼で、この勝利者に心からの賞讃を送っているかのようであった。

「帰ろう」

伯は、もう一度無礼な百姓の小童《こわっぱ》を侮蔑するために、死者の頭を足蹴にすると、従者を見かえってさっさと馬車に引上げていった。

3

輝やかしい広間にかえった城主は、今目前に起った流血の出来事などはとくに忘れてしまって、椅子の背に深くもたれながら、一分、二分と息子の帰りの近づくのを待っていた。

「御主人様。お手紙でござります」

城主は、何気なく手紙を取り上げ、表書《うわがき》に眼を落した。彼は、さすがに愕然として容易にものに動ぜぬその顔色を変えた。

私は、勝った。見よ、お前のみじめな負け方を。私は、今宵、お前の息子の帰るのを知っていた。これを私は利用したのだ。驚くな。おい。お前の顔は少々蒼くなったぞ。私は、昨日港まで出かけて行ってお前の息子に会ったのだ。幸か不幸か、お前の息子は、小さな折りの竹馬《ちくば》の友を思い出してくれた。――お前さんの父親は、明日、名誉のために仇敵《かたき》と闘わねばならぬ。が、急病のためにそれを引受けておきながら立つ事が出来なくなったのだ、と話してやった。この場合、つまらぬ名誉心を命よりも大切に考えるように教育されたお前の息子はどうするんだろう。勿論、早速身代りを引受けた。仮面をつけてやるという条件がおあつらい向きだったのだ。そしてあれは言った。「これを父親に言ってくれるな。俺は、一つの素晴らしいお土産を持って父親に対面する事になるのだからな」と。あれは、親ゆずりの短気と高慢とをたっぷりと持合わせていた。幸だ。例《たと》い結果が、どちらが天国に旅立とうと、俺の目的は上々吉だ。この芝居はとてつもない観物だわい。あれは、到着の時間を早めて今朝ついた。俺は、駅場に出向いて行って馬車に誘いこんだ。それから言わぬでも分ったろう。

おい、もう少しだ後を読め。お前は、自分の息子を枯枝でも叩き切るように見事にやったな。その上足蹴にまで……見事だ。俺は、惜みなく賞讃を送ってやろう。偉いぞ、カルテロ、名剣手。息子殺しの剣気狂《きちがい》。オセロもどきにやる気はないかの。

さて、俺は、妹の敵《かたき》、俺の頭の仇《かたき》を、手を下さずに十二分に応えたのだ。さあ、俺は紳士だぞ。ゆっくり煙草でも吸い付けて、そろりそろりと御地を退散するとしようか。

呪はれた悪戯

一

それは余りにも瞬間的なそして奇怪な出来事であった。

散歩の帰途《かえりみち》、私が、この蒼雲閣の入口で、鰕《えび》のように腰の折れた番人の爺さんに、規定の拝観料二銭を支払って内へ這入《はい》ったのは、この三重の塔の上楼に立って、中の島を抱いたN湖畔一帯の南画めいた遠望を楽しんだらと、ふと、思いついたからであった。直ぐに階段を上らないで、私は、その階下の四壁に涅槃らしい金泥銀泥に丹青《たんせい》の文《あや》美しい大密画を見つけたので暫くその前に立って眺めていたのだった。

ふと、人の気配に何気なく振り向いてみると、思いもかけず入口に嫂《あによめ》のシルヴェットが立っていた。私は、兄と二人連なのだろうと思ったので、最初は別に不審に感じなかった。

「お貞さん」

私は、気軽に声をかけた。明るい外光に慣れた視線では、この薄暗い内陣にいる私が判然としなかったものとみえて、嫂はちょっとの間黙ってこちらを見透していたが、それが私だと分ったらしい時に、彼女は、何故《なぜ》かちょっと狼狽したような様子に見えた。

「兄さんは？」

彼女は、頭を振ってみせた。今度は私の方で少なからず意外だった。嫂が、ただ独りで外出するという事が既に一つの「例外」であるのに、内気な出ぎらいな彼女が、進んでこのあまり女性的な興味からは縁遠い建物にやって来るというのが訝しかった。

「上で眺めましたらさぞ立派な景だろうと存じたものですから……ちょっと」

彼女は、私の心を読んだものか言訳するように言ったのだった。私達は、そしてその内陣のほの暗さによけい神秘めかしく朧んでみえる密画の前に立たずんでいたのだったが、私が左手の壁面から右手に眼を移した時には、いつの間にか彼女の姿が傍に無いのに気付いた。そして、彼女のらしい低歯の音が軽くコトコトと頭上に聞えた。

それからどれだけ経ったか、恐らくは五分とは過ぎなかったであろう。突然、鳥のような叫声が一度ならず静寂な空気をつんざいて聞えた。私は、無意識にドカドカと激しい音を立てて階段をかけ上っていた。

二階目――三階目であった。階上に躍り着いて、南向きの外廊に曲ろうとした私は、どきりとしてたじろいだ。危くそれにつまずこうとしたのだったが、足元に左手でしっかりと頸部を押えてうつ伏しになって気を失っている嫂を見つけたからであった。その指の隙間から真赤なものが、すいすいと条《すじ》を引いて湧き出しているのを見ると、私の心臓は唐突に不規則な音を立てて収縮した。私は、彼女の頭の置かれた床上にどす黒く溜った液体が、見るうちに面積を拡げて、小さな池を湛《たた》えてゆくのを暫く呆然と見守っていた。

乱暴な足どりで上ったのをたしなめるつもりで登って来たらしい爺さんの魂消《たまげ》る声に、私は、やっと自分を立て直す事が出来た。で、臆病に震える手を伸して、そっと嫂を抱き起してみた。

「お貞さん、お貞さん」

大声で耳元で呼びながら、私は、不用意にもその力無い体を揺すってみた。そっと眼を見開いた彼女は、どこか遠い空を見つめているような定めない瞳を大きく見張っていたが、低く、

「トリ……トリガ……」

と、漏らした。続いて幽かに、

「マチガイ……アナタ……」

と、譫言《うわごと》のように消えたきり、嫂は、二三度咳のような音を咽喉《のど》もとで立てると、またがっくりと首を落してしまった。同時に頸部を押えていた手が、力を失ってだらりと床を掃いた。私は見た。

その真っ白なうなじから、咽喉《のど》下を左にかけて、深く鋭い傷口が斜《ななめ》に血糊を噛んで走っているのを。

「頸動脈をやられてる。絶望だ」

私は、直ぐにそう覚った。もう一度気付いてみると、傷口を押えていた手は、垂れた儘でいたが、右手が何かを抱くようにしっかりと胸の上をかばっている事だった。その内懐から、白い紙片《かみきれ》の端がちょっとばかり覗き出ていた。私は、急いでそれを抜き出してみた。遺言状？　というような予感があったからであった。それは大型の新らしい角封筒で、かなりな厚みのある内容物であった。表裏共に一字も記《しる》されていないのが、却って疑惑を深めたと言えば言える。私は、その善悪に拘泥する前にもう封を破っていた。中からは約十枚位白紙が現われた。それは全く何の変哲もない白紙に過ぎなかった。それに何等かの意味を持たせるという事は（例えば薬品の力で文字が現われてくる等という）愚かしい思い過ぎだと信じさせるものであった。僅かに想像の許せる範囲では、これは最初より嫂の懐にあったものではなくて、この楼上のどこかで手にいれたものらしい事であった。殊に由ると、嫂のこの異例な外出は、あるいはこれを入手する事が目的だったのではあるまいか。

驚愕に少しずつ慣れてきた私は、やや冷静な眼をめぐらしてみた。嫂の頭から三四尺離れた床上に、私は、大型の金属性の風鈴を見つけた。それは、明らかにこの蒼雲閣の四隅の軒頭《けんとう》に垂れ下っているはずのものであったが、どうかして天井に固着された懸金から外れ落ちたものらしかった。この建物の装飾に適《ふさ》わしくかなりの目方のもので、鈴の上部には、金色《こんじき》の鳳凰が両翼を拡げてとまった形に鋳《は》り付けられたものであった。一尺余の金鎖が鈴をめぐってとぐろを巻いていた。私が、その鳳凰の両翼が薄い丈夫な金属板となって鈴の周りよりも三寸以上も外に張り出して、しかも尖端にゆくに従ってより薄くより鋭く尖っているのを発見した時に、ある突飛な想像をめぐらした事は無理ではなかったであろう。けれども、この一種の兇器が偶然にその懸金から外れるという事は余りにも非常識な考え方ではなかろうか。何かの力がその上に働きかけているに違いない。（それは風などというような自然な生優しいものではなく）そう思ったので、鎖の先をつまみ上げて瞳をこらしてみると、懸金に引っ懸かるべき第一の金環《かなわ》の下部に、新らしく光っている痕を見つけ出した。極めて細く僅かの痕《あと》ではあったが、金属と金属との打ち合って出来たものと察せられるのであった。その鋭い羽翼の先端に血痕でも認め得られたら……と気付いたのだが、既に夥しい血の流れがぬらぬらと鈴に及んでいる後なのであった。

それから爺さんの急報に由って、村の巡査が、やや遅れて桜田家の下男が、急を聞いた三四人の近所の青年と共にかけつけて来る間、私は、跳梁する殺人場面《ブラッディ・シーン》の想像にぼんやり頭を任していた。

後で老番人の証明もあった通り、我々は、事件の直後にかけつけながら、犯人らしい者の姿を建物の内外において片影《へんえい》だに見かけなかったのは事実であった。兇行後暫く建物のどこかに潜んでいて隙を覗って脱出《ぬけだ》したものだろうか。これは恐らくこうした建物の構造上から、殊に時間的に考えても人間一箇の体をそう容易《たやす》く始末する事は不可能に近い事だった。この高さから飛び下りて逃げるという事もそれ以上に不可能事であろう。それは、雨上りで未だ充分涸《かわ》いていないこの建物の周囲の地上のどこにも、それらしい足跡さえ見付からなかった事でも判然する。が、優れた？　兇行者には常人の不可能事は適用されないとも言えるのだが……。ここでただ一つ私の推理の頼みになるものは、最後に彼女の口にした幾つかの言葉でなければならなかった。「マチガイ……アナタ……」と、私に呟いた処からすれば、この変事はやはりこの疑問の封筒等と関聯した事件ではなく、全然切り離された一つの奇禍とも思われるのだった。が、最初に口に上った「トリ……」（鳥の意か？）という謎の言葉は何を意味するものだろうか。もう一つ、これは事件前に加害者らしいものが予め蒼雲閣に潜入していたかもしれないという疑から老番人に糺した折に、この日は午前中にたった二人連の客が訪れたのみで、しかも何分かの後には確かに出て行った事を申し述べたが、そのうちの一人が意外にも桜田である事だった。（番人は、土地の旦那として彼を見知っていた）

桜田は、兄と同じく日濠商行に勤めている、この土地切っての分限者であったが、中学時代からの級友である関係から私とも親しかった。それで私と兄夫婦は、僅かの休暇を利用して五日前から招かれてここに遊びに来ていたのだった。もう一人、嫂の従兄にあたる円城寺が、同商行に勤務している交りから、私達よりも一足先にやって来ていた。老番人の言うもう一人の連とは、円城寺の事に違いなかった。私は、彼等が二人連で午前中に出かけたのを知っている。

町から走せつけた警察医、署長以下の係官に守られて、冷たくなった嫂の体は桜田の邸に運ばれたのだった。私は、先刻《さっき》の急報に由って姿を見せねばならぬはずの兄や、桜田、円城寺等の姿が見当らぬので不審に思ったのだが、家人の口から主人は午後の汽車で突然町へ出かけたはずだし、円城寺は、N湖に釣りに出かけ、兄は、いつもの通り散歩に出かけて未だ帰らないとの事であった。私は、何事も知らぬ兄が散歩からもどって、あれほどまでに熱愛していた嫂の変り果てた存在を見出す時、どんなに心を乱す事だろうかと考えると、それを思う事が既に苦しかった。全く私の口から言うのもおかしなものだが、兄夫婦は、うらやましいほど仲がむつまじかった。しかも人一倍に倫理的な潔癖屋で神経質な兄は、私達の前ではその愛情を露わにはみせなかったが、それだけに、かげでは未婚者の私に理想的好一対《こういっつい》の模範を垂れているかのように濃やかな和しぶりだった。内気な嫂も、生真面目一方の兄にはうってつけの好伴侶《ベター・ハーフ》であった。私は、日常の庖厨的《ほうちゅうてき》買物以外に兄と一緒でない彼女の外出姿を見受けた事さえないのを断言する事が出来る。

二

この奇怪な事件よりも更に不可解な変事が、未だ平静にかえらぬ私の心をもう一度動揺させたのは、散歩にある兄を探すために数人の人々が急遽邸を飛び出して行ったばかりの時であった。元関口《げんかん》で、誰かただならぬ声で喚き立てたのだった。

「お邸の客人が、舟ん中でやられなすっただあ」

特徴のあるそのだみ声から、私は、直ぐにそれがここ二三日湖の鮒釣に雇った船頭の辰吉である事が分った。悉《くわ》しい事情を聞くより先に、私は、遽《あわただ》しく彼の後に続いて現場に走せつけていたのだった。

それは、N湖畔の西北隅に当る、岸辺に丈の高い蘆がすくすくと立ち乱れている絶好の釣場附近であった。水際に寄せられているやや大ぶりの舟の舳先《へさき》に近く、無造作な姿勢で倒れているのは、疑もなく円城寺である事が分った。重ね重ねの惨事に怯え易くなっている私は、次に、辰吉が、割合に平然とした態度で、もうこと切れているらしい円城寺の頭を重そうに持ち上げてみせた時、逆上気味《あがりぎみ》に眼を走らせてみて、思わず、

「わっ！」

と叫んで、逃げるように身を退いてしまった。同時に予期しなかった神経的な震えが、さぞ私を客観的にみじめな存在にみせた事であろう。円城寺の頸部には、嫂が被《お》ったとそっくりの裂傷が、より鋭利により深々と、殆んど首の半《なかば》以上にも及んでいるらしい赤い大きな口を横ざまにまっ直ぐ開いているのだった。

円城寺が、辰吉の舟小屋にやって来て舟を出してくれといったのは、丁度真昼過ぎであった。彼がここにやって来てから道楽の釣りに出かけるのは毎日の事でもあり、今日も別に常に異った様子は少しも見えなかった。この界隈で鯉釣の名うてだった辰吉は、いつもあげ立ての獲ものでちょっとした手料理を振舞うので売りこんでいた男だったので、胴の間に七輪や調味料の二三品を用意して出かけたのだった。――よりのいい場所に明るい辰吉は、そこに舟を舫《もや》って、円城寺は舳先の方に扇形に細竿をのべ、彼は、鯉専用の長大な竿で艫《ろ》の方に席を構えこんだのだった。半時もすると、鮒の方は相当食いたがってきた。そうして二時間近くも経ったであろう。――彼等は、釣人特有の辛抱強さで背中合せに黙々と坐っていたのだった。

そのうちに、円城寺は、うっかりと立ち上った様子だった。何か大物でもかかったかなと思うう

ちに、突然、「くわっ！」というような叫声がして、よろけた……と、どたりと重い音で倒れた。

「ちょっ！」

と、舌打ちして、ひょいと辰吉が振り向いてみると、もう円城寺の痙攣する手足と呻き声が始まっていた。

「旦那！　旦那！」

と、彼が、夥しい血にびっくりして抱き上げてみると、相手は、

「トリ……トリダ……」

と、続けざまに呻くように呟きながら、水の引くように急速に力を失ってゆくのだった。

辰吉は、どうしてもこの突然の変事を理解出来なかった。舟は、岸から十二三間《げん》も離れた水の上に、ぽっかりと浮んでいるのだった。（二本の釣竿がその場所に置き棄てられて浮んでいるのが見えた）兇行を加えるにしては、その深さからしても泳いで来るより外に途がないのだった。しかし、誰かが舟まで忍んで来てまた引っかえして行ったという事は絶対に信ぜられぬ事だった。水面は今の兇変による舟の揺ぎで、名残りの波紋をこそ画いていたが、完全に乱れは見えなかった。また近い四辺《あたり》には舟の影さえも見当らないのだった。叫び声を聞いて振向くまでには、僅かに十秒とはかからなかったであろう。しかも、その須臾《しばらく》の間にかくの如く適確にまた大きな致命傷を加え得る加害者というものは、あるいは兇器というものは果してどんなものであるだろうか。

辰吉は、とにかく直ぐに舟を漕ぎ寄せると、桜田邸に注進にかけつけて来たという訳であった。

「何か、例えば鉄砲の音のようなものでも聞かなかったかね」

「わっしの耳に間違いのない限り、何とも聞えませんでやした」

「確かに切れ物の傷に違いないがなあ」

「さようで……通り魔の仕業ででも……こうカマイタチみたいなもんでないでしょうかのう。さっぱり姿も見せんで、あんまり手際よういっとりますやで」

辰吉は、被害者の血で汚れた自分の手先と、胴の間に転っている研ぎ澄ました料理用の庖丁を不安気に眺めて立っていた。嫂の場合と、そのやり口から、トリという言葉まで約束したように暗合している事が、私に、この事件を孕む一種の妖気といったものをさえ慄然と感じさせたのだった。彼が、超自然的な力を想像するのは無理もなかった。これは、全く考《かんがえ》を進めれば進めるほど不可解の度を増してゆく出来事であった。

私は、舟底の真紅の水の中にパチャパチャ跳ねている五六匹の鮒と、蘆叢《あしむら》の上にその形よい三重の甍《いらか》を見せている彼方の蒼雲閣とを、事件の相似性から結び合わせて考えながら、交互にぼんやりと眺めて立っているきりであった。

三

私が、ともかくも人々に円城寺の死体を頼んで、芯の疼《いた》むような頭を抱えて邸にもどってきた折には、既に兄が帰っているという事だった。

兄は、部屋の内でただ独り机に向って坐りながら、放心したようにどこかを見つめていた。私は、けれども割合に平静に見える兄を見出して一種の安易さに似たものを覚えた。

「兄さん。この度はとんだ事になりまして——重ね重ね」

兄の極度に感じ易くなっているであろう心に無用に触れる事を恐れて、これが私の言い得る最大限度の慰めであった。私の声に愕然としたように振返った兄は、机上にその時まで展げていた洋綴《ようつづり》の書物らしいものを、ぱたりと閉じて、何気なく机の下に放り込みながら、さすがに内心の擾乱《じょうらん》を隠し切れぬらしく、心持震えるような声音で、詰問するような厳格さをこめて言うのだった。

「お前は、これを最初にお貞の懐から見つけ出したんだね。——ほんとうに初めからこれだけのものだったのか」

装おった落着きを見せている兄に対して、私は、黙ってうなずくより外なかった。兄は、机上の例の白紙の幾枚かをまさぐりながら、そのスヒンクスを解こうと努力するように深い沈思に溺れ込んでゆく様子だった。

私は、暫く兄をひとりぼっちにしておいた方がよいと感じたので、それ以上何事も語らずに部屋を出たのだった。

四

私が、そうして邸の騒ぎから遁れるように、異常な興奮から少しく解放されて一どきに疲労を覚える頭を憩《やす》めようとして、薄暮の路をふらふらと歩いて行った時であった。

駅に通う道を彼方から誰かが近付いて来るので、ふと顔を上げてみると、その特徴のある肩の振りようで、それが今町から戻って来たらしい桜田の影だと認められた。私は、彼にぶつかるような勢で飛んで行くと、べらべらと火の点いたように、半日のうちに突発した兇変を喋り立てた。桜田は、暫く声も無く道の真ん中に棒を呑んだ如く突立っていた。たそがれの闇に相手の顔色こそ定かに伺う事は出来なかったが非常に努力して落着こうと勉めているらしい様子だった。

――が、不意に、

「君、兄さんはどうした？」

と、あべこべに私に摑みかかるように叫ぶのだった。

「間違だ。誤解だ。――恐ろしい誤解だ」

桜田は、続けてそう叫びながら、私の腕を捕えると、どんどん歩を早めて歩き出した。

――兄と円城寺は、一月ほど以前にある宴席で杯《さかずき》をあげていた。そのうちに、女の貞操観念という問題が彼等の饒舌に乗せられた。兄はその厳格な倫理観から、円城寺はそのずぼらさから割出した見界《けんかい》によって、生酔いまぎれの激論を初めたのだった。多少意地も手助《てつだ》った円城寺は、四五年前に死んだ自分の弟が、その中学生時代に、従妹だった嫂と子供じみた恋愛の真似事をやった事、二三度手紙の交換をした事、（それは直ぐに双方の両親に発《ば》れて、型通りそれなりに埋られたのだったが）を覚えていたので、その折は相当真剣だったのであろうが、自説を証拠立てるために、ここ半年を出ぬうちに必ず嫂と関係をつないでみせると放言したのだった。呪われた運命の悲劇は、既にこの時に胚胎しているのだった。

気まぐれ者の円城寺は、二三日後には、もうけろりと忘れてしまっていたが、偶然、この桜田の邸で兄夫婦と落合った彼は、ふとそれを思出して、今度は純然たる悪戯心から、一時でも兄の鼻をあかしてやろうと考えた訳であった。――嫂には、で、早速死んだ弟との間に交わした手紙を返すべく依頼されて今まで延び延びに保管していたが、今日の正午から一時までの間に蒼雲閣の最上楼の狐格子に差挟んでおくから……といったような匿名の手紙が送られた。円城寺は、差出人が自分であると覚られる事は平気であった。ただ、半信半疑にしろ嫂をそこまで誘《おび》き出し得れば目的は充分であった。彼も、さすがにいざという時の誤解を恐れて、桜田に総てを打明けた上その事で夫婦喧嘩でも始まっていようという最中に、割込んで、一場の笑話に流そうという位のたくらみであった。年若な興味から、桜田も簡単に賛成した。（それが、午前中の散歩帰りに蒼雲閣の訪問となったのだった）

円城寺は、兄に挑戦するように、既に彼等の交渉が初められた事、そして艶書交換に利用した狐格子云々《うんぬん》とほのめかしたのだった。兄は、その時は勿論一笑に附していた。ああ、けれども軽はずみなこの友人達はその嬲《なぶ》りものの対象がどれほど危険なものであるかを知らなかったのだ。所謂「恋人」型の兄の余りにも潔癖な、病的な神経質さを解し得なかったのだ。そして、百倍の愛を以て愛する者は、また千倍の憎悪を以て憎むという事実を。

兄は、あの性格では、円城寺の口を疑いながらも信じなければならなかったのだ。それは、何と凄じい悲劇の火口になったのであろう。小心な嫂は、過去のつまらぬ手紙から夫の誤解を醸す事を慮《おもんぱか》って、うっかりと自滅の淵に歩を運んだものに違いない。

五

私達は、前後策などを思いめぐらしている暇もなく、幾《ほと》んど宙を飛ぶようにして邸にかえって来た。

私の半ばの疑懼《ぎく》は事実となって現われていた。兄の姿は、既に邸内のどこにも見当らなかった。その部屋には、円城寺の日記帳が展かれた儘に机上に残っていた。兄が、先刻机の下にかくした一冊はそれに違いなかった。そして、私は、兄が永久に帰らぬであろう事を、その瞬間に確信した。兄は、例の白紙の手紙から疑いの糸口を発《あば》かれ、円城寺の日記から総てを覚ったものに違いない。可哀想な兄、そして等しく不幸な三人。――けれども、最も不幸なのは、兄自身ではなかったろうかと今に私は考えるのだ。

漸く気付いた事であるが、嫂は、加害者が誰であるかという事を充分知っていたのだ。私に向って無意識にひらかれた言葉だと信じていた、あの「マチガイ……アナタ……」という最後の呟きでそれは判然する。（嫂は私を呼ぶにアナタとは決して言わなかった）

加害者が兄であるという事を知った瞬間、私には、その疑問の兇器か何であるかという事が、確然と閃いた。

飛去来器《ブーメラン》だ。

濠洲土人がカンガアル狩り等に用いる、あの木製の三日月形のブーメランだ。八年以上も社用で濠洲にいた兄の部屋には、吹矢、生殖器を彫りこんだ戦盾《たて》、角製の投槍、血溝を通した彎曲刀といった原始的な武器の幾つかが壁面に飾られてあった。兄は殊に飛去来器を扱うのが上手だった。

私は、家裏の丘の上で、彼がそれを自在に使ってみせた折の事を知っている。兄のものは、切味を鋭くするために普通のそれに薄い金属製の刀《は》を嵌《は》めこんで造ったものであった。それが、閃々《せんせん》と斜陽に煌《きら》めきながら、幽かな響きを引いて地面と様々な角度をなして高く低く空に旋回しては、名指された彼方の木の枝を見事に切落して、機械で量ったように正確に再び我々の足元に舞いもどって来た時の驚きを。

それは全く、死者の一様に漏した如く、「鳥」の翔《はし》り飛ぶにも似て見事だった。

(兄は、いつの間にあの効果的な兇器を持ってきていたのであろう)

最後に、私は、兄が、凡そどの辺りに潜んで嫂の行動を監視していたかを知る事が出来る。嫂があの三層楼の外廊に立っていた位置の、丁度頸部に当る空間の一点と、例の風鈴の金環の痕の一点とを結びつけて延長した直線の地上に落ちる附近だったに違いないのだ。

(ブーメランに当って落下したらしい風鈴そのものは、恐らくは間接の兇器でもなかったのであろう)

円城寺を狙った時には、恐らく舟の位置から水面に平行に岸に向けて引かれた線上の一点、即ちあの岸辺の蘆かげからなのであろう。

両者の頸部の傷口によって見らるる角度からでもそれは想像される事だ。しかし、こう断言しながらも、この事件のどこまでが真なのであるかを私は知らない。

――けれども、ただ、兄は十数年後の今日になっても姿をみせぬ事だけはほんとうである。

女は恋を食べて生きてゐる

一

榛新一郎《はしばみ》を、その夏中三月以上というもの、島の美登璃荘の女主人公みとりに縛りつけておいたものは、云わば「空虚な青春」のさせた業に過ぎなかった。彼等の悪因縁にやがて終止符《ピリヨド》が打たれるであろう事は、既にその冒頭から彼には予想された事だった。

「この女は、私の情恋の中間寄生主に過ぎないのだ」

そして、ある夜、彼が、きぬたを雨に濡れたペイヴメントの上から拾い上げた瞬間から、彼の生活線は急激な曲線《カーブ》を画いて転回する事になったのだった。二人が同棲する事になった時、新居の門柱に掲げられた名札を見上げて、彼女は言った。

「ハシバミ。難しい字だこと。榛ってどんな花が咲くんでしょう」

その質問が、新一郎をかえって微笑させた。きぬたは貧しい花売娘だったのだから。

新一郎は、みとりに最後のお別れを言いに行くべき時だと知った。何故ならば、僅か一週間に満たぬ新生活のうちに、きぬたの悉くが彼を満足させてくれたから……。二人の女。年齢こそ四つと隔りは無かったが、きぬたの青春はこれから燃え盛ろうという炎に似ていた。一方みとりのは、はや燃え心《しん》を過ぎた衰えが感ぜらるるものだった。彼は、その選択を間違えはしなかった。

新一郎は、秋立ちそめた一日、初めて大ぴらに町端れの渡し場に出かけて行って、椿島への舟を雇った。

「今日を限りに、あの男にも気兼ねをしないですむのだ」

遥か二浬《カイリ》の波の上に、シーズンが終って、今は都人の引上げ尽した椿島が、寂しい姿で浮んでいるのを眺めながら、彼は呟くのだった。舟の近づくにつれて、懸崖の鼻に、盛り上った椿の黒ずんだ茂みと強く対象して、くっきりと白い美登璃荘の半貌が覗き出してきた。新一郎は、ふと、この年の春、初めてこの港の町にある支店に転勤して来た折の事、別荘地として有名な対岸にあたる椿島への遊行、偶然の機会からそこで始まったみとりとの交渉を想うのだった。伊達な造りの美登璃荘は、このN市の大きな缶詰業者、毛谷伍助の持物だった。みとりは、この立派な籠の中に不自由なく飼われながら、退屈な日々を過していたのだった。若い心は老いた心を楽ます事は出来ても、老いた心は所詮若い心を飽和させる事は出来ないのだった。彼の出現は適時《タイムリー》だった。で、女は、餓えた章魚《たこ》のような執拗さで彼を搦め取って離さなかった。臆病な彼は、月二三度ずつ島に訪ねてくるはずの女の旦那の眼を恐れながらも、熟れた木の実の持つ重厚な香味を忘れかねて、幾《ほと》んど三日置き位に通いつめた。彼等の関係は、直きに毛谷に感付かれたらしかった。

「爺さんはね。それでも鼻だけは未だ達者だとみえて、どうやら嗅ぎつけたらしいの。渡し場には全部手が廻してあるらしいから、これから舟じゃ駄目……」

泳ぎの手練だった新一郎は、次から女のもとへ泳いで通う事にしたのだった。女は、そのひどく浪漫的な密会《あいびき》の方法に雀躍《こおどり》さえしてみせた。首尾のよい時には、美登璃荘の並んだ二つの窓に映る洋灯《ランプ》の灯が合図だった。夜になると、彼は、浜に下りて行って、沖の島を窺った。そして脱いだ単衣ものを帯でしっかりと頭上に縛りつけると、海豚《いるか》のように活潑に夜の海を泳ぎ渡るのだった。内海は、いつも静かだった。海は、もう充分に生暖かかった。水を掻く毎に、足を蹴るにつれて、無数の夜光虫が、彼の全身をそのほの白い燐光でイルミネーションに飾った。女は、きっと波打際まで出迎えていてくれた。彼は、水から上った海神《ネプチュン》の姿のままで、歓楽の床に躍りこむのだった。臍の辺りにうっかり長い海草の一筋を纏わらした彼の裸身を眺めて、女は手を打って笑ったりした。彼等の密会の間の休止《ポーズ》が少し長過ぎた場合などには、女は、激しい恋情に堪えかねて、歯を鳴らしながら飛びかかってきた。こんな折に、最初の情夫に嚙みちぎられたとかいう、右の乳首の小さな火傷に似た疵痕が、みとりの体を殊に浅間しくもまた凄じいものに見せるのだった、――みんな終りだ。あの唇の傍にてんとう虫のように点ぜられた黒子《ほくろ》にも、様々の素晴らしい恋の技巧にも、みとりの持っている総てのものにおさらばだ。

舟は、島に着いた。彼は、この真昼間の公然の振舞いを、どんな風にしてみとりが迎えるだろうかと、半ば楽むような気持で崖の道を登って行った。――みとりは、しかし、彼のこうした来訪を持ちうけていたもののようだった。

「とうとう来たのね。万歳！　どうして爺さんの話そんなに早く知れて？　これからいよいよ私達の極楽が始まるのだわ。可愛がって。新さん、うんと可愛がってちょうだい」

そう言って無暗《むやみ》にはしゃぎ廻る女を、強いて落着かせながら、聞き糺してみると、旦那の毛谷は、二日前に急病で死んでしまった事、生前の契約通り、この美登璃荘と相当の手当金が彼女に残された事、それで、みとりが都合のよい空想に有頂天になっている事が分った。新一郎は、ちょっと当惑してしまった。切り出すきっかけを挫かれてしまった彼は、これまでに進んできた彼等の関係を、余りにも簡単なものにあしらい過ぎていた事を覚った。直ぐに結末をつけらるるものと高をくくって、不用意にも適当な口実一つすら持たずに出かけて来た事を後悔した。

果して、彼が渋りながら別れ話を切り出すと、みとりは、忽ち蒼白に変じながら、彼の口を自分の唇で遮二無二塞ごうと焦るのだった。彼女は、最初は涙を流して哀願した。彼は、しかし動かなかった。女は、次に狂暴な言動で威そうとした。彼は、しかし関わず続けた。女は彼の魂を麻痺させるような仕方で、直ぐに展かれるであろう甘美な夢を描いて陥しいれようと試みた。そうした女の醜く狼狽する姿が、反《かえ》って彼を事務的な冷静さに引きこむばかりだった。

「これは、弱気なお前独りで打てる芝居ではない。私からお前を盗んだのはどんな女だ。お前は、未だ私のほんとうのいい処に触れてみないからそんな事を言うのだろう」

みとりは、常の彼女らしくもない取り乱し方で、そんな風に掻口説いては、海綿を絞るように泣くのだった。新一郎は、持て余し気味に幾んど一方的に話を結ぶと、さっさと立ち上った。業《すべ》を失った女は、奥の部屋に走りこんでいって、赤いリボンで十字掛け《クロス》にした彼からの恋文の一束を持ち出してきた。

「これ返してやらないからいい。薄情者。私がどんなに怖い女だかきっと思い知らせてやるから……どうせお前の上にいい日は照らないよ」

新一郎は、丁寧に一つお辞儀をすると、危ないものから逃れるように美登璃荘を後にした。一度振り返ってみると、寝室の窓硝子にほつれ髪をきっと嚙みしめながら、絶望と憤怒の奇妙に錯雑したみとりの顔が、平たく張りついているのが見えた。――帰りの舟の中に坐った頃には、もう女に対する憐憫や未練がましいもの等は、微塵も残っていない彼だった。自分は、女の言う通り、ほんとうに薄情者なのかも知れない、と、新一郎は微苦笑さえするのだった。

二

新一郎ときぬたとの新生活は、幸福という事を除いては何の起伏もない足取《ステップ》で過ぎていった。きぬたは、彼の愛情を満喫して、その豊麗な美しさを益々肥してゆくらしく見えた。たった一度、(それが彼等の最も激しい夫婦喧嘩の型とみられるのだったが)それはある日の夕餉の後の楽しい物語の時間の事、彼の肩の上に軽く乗っていたきぬたの顔が、そっと立ち直ると、

「あなた。あたしを騙してらっしゃるような事はなくて?」

と、甘やかに詰《なじ》るように囁くのだった。

「どうして」

「これからあっちゃ大変よ。……でも、今まではあったでしょう。どう? 白状なさいな」

「僕が、そんな果報者に見えるかね」

新一郎は、ふと、みとりの事を正直にぶちまけようかと思ったが、お互に過去の秘密を冗談まぎれに打明け合って、反って気まずい状態に陥ちいった愚かな蜜月旅行者のある挿話《エピソード》を思い出したので、そんな風にまぎらしてしまった。——一番仲のいい瞬間が一番危険だからな……。きぬたは、彼の巧みな避け方に対して、子供っぽい憤りの色を頬に見せながら、いかにも新妻らしいすね方で、彼の接吻に冷く応えるばかりだった。が、翌日には、もうその上天気と共に彼女の心も爽やかに晴れているのだった。榛新一郎を極度に怯やかした奇怪な事件の口火は、それから一週間も経たある日、何気ない一通の封書の形で卓子の上に現われたのだった。幾通かの手紙と共にそのありふれた薄茶色のハトロン紙の封筒を取り上げた彼は、別に気にもとめずに封を切ってみたのだった。内容は、一枚の美濃半紙に大形な字で記された僅か一行かっきりの文句だった。

チョコレートに注意なさい。

何かの広告ビラめいたその紙片を見た瞬間、彼は、馬鹿らしいユーモアさえ感じて、直ぐ苦茶苦茶に丸めてしまった。が、その書体のどこかに、幽かながら彼の記憶を鋭く揺するものがあるのに気付いた。念のために封筒を裏返えしてみたが、差出人の住所姓名は愚か、暗示的なものさえ見当らなかった。宛名は確かに新一郎自身になっていた。ただ、それは誰かが門内の郵便受箱に放りこんでいったものらしく、切手や消印《スタンプ》の跡さえ無い事だった。

「みとりの字に違いないが……いや少くとも非常によく似ている」

彼の漠然たる一時的な不安も、煙草の火を点けながら、ついでにそれを焼き棄ててしまうと同時に影をひそめてしまった。

翌日、社から帰宅した新一郎は、いつもいそいそと門口まで出迎えてくれるはずのきぬたの姿が見えないのを訝った。靴を脱いで上ろうとしていると、小女の松があわただしく迎えて、

「さきほどから奥様はお加減が悪いとおっしゃって臥っていらっしゃいます」と、告げるのだった。彼は直ぐに奥の寝間に行ってみた。

「どうしたんだね」

きぬたは、血の気の失せた顔を、物憂げに紅《もみ》の夜具襟から覗かせて、それでも懸命に歪んだような笑顔を作ってみせた。

「お留守にとどいたチョコレートを撮《つま》んだの。そしたら、暫くして急に嘔吐気《はきけ》がついて……そして変になっちゃった。ごめんなさい」

「何？　チョコレートだって」

「ええ。お机の上に乗ってますわ。お昼頃とどいたの。あなたの親切だと思ったのに」

彼は、自分の書斎にあてられた一室に引きとって、着更えながら、小型の菓子の化粧箱が開かれたまま机上に乗っているのを見た。それには、色附きの錫紙にくるまったクリーム入りのチョコレート玉がぎっしり詰まっていた。端の方に四つ五つ空虚《ブランク》があいているのは、きぬたが食べたものらしかった。驚いた事には、銀色の玉の間を縫って、金色の玉がスペードの1《ポイント》を画いて象嵌されてある事だった。──それは市内のどこかの郵便局から発送された小包である事を、その消印が語っていた。新一郎は、何か毒物が混じてあるらしい、この怪しげな菓子箱を中味諸共焼き棄てる事を松に命じながら、この危険な悪戯の犯人を鮮やかに想像せざるを得なかった。──私が、どんなに怖い女だか必ず思い知らせてやるから。そう叫んだみとりの真剣な顔が、ぽっかりと脳裡に大写《クローズアップ》されて浮んできた。

「こんな突飛な冗談は止めさせなくてはならない」

幸に、きぬたは、大した事もないらしく、翌朝には遅れずに起きて、台所の方で家庭的《ドメスチック》な物音を立てていた。彼は、その日の午後、会社を早目に切り上げると、直ぐに椿島に出かけて行った。所が、思いもかけず、美登璃荘はびっしりと鎧戸に立て籠められていて人気も無い事だった。崖下に一軒、始終別荘に出入りしていたはずの漁師の家があったのを思い出して、帰りがけに立ち寄って尋ねてみると、みとりは、どうやら新らしい相手を見つけたらしく、美登璃荘を殆んど放りっぱなしにしてどこかへ出かけて行ってしまったとの事だった。

「殊に由ると、上のお邸だって誰かいい買手に渡してしまって、のんきな道行きとしゃれこんだのかも知れませんぜ。旦那」

漁師は、そう言って屈託なさそうに笑ってみせた。彼は、それ以上詮索の手段も無くて、ぼんやり帰ってきたのだった。

その日を限りに、新一郎は、変に神経質に陥ってゆく自分を感ずるのだった。不可《いけ》ない傾向だ。と、彼は、強いて笑いを求めようと努力するのだった。その不自然な振舞いが、きぬたには鋭感に映るものとみえて、

「あなた、近頃妙におふさぎね。何か御心配事があるんじゃなくて」

と、時々彼の手を甘えるようにゆすりながら、励ますように質《ただ》すのだった。彼は、かたくなに首を振ってみせるきりだった。

第二の警告は、それから十日ほど経たある日、同じ形式でさりげなく郵便物の中に交っていた。

美しい花には棘があります。

これが例の一行の文字だった。この嘲弄したような女文字の一句に対して、しかし新一郎は、もうユーモアを感ずる所ではなかった。文句の単純である事が、よけいにその裏にひそむ陰謀の底知れぬ兇悪さささえ想わせて無気味だった。彼は、明らさまの事実をこそ告げなかったが、きぬたにも松にも、自分の、留守中にとどけられるであろうものには、無断で手をつけては不可ないと厳重に申し渡したのだった。事情を知らぬ女達は、彼のトゲトゲしいほどの口吻を、ただ不思議がる風に

見えた。

予想通り、いや手紙の警告通り、翌日、彼の机上には細長い紙函がとどけられてあった。それも同様に市内のどこかから無名の人によって発送されたものだった。彼は、「怖いもの見たさ」の心理にかられて、ともかくも要心深く包みを解いてみた。美事な薔薇の花の一束が、パラピン紙に余りにも丁寧に包まれた儘はいっていた。というのは、全体をくるりと包みこんだ紙が、厳重に糊付けされてある事だった。花枝全体が、云わば漏斗形のパラピン紙製の袋の中に封じこめられたという形だった。どんなに不趣味な田舎の花屋だって、今時こんな間の抜けたやり方をするものではなかった。——秘密がそこにあるのだ、と、彼は思った。多分青酸加里でも塗附された鋭い棘が、自分を愛でる者を裏切ろうと待ち構えているのでもあろう。彼は、自分の想像に満足した。けれども、何かもっと意表外なトリックがその内容に盛られてありそうに思われて、怯え易くなっていた彼は、それ以上験してみるのが怖じられた。——で、薔薇は箱毎火中されてしまった。

一日間を置いて、奇怪な手紙は、また彼の臆病さを見舞った。

先日は失礼。つつが虫のお土産は確かに受取って下さったでしょう。もっといいお土産がいりませんか。

こんな調子の文句だった。つつが虫⁉ 彼は、冷え冷えとしたものが、後頭部を起点に首筋を這い下るのを覚えた。何という思い付きだ。あの洋紅色をした微細な拡大鏡的毒虫が、犠牲者を待って、あの薔薇の葉裏に点々とこびりついていたというのか。彼は、ある友人の郷里にあたる、信濃川の上流地方で、年々この「地獄の虫」の狂毒に奪われる幾つかの人命の事を噂さに聞き知っていた。

新一郎は、明らかに、みとりが自分の生命を弄んでいる事を認めない訳にゆかなかった。ともかくも、女に、予告するという好意？　が残されてあるから逃れられはするものの、もしもそれがなかったとしたら……あるいはどうにかして手にはいらない場合があったとしたら……。彼は、人間一箇の生命というものが、いかに不安定な位置に懸っているものかという事を、改めて痛感さえするのだった。そして、彼の憂鬱な表情は、益々深く皺ばんでゆくのだった。

　彼には、けれども、みとりが最後のものを覗っているのではないと信じられた。これは要するに至極念のいった悪戯の程度であるだろう。自分の狼狽と不安がる有様をどこかで想像しながら、情夫の膝によって、冷笑と共に盃をあげているのでもあろうか。そうだ。わざわざ予告するというやり方が、云わば単に一種の精神的報復である事を裏書きしているではないか。だが、これは、自信のあるに任せて、子供の頭上に乗せた林檎を覗い射《う》ちしている男の態度にも似て、度外れな狂行の類《たぐい》なのだ。試さるるものにとっては、その一矢ずつが、新らしい死に相当する恐怖であるのだ。死というものが必ずしも極刑とはなり得ない。最後の一歩手前の恐怖に常に曝されてあるような方法こそ最も惨酷に効果的なものと言わねばならない。きぬたは、総てを心得ているらしいのだった。彼は、そして、急速に落着きを失ってゆくのだった。

「あなた、打ち明けてちょうだい。何かかくしてらっしゃる事をね。楽しみだけを分ち合うのがほんとうの愛し方というものじゃないわ」

　きぬたは、表面的にもせよ、自然彼女をうとましくするようになった彼の近頃を感じてか、そう訴えかけるのだったが、彼は、愛するだけに、きぬたをこの精神的刑罰の巻添えにする事を好まなかった。で、徒らに騒々しい空虚な笑いと共に、事もなげに否定してみせるのだった。

三

新一郎は、何か異状に衝動的《ショッキング》な事実の突発するのを、びくびくしながらも期待するような、変に矛盾した精神状態にとりつかれてしまった。「悪意ある好意」を秘めた書状は、しかしその後一月近くにもなるのに、忘れたように姿を見せぬのだった。わざと間を引き延ばしておく事によって、相手の恐怖心を鋭敏に尖らせてやろうという計劃なのか。そう自覚していながら、みすみす女の思う壺にはまりこんでゆく自分が、独り腑甲斐なくも歯痒い思いだった。しかし、事件の輪廓は大体明らかなものだったし、みどりの復讐も、云わば底の知れた、非常に遊戯的分子の濃いものである事がそのうちにも彼を多分に気易くさせていた事は事実だった。彼をいらだたせるものは、女のたくらみそのものではなくて、不断に神経を疲れさすこの種の悪戯が、いつまで続けられる事だろうという点にあると云ってよかった。

さて、新一郎の頭を混乱させてしまった次の出来事は、全く偶然の機会からだった。

二日ばかり九州の方に出張を命ぜられた彼は、社用を終えたその日、帰旅の心易さで車中にあった。久し振りに味わえる家庭の食卓等を想いながら、漫然と窓外に転展する山姿水容に眼をやっているうちに、丁度昼過ぎになる頃列車はO駅に着いた。四つの幹線を結ぶこの乗換駅は恐ろしく雑沓していた。彼も、中形のスーツケースを一つぶら下げてブリッヂを渡ると、待っていたN行きの箱に乗り換えたのだった。発車までには未だ五分近くもあったろう。彼は、何気なく今構内にはいってきたばかりの列車の呑吐する群集を眺めていたのだが、不意に突かれたように立ち上った。丁度彼の向い合いにあたるその客車の窓の一つから、二人の男女が並んで上半身を乗り出すようにして、何か愉快そうに談笑しているのを見つけたからであった。男は、玉蜀黍に生えているような茶褐色の縮れ毛に、黒さびた皮膚を持った異国人だった。それが芸人のように飛びはなれて派手なネクタイを着けているので著しく注意を呼んだのだった。その連れらしく思われる、割合に地味な装いをした、しかも若々しい美人を見つけた時、新一郎は、あっ！　と小声で叫びさえした。みどりだ。みどりに違いない。彼は、この発見が余りに突然だったので、暫く呆然とした形で眺めているきりだった。そうだ！　と、はっと、自分の為すべき事に思い付いた彼は、あたふたと車を降りようとしたのだが、いつの間にか、修学旅行の一団らしい中学生が殆んどその一箱全部を占領した形で、席のとれなかった連中が通路まで蟠《わだかま》っていたので、漕ぎ分け漕ぎ分け漸くホームに降り立った時には、向うの列車は既にゆるぎ出していた。一人の駅員が、周章《あわ》てて、関わず乗ろうとする彼を支えてしまった。――仕方なくもとの車に乗りこんだ新一郎は、そうして満されぬ気持で、約六時間の退屈な旅をN市に着いたのだった。

タクシーで家の門口まで乗りつけた新一郎は、偶然にも、備えつけの郵便受箱の口に、爪立ち気味に何かを放りこもうとしている、貧しいなりの男の子をいち早く見つけたのだった。

「おい。ちょっと待て」

彼は、少年を呼びとめた。相手は、別に悪びれもせず振り向きながら、彼を見上げたのだった。少年の手にしているものが、例の封筒だと知った時、彼は、その少年の口から、聞き出せるだけの事を引き出そうと試みた。――少年は、K町（貧民窟と呼ばれているN市の一劃だった）の餓鬼大将の一人だった。その日の真昼過ぎの事、（近くにあるラヂオのバンドが、流行のリオ・リタをやっていたというから時間に間違いはなかった）停車場附近の広場でケンゲキごっこをやっていると、一人の女の人がやって来て、この手紙を夕方になってからここの箱にいれてくれるようにといって、五十銭玉を一つ呉れた事、それは若くて美しい人だった事、襟巻で顔を半分以上もかくすようにしていた事等が分明した。けれども、その女の精《くわ》しい描写となると注意力の散漫な少年の記憶は幾んど空虚だった。

「今度から、よう覚えときます」

少年は、彼からの十円玉にほくほくしながら、そんな愛想を言い残して走り去ってしまった。

禁酒。

半紙の上には、小学生の習字のような大きな文字が二つだけ、角ばってひかえていた。

新一郎は、四五日ぶりできぬたの新鮮な笑顔に迎えられながら、妙に考えこみ勝ちだった。その夜も寝に就きながら、彼はその矛盾を解決しようと焦った。O駅でみとりを見たと殆んど同じ時間に、汽車で六時間以上も隔てたこのN市に彼女が現われている事になるのだ。O駅での女は、では、みとりではなかったのだろうか。いや、あれだけ愛撫した女を間違えるはずはない。彼女の肉体のいかなる一部分を以てもそれと言い当て得るほどの自分ではないか。そうすると、あの手紙の渡し主は、即ちこのヒステリックな「異状浪漫的嗜好癖患者」の正体は、みとりではないという事になるが……彼の疑惑は、夜の沈黙と共に跳梁してゆくのだった。が、そのうちに旅の疲労が漸く彼を重苦しい眠りに誘いこんでいったのだった。

翌朝、彼の出勤間際になって、例の如く無記名の小包がとどいた。開けてみると、それは仏蘭西ものの白葡萄酒の一瓶だった。禁酒か。彼は、それを机の引出しの奥深く蔵いこんで、厳重に錠を下ろすと、社に出かけて行った。――その日一日中、彼は仕事がしんみり手につかなかった。そして、うっかりと筆をとめてはその事に考え耽るのだった。チョコレート。薔薇の花。白葡萄酒。それ等は皆自分の特別な好みに合ったものばかりだった。充分これを心得ているように、選んでそれ等の物ばかり贈ってよこす点から察すると、みとりの仕業とも思えるが、しかし、自分の嗜好に通じている女といえば、少くとももう一人はいるのだ。小包の発送が三つ共市内からである事実、それにいかにも不趣味な半紙、封筒等を使用している理由は、「特別なもの」を用いる事によって簡単に秘密の糸口を嗅ぎつけられまいとする警戒に違いないのだが、既に自分の正体もわざわざ暗示するほどの手段さえとっているみとりが、何故それを韜晦するような矛盾した要心を必要とするのか。これは、ただたくらみを完全に遂行しとげるまで、自分のかくれ場所を曝《あば》かれまいとするだけの配慮としか思われぬではないか。これ等の事実が漠然とながら指さすところは、自然、愛するきぬたがその女ではないかという事だった。この推理に逢着した時、彼は自分の割り出した計算に自《みずか》ら愕くのだった。そう思えば、この事件には、最初からどこかにシイリヤスな所が欠けている事が思い合わされるのだった。――しかし、きぬたがその正体だとしたら、自分をこんなに「真剣な悪戯」で苦しめる理由は何であろう。これが一番大きな疑問であった。きぬたが、自分とみとりとの関係を耳にしていたとしたら……そんな所に原因があるのであろうか。が、彼女は、あの最後の苦々しい別れ場に演じられた自分達の口論を知っているはずはなかった。知らぬものを利用するという事は考えられぬ事だった。――思い惑いながらも、ともかくも、彼の立てた犯罪方程式は、二つの平方根を持っているのだった。みとりか、でなかったら、きぬたか。彼は、験してみる事に由って、疑惑を一掃出来ると信じた。幸に今日は誂え向きの機会だ。きぬたは、自分で例の手紙を彼の机上に揃えて置く事に由って、間違いを絶対に防ぎ得ると知ればこそ、こんなにも危険な芝居を平然と打っていられるのだ。今度は、偶然のきっかけから、その予告が、彼の手にはいったという事を知らない。（彼を愛する限り、彼女は、今ひどくそれを気づかっている事だろうが）だから、彼は、今夜にも、いかにも無頓着な様子で、あの怪しい酒を彼女にもすすめてみるのだ。瞬間に事実は明白にされるだろう。――彼は、自分の計劃に独りで陶酔しながら、帰途、わざわざ遠まわりをして、送られたものと全く同一の一本を購《あがな》って、素知らぬ顔で帰宅したのだった。きぬたは何も気付かぬ様子だった。彼は、早速、例の包箱の中味を秘かに取り換えると、それを持って夕食の用意の整えられてある奥の六畳に出かけて行った。

「今朝僕の好きなものを貰ったからあけようや」

何気なく言いながら、新一郎は、箱から取り出した瓶の栓を抜いた。

「珍らしいから、お前達も一口お上り」

彼は、きぬたと松のために用意された二つのワイン・カップに注いでやった。（この小女だって験しておくべきだった）その瞬間、気の故か、彼は、きぬたの顔色が幽かながら動揺したように思った。彼は、内心それみたかと思いながら、わざと自分のカップには仲々に口を触れなかった。(彼が先に味ってみせる事は、云わば毒味の形で、トリックに感付いたかも知れぬ相手を、充分安心させてしまう事になるからだった)

彼を、失望? させた事には、きぬたは、美味しそうにそのカップを空けてしまった事だった。女主人の後から、松も、遠慮がちに味い終ったのだった。――この実験の結果は、反って彼のみとりに対する恐怖をはっきりさせるに役立ったばかりだった。チョコレート中毒事件も、きぬたの巧妙な技巧《トリック》ではなかったのだ。――しかし、例の葡萄酒は、初めから恐怖の仮面を冠っただけのものに過ぎないとしたら、きぬたの振舞いも当然な事になるのだが……。ふと、そう疑われた彼は、翌日の休みを幸いに、市営公園に出かけて行って、番人の隙を窺いながら、一隅の大金網の中に戯れている猿に、少量の例の葡萄酒を盛った容器をあてがってみたのだった。暫く様子を伺っているうちに、甘く調味されたその液を甜め尽した一匹は、やがて中央にある木を登りかけたが、中途で、手足を瘧《おこり》患者のようにわななかすと見る間に、大きな石塊のようにぽろりと地上に転落して果てたのだった。――少くとも道具立てだけは真物だったのだ。彼は、今更に慄然とした。

四

今や、あらゆる事実が、先の推理を助けた事実までが、彼の耳にみとりの名を密告するのだった。O駅での女は、他人の空以であったのかも知れない。そうでなかったら、みとりが、誰かもう一人の影武者(無意識的な幇助者であるかも知れないが)を、N市附近に持っているものと思われた。次々の事件に直面しながら、新一郎の心には、未だ、嵐の危険に遭遇しながらも暗礁の在り場所を悉皆知り尽している船員のようなゆとりが残っていた。次の驚愕すべき手紙が、彼の平静を根底から覆えしてしまうまでは。

それは、白葡萄酒事件から一月余り後の日曜日の午後の事だった。

「見慣れない子供が、玄関で旦那様にお目にかかり度いと言っておりますが……」

という松の言葉に、新一郎は、煙草を銜えたまま出て見ると、それはいつかの子供ではなかったが、やはりそうした巷の餓鬼大将らしい少年だった。

「どっかの叔母さんが、これ持ってけば駄賃をくれるだろうからって言いました」

少年は、ずるそうな眼付で彼の顔色を伺いながら、多少慣れっこになっている例の封筒を差し出したのだった。――それは綺麗な若い女の人だった事、唇の傍に黒子《ほくろ》のあった事、その手紙を手渡す折に見たその人の指には、白い髑髏のついた指輪が嵌《はま》っていた事等、その少年の記憶は割合いにしっかりしていた。それは朝の事であったが、午後になってからとどけてくれと頼んで、停車場の方へ行ってしまったという事実が、いつかの少年の場合とそっくりな事だった。みとりは、どこからか汽車で漂然と来てまた漂然と房って行くらしかった。しかも、手紙のとどけらるるまでの間に、行方を晦ますだけの時間を、充分勘定にいれておくという細心さだった。――心づけを与えて少年をかえした新一郎は、もうそれがみとりである事を確信した。髑髏の指輪というのは、いつか女がそうした趣味のものを欲しがっていたので、わざわざ細工師に依頼して造らしたものを贈ってやった彼だった。あの女以外の誰が、そんな物好きな装飾品を身につけていよう。

私は、今まで、死を賭けた遊戯を続けてきました。お前は、私の予告によって、少し甘やかされすぎていたのです。それは、私に未だお前の血の要求が湧かなかったからです。私は、充分前味を楽しみたかったのです。お前は、これが「真剣な遊戯」である事を信じまいとして、自分を騙す事に懸命だったでしょう。私は、今こそ女の執念の深さのほどを思い知らせてあげます。幸に（?・）私は、もうこんな生活にくたびれきってしまいました。そして、死の歓喜を切に思うようになってきました。私に生きる慾望の続く限り、お前への遊戯は続けられた事でしょう。けれども、私は、余りに早く遊び飽きてしまったのです。私は、何故か、憎らしいお前と一緒に死んで行きたい。私は、それをこの二十日の午後十時までに決行します。無理情死です。私は、そして、私の恋の報復と成就とを一時に得らるる事になるでしょう。私は、気まぐれから一緒になっている今の男（曲馬団の猛獣使いをしている印度人です）から、効めの確かな印度産のある植物性の毒物を貰いました。お前は、どんなに踠いても、私の手から逃れる事は不可能です。何時？　何処で？　今度こそ予告は抜きです。

　この断章的な、そして事実だけを飾りっけなく叩きつけたような一文を見た新一郎は、瞬間、地獄の底をちらと覗いたようにさえ思った。幽かに予感しない事ではなかったが、とうとうその時が来たのだ。二十日の午後十時……もう数日しか残されてない。しかし、全然絶望ではないのだ。案外容易な所に逃避の道が発見されないとも言えぬ。植物性の毒物と書かれてあるのは、言わば不用意な予告ではないか。厳重に口を注意して、逃れられるだけはやってみよう。――みとりよ。俺の卑怯さを笑うか。どうせ生に執着する姿は醜いものなのだ。新一郎は、その日から、家では勿論、会社に出かけても、湯一杯、煙草一本とろうとはしなかった。空腹に堪えられなくなると、ふらふらと町に出ては、出鱈目に思い付いた小料理店に立ち寄って食事をしたためた。が、決して二度と同一の家にはよらなかった。彼には、会社の繁雑な仕事《ビジネス》に追われて機械的に働いている間だけが、反ってありがたく感じられた。帰宅して書斎に落着くと共に解放された頭は、今度は全能力的に脅迫観念を層一層と積み重ねてゆくばかりだった。極度の精神的な怯えと肉体的な忍従とが重なって、二三日のうちに、彼の形相は凄まじく陰暗なものに変じてしまった。

「みとり、そりゃあんまりに勝手な振舞いというものだぞ」

　彼は、夜中になど、襲われたように飛び起きて呟いたりした。黒髪を食いしめ、ヒステリックに歪んだ北叟笑みを浮べた女の映像が、彼の夢を夜毎に乱すのだった。慰めようとして反って彼の神経過敏になった毒視に追いやられるきぬたの様子は、一層みじめなものに見られた。彼は、その筋に訴えて保護を求める事を考えてもみた。が、この余りにも架空的な事実は、直ちに一笑に附されてしまうであろう。下手をすると、自分は、一種の精神病者としての取扱いを受けぬとも限らぬ。――いや、自分はこの数日の懊悩の結果、もうほんとうの精神病的徴候を具えてしまっているかも知れないのだ。ここでまずく蠢く事は、もっと恐ろしい結果に自分を導きはすまいか、そして、小心な彼は、自身の行動を制御するのが大きな努力でさえあった。

五

こうして煉獄の幾日かは過ぎて行った。丁度、呪われた二十日の日の夕方であった。新一郎は、病上りのように力無い足どりで、よろめくように帰宅すると、さっさと書斎に引上げて、その中央にどっかり坐りこんだ儘動こうともしなかった。彼は机上の時計の針が約束された最後の時間に近づくのを、食いつくような熱心さで眺めた。

九時が過ぎた。新一郎は、幽かに微笑した。丁度その時、松が、一通の手紙を持って、おずおずとはいってきた。

「持参した男が玄関で待っております」

それは、「至急必親展」と断わった物々しい一封だった。

私は、この最後の時が近づくにつれて、やっぱりお前を愛しているのだという事を知りました。お前は、今日の午後、N軒でオムレツをとったでしょう。あれを運んだ断髪の女給は、私の指図で、恐ろしいものをお前に食べさせたはずです。直ぐにこの手紙持参の船頭と一緒に来て下さい。約束の時間を余り遅れては間に合わぬかも知れません。奥さんも待っています。

美登璃荘より。

新一郎は、鳩尾《みぞおち》の辺が、じんと疼いてくるのを覚えた。そんな所にまで陥穽が設けられてあったのか。奥さんも？　彼は、初めてきぬたの姿の見えなかったのに気付くと、性急に松に尋ねてみた。きぬたは、彼の帰宅少し前に、やはり船頭風の男の出迎えを受けて出かけたという事だった。彼は、新たな不安を掻き立てられた。で、そのままあわただしく玄関に待っていた船頭と行を供にした。――舟が椿島に着くまでの間、自分の生命は既に時間的なものに予約されているのだという自覚が、加速度的に彼を訶《さいな》むのだった。

舟を棄てた新一郎は、闇の道を夢中で美登璃荘まで駆け上った。案内を乞う暇もなく、知り尽したみとりの部屋に躍りこんで行った。

洋灯《ランプ》の覚束ない光に照らし出された部屋の中央には、粗末な卓子が一つ蹲っているきりだった。建物の内部は不気味なまでに静かだった。幽かな波の音が、その沈黙を際立たせていた。新一郎は、絶えず神経的な身震いを続けながら、多少上釣《うわず》った眼で、その卓子の上に置かれたカップを、そして一包みの薬らしいものを見つけた。急いで近よってみると、カップの下敷きにされた一枚の紙に、簡単に、「あなたへの愛のために」と書かれてあるのを発見した。――解毒剤に違いないと気付いた彼は、瞬時のためらいもなく、その白い散薬を、カップの水と共に一呼吸に飲みこんだのだった。それで、思わず深い嘆息《ためいき》と共にやや落着を取りもどした彼は、見覚えのある自分の恋文の一束が同じ卓上に残されてあるのを見た。――これで総てのいざこざの大団円がくる事になるのだろうか。けれども、来ているはずのきぬたは、そしてみとりは？　彼は、思い切って、重い帳で区切られた次の寝室に踏みこんでみた。壁際の豪奢な寝台《ベッド》の上には、蠟燭の神秘めいた円光の中に、見慣れた寝巻をまとったみとりが、壁の方に顔を外向《そむ》けたしどけない姿で長々と仰臥しているのが浮び出ているのだった。この場合、余りにも人を食った女の態度に呆れながらも、彼はみとりの腕の一本が力無く寝台の縁から垂れ落ち、例の髑髏の指輪をつけたままの指が、しっかりと一葉の紙片を握りしめているのを、異様に見た。ある事を稲妻のように感じながら、彼は、戦のく手でその紙片を抜き取ってみた。

私の勝利です。

しまった！ みとりは死んでいるのだった。彼は、殆んど無意識に腕時計を透してみた。十時二分前！ 俺は、N軒で毒物を食わされてなどいなかったのだ。早計にも解毒剤だと信じて今飲んだものこそそれだったのだ。ああ、無理情死か。女の罠に見事かかってしまったのだ！ 畜生！ 彼は、思わずへたへたと崩折れながら、訳もなくみとりの屍に突進した。けれども、次の瞬間、彼は、もう一度恐ろしい叫声と共に飛び退いていた。みとりの屍だと信じたものは、実は愛するきぬたの冷い骸だったのだ。しどけなく着せかけた寝巻が、ずるりと辷ったとたん露出《むきだ》しにされた女の胸には、みとりの凄じい乳房の代りに、未熟の苺のように新鮮な色を帯びた娘の乳があった。一まわりぐるりと頸部に纏《まつわ》った緋縮緬のしごきの端が、わざと光から外向けられた彼女の半顔にはらりと懸っていたので、彼は、それまで気付かなかったのだった。――これが俺を待っているきぬたの姿だったのか。可愛想な運命的犠牲。あの女みとりの報復は、これで悪魔の仕事のように完全なものになったのだ。新一郎は、涙のない歔欷と共に、空しくはなってもなお美し過ぎるきぬたの骸の上に頽《なだ》れ落ちるように、どうと倒れた。

不意に、生暖く柔らかな二本の腕が、しっかりと熱心に彼のうなじを引き寄せるのを感じて、彼は、もう一度愕然とした。きぬたは、やはり生きていたのだ。

「どうしたというのだ。そして、みとりは何処にいる」

鈍感な新一郎は、未だそんな事を尋ねるのだった。

「みんなお芝居よ。ね。驚いた？」

きぬたは、寝台の上で世にも妖艶に笑いながら言うのだった。

「みとりって人、死んじまったの。あの人、あなたがお考えのように怖い人じゃなかったのよ。ほんとうは。あの人の復讐ってのは、いつだったかわざわざあたしをここに招待して、あなたのお手紙の束を見せつける位の事だったのでした。それからあの人ったら、『新さんを別に憎んでやしない。お互に幸福にね』って、それをあたしに残してどこかへ出かけてしまったのでした。あたし、あなたをすっかり信じてはいましたが、その折にあったという口争いを利用して、ふいとこんな悪戯をもくろむ気になったの。あたしの気持分って下さる？　あなたが、あの人との過去をかくしていらっしゃるのが憎らしかったから……それに甘く見くびられたお返えしの気持も手伝ってねえ。それを、あたしに打ち明けようという気持になって下すった時直ぐに許してあげようと思っていたのに……それに、あたし達の生活は少し退屈過ぎましたわね。（何という言い草だと彼は思った）あの人、あれから旅芸人の仲間にはいって、印度人の旦那を持ったんですって。一月ほど前の事でした。獅子の檻の内で踊っている時に、油断して大変ひどい傷を受けてしまったんです。この美登璃荘から、最後に一目あなたに会い度いからって来たお手紙を、あたし無断で見ちまったの。そしてあたしがあの人に会いに出かけました。あの人は、死ぬまであなたの事を忘れなかったのですわ。それを知った時、あたし少し嫉《や》けてさえきましたわ。でも、もう大丈夫。――あの人は、あたし達のために、いいえ、あなた一人のためにかも知れないけれど、この美登璃荘からこんな指輪のこまごましたものまで、お片見に残したんですわ。あたしの嫉妬交りのお芝居も、だから、この最後の一幕で梟《けり》にする事にしたんです。ね。怒って？　あたし、ほんとうにあなたを愛していればこそ、こんな埒もない悪戯もしなければならなかったのです。あたしが、ほんとうはどんな類の女だかを思い知らせてあげて、これからあたしを裏切るような事をなさらないように……あなたをあたしから逃がさぬ要心にね。分って？　でも、あたしも随分、自分自身の芝居に苦しめられました。あの白葡萄酒の時などね。さすがに困ったわ。でも、割合いに平気でした。何故って、あなたには、あたしをみすみす見殺しにするような真似は到底出来ないと分っていましたから……（何という信じ方だ。と、彼は思うのだった）手筈が狂って、ほんとうにうっかりあなたがおあがりになった時はって。勿論直ぐにあたしも追っかけ飲み干す覚悟でいました。どの場合にもね。（これがこの女の愛し方なのだ。彼は、変に眼頭に蠢くものを感じだした）みんなこれ切りでお仕舞い。これからこのお城で、ほんとうにいいあたし達だけの生活が始まる訳ですわねえ」

新一郎は、初め、大声あげて言いたい事がこみ上げてくるのを感じた。が、仕舞いには、きぬたの言葉を、甘やかなお伽噺に聞きほれる子供のような快さで楽しむほどになっていた。彼はそうして興奮が落着いてゆくにつれて、自分が完全にきぬたに克服させられた事を自認せざるを得なかった。それは、むしろ一種幸福な被征服感でさえあった。――俺は、もう一生この女を離れられないのだ。俺は、小羊の皮を被った豹を飼っていたのか。そして、今はしみじみと女を可愛くさえ覚えながら、激しい緊張の後の不可思議な恍惚感と共に、きぬたの焼けるような抱擁のうちに溺れこんでいったのだった。

欺く灯《ひ》

一

そのひと夏、私は、Kというさびれた漁村に出かけて行って、村端れの三等郵便局の主人の好意で、そこの離家《はなれ》を借りる事にした。そして旅寝にも漸く慣れた三日目の夜の事、図らずもこの物語を聞くような出来事に出《でっ》くわしたのである。

——暑苦しくて寝つかれぬままに、十二時近くまで雨戸を開けひろげたなりにして、枕近く響く海の唄にぼんやり聞きいっていた私の耳に、ふと、母家《おもや》の方からの奇怪な音が飛びこんできたのだった。——押し殺したヒステリカルな叫び声——続いてピシリピシリと生身を打つような無気味な音——低く幽かな呻き——やがて女の啜り泣きに似た声が細く長く聞えて、何か甘酸っぱい感触《タッチ》で私の神経を擽《くす》ぐるのだった。

母家には主人夫婦きりしか居ないはずだった。私は、どうしようかと床の上に立上ったまま暫く躊躇していたが、そのうちに、その一種陰惨にも聞える泣声らしいものがぱたりと止んでしまったので、深夜、「犬も食わない」という夫婦喧嘩の仲裁に立っている自分の愚かしい立場を想像すると、馬鹿らしくも思われ、そのままに過ごしてしまったのだった。

が翌日、母家に招かれていった折、それでもちょっと気がかりなので、それとなくあたってみると、晩酌の盃を重ねていた主人は、五十がらみの漁村人らしい精力的に油ぎった顔をちょっと間の悪そうにぎらりと一撫でするると、誤魔化すようにカラカラと笑い出しながら、浮かぬ顔で傍に銚子をとっていたお神さんを意味ありげに見反《みか》えって、

「いや、とんだところをお聞かせしましたなあ。喧嘩じゃありませんので！」と暫くためらってから、「こいつの面《つら》をごらんになってもお分りのように……こいつは、あんな風に可愛がられる方

が好きなんですて、ふふふふ。とんだ者同志で一緒になったもんですてなあ。――わしだとて始っからのなにじゃないのでして……あの時から、そうですあの時がその悪ふざけの病みつきだったのですよ。これにゃつまらないロマンスて奴があるのですが……や、話しちまいましょうかのう。肴にもなろうというものですて」

と次のように語ったのである。

二

その時分、信三郎（主人の名）は、K村から一里半ばかり離れたT町の郵便局の雇事務員をしていた。海よりの、少し高みに建っていた局の裏庭からは、怒りっぽい日本海が渺茫《びょうぼう》と空に連るのを見晴す事が出来た。顔を翻すと、西北の日路近く、K村のはずれから背を起した番神岬《ばんしんみさき》が長く長く海中に突出したまま、小さな舟つき場をその懐に抱いているのが覗《うかが》えた。岬の鼻には、眼病に効験あらたかだと言われている日蓮宗の番神堂の反《そり》を打った甍《いらか》が、幾本かの枝なみ面白い大欅の間から覗いて一幅の絵だった。灯ともし頃になると、御堂の境内にある石の大灯籠に電灯の灯がはいって、キラキラと輝やいた。村に電灯がひかれて間もなくの時で、二三の物持ちを除いては、村では未だ全部が煤けた洋灯《ランプ》だった。で「嵐に消えない灯」のはいったこの常夜灯は、この界隈に夜漁する舟の唯一の目標にされていた。

いつも土曜日の夜になると、信三郎は、時間をはかって局の裏庭に出る。そして岬の鼻にぽっつりとたった一つ輝いているその灯をじっと眺めるのだった。首尾のよい時には、九時から九時半頃までの間に、暫くあかりを見えなくしますから……と、それが彼等の恋のシグナルだったのである。日曜の朝になると、彼は、石塊《いしころ》だらけの坂道かけてぽくぽくと村の生家にもどって行く。そして夕べは、昼顔の網で蔽われた砂丘《おか》のかげになった牛舎の秣《まぐさ》小屋の内で、牒《しめ》し合わせたおみよとのランデヴーに充分満足しては、全身に乾草の臭を漲らしたまま、また、機械的な仕事に元気よくもどって行くのだった。

仲間の若い衆達は、漁人らしい放埒なあけっぴろげのやり方で、各々の人魚を愛していたのだったが、職業的に小都会人になってしまっていた彼は、おみよに軽蔑されながらも、こうした臆病な方法を選ぶより仕方がなかった。と云うのは一つには、おみよの従兄にあたる、「重公《じゅうこう》」のやぶにらみの眼が、彼には甚だ恐ろしいものとなっていたからである。

重公は、彼女をねらっていた。「あの女に指一本でも触れてみろ、極楽詣りをさせてやるから」彼は、仲間に常々揚言していた。彼の近隣に響いた無鉄砲な破落戸《ならずもの》的行為は、さすがに好色な漁士達の鈍い頭にもヒリヒリと偉力を感じさせていたものだった。だが、おみよだけは、いつも信三郎の余りにも要心深いのを嘲笑した。

「あんな男、海月《くらげ》ほどもこわいもんかな。お前さん」

彼女は、全く重公を甘くあしらった。皆の前で散々に面と向って彼の悪口を叩いた揚句、それでもちっとも悪い顔もせず傍によって来ようとする彼に、網場の鱗交りの砂を散々に投げつけたりするのだった。口の内に飛びこんだ砂をペッペッと吐き出しながら、そんなにされても重公は、へへへへと笑うきりで、彼女の前では、彼は赤ん坊的な存在に見えた。

「去年、民さんの足を捥《も》いだのも重公の仕業だってじゃないか」

信三郎は、彼女の危険な大きな玩具に対して警告するように、仲間から聞いた重公の代表的《ティピカル》な一つの野獣的振舞をよく女に話した。

毎年の慣《ならい》で、大きな帆船を仕立てて、彼等は、朝鮮の近海にまで出漁する——船は、連日の大漁が続くと様々の大形の魚で豊に充填される。そうした一日、殊にどかんとした蒸し暑い日の午後など、マストの上から見下ろすと、厚い碧の水の層をへだてて、灰黒色な魚雷形の怪物が影のように

船を掠めて過ぎるのがよく見受けられた。と、

「でやがったぞっ！」

「鱶《ふか》だっ！」

職業意識外の遊戯心が、忽ち船の連中の反芻的な無聊を掻き乱して、懸賞附鱶釣競争が船を挙げて一斉に初められるのだった。——獲ものは思わしくあがらなかった。でも彼等は、懸けられた一本の酒に夢中になってそれを競うのである。

「奴は贅沢でな、人間様の肉が一番の好物ときてるんだ。——餌《え》さえよけりゃなあ」

大鰹の一本身を針につけた太綱を上下に操つりながら、その時嘆息するように重公は言った。

「馬鹿な事言えや……」

その日始めて乗りこんだ、「お姫様」と綽名《あだな》のある色の白い民さんが、直ぐに彼の言葉を抹殺するように笑った。

「何がうそけえ……何なら試してみせよか」

重公の眼が、その時ちょっと兇々しく光った。

やがて、

「おうい、皆ちょっと手を借せや」

で、皆の動作に暫く一つの中止《ポーズ》がきた。前半戦の終りが、——帆桁用の太い丸太を、五六人で芋虫を運ぶ蟻のようにそろそろと持ち上げて位置を変えようというのである。四五本の力瘤の張出た腕が、加勢に丸太に巻きついた。右端は重公が民さんと並んで受持つと、ぐるりと廻る。とたんに、

「ぎゃっ！」

と、民さんはのけぞって倒れた。重公の手が辷ったか、丸太の端がはずみにごとん！　と民さんの足の上に落下したのである。血の花火！　足首は、鈍刀で打ちひしゃがれたように割れて赤かった。民さんは蒼白に気を失ってしまっていた。

「こいつあ使いものにならねえぞ」

一人が、無花果《いちじく》の如くはじけた箇所を甜《な》めるようにして覗きこみながら叫んだ。

「しようがねえ、捥《も》いじゃえよ」

重公は、簡単に片づけてしまった。

どれだけ経ったか知らない。民さんは、ふと意識にかえった。

「手前、足首から無いんだぞう」

一人の男が、ちょっと気の毒そうに言い聞かせた。

「どこへやった」

蚊の鳴くような声だった。

「知らん」

そこへ、にやにやと、引っかかったような笑顔を見せながら、一間《けん》半もあろうという食人魚《マン・イーター》の一匹を引きずった重公がやってきた。

「ほらあ、見ろやい。民。俺の言うたが嘘かい。おかげでこんなでかい奴がかかったぞ。手前の肉は一段とうまいらしいぜ。ははは」

その「海の破落戸」は胃痙攣を起した孕み女のような恰好で甲板をのたうち廻っていた。重公は、次の獲ものを引ずり上げるために、民さんの生々しい肉体の一部をまた引きちぎって折れ錨《いかり》の先につけたのである。

「俺あ、はかられたのだ」

水の干たような民さんの眼は、怨めしそうにそう語っているかのように見えた。そうしたことがあってから、民さんは片松葉の姿を村に曝すようになったのである。

「なあ、あいつは、つまらぬ冗談に他人の足一本を犠牲にする位の事は、朝飯前の男だからね」

――信三郎は、思わず女を愛撫する指先に力をいれた。

「お、いた」

おみよは、彼の手を避けながら、むっちり盛り上った胸を着物の上からさするのだった。

三

彼等の恋を怯やかす事件は、次のようにして起った。

その日、日曜日の早朝、彼は、いつもの通り村への途上にあった。昨夜、首尾を気づかって岬の灯を見に出た折は、小雨交りの荒れ模様だった空のたたずまいも、いつか次第に和んで、今は沖にかえって行く鷗の姿さえ見受けられた。彼は、健康《じょうぶ》そうにぐっと胸をふくらましながら歩いて行った。が、一歩村へはいると直ぐ、彼はその空気のただならぬのを予感した。裏座敷まで突き抜けの家の入口で、痘痕《あばた》のある鼻を笊の中に突っこむようにして海草を選《え》り分けていた母親がいきなり、今朝暗いうちに二人の仏様があがった事件を知らせたのである。昨日《きのう》の暮れ方、無謀な重公達が舟を出したのだが、岬の突鼻《つっぱな》の難所で、とうとうかえしてしまって当の重公だけはどうやら幸運にも漂いついたが、Ｆはひどい怪我をして、残りのＡとＤは二人共冷くなって叩きあげられたというのである。

「針（バロメーター）の悪いのは分ってたに、あの野郎共の無算向《むさんこう》ときたら真似手がないやな」

そう吐き棄てるように言う母親を聞きながら、信三郎は、ふと、いつか女から内密《ないしょ》に聞いていた消息に気付いていた。

四人共に名うての密輸入の常習だった。年に四五回、定期に上海《シャンハイ》通いの汽船が沖合を過ぎる。彼等は汽船の水夫頭と牒し合わせた時間をはかって、漕ぎ出して行って待っている。厳重な錫《すず》の箱に詰めて大きな目標をつけた阿片、コカイン類の幾箱かが、密かに汽船上から投ぜられる。それを陸上げしては、横浜くんだりの「南京《ナンキン》さん」とうまい取引きが済まされ、それで身を遊ばせながらに毎日の酒が続けられる。――村中では薄々感付いている者もいたが、貰い酒の恩恵と、彼等の物言う腕が恐ろしさに横眼で見ているだけの話だった。あの荒天を見かけながら、彼等の出かけて行った理由も実はそこにあった。

午後になって、信三郎は、女を待つ間裏浜の方に下りて行った。踏み乱された浜の砂上には、未だ呪わしい事件の雰囲気が残っているように感じられた。肥料用の魚の腸《はらわた》を満たした溜槽《ためおけ》が立並んだ間を抜けて行こうとした時、そのかげから突然重公の胴間声《どうまごえ》が起ったので、彼は、ぎょっとして立ちどまった。

「何せひでえ目に会うたて。仲間が三人とも一時にやられちゃったんだでなあ。商売も上ったりだ。――俺あ、どうしても奴等の敵《かたき》をとってやらなくちゃならねえんだ」

彼の声音はへんに変って聞こえた。姿こそ見えないが、重公のまわりには幾つかの渋紙色の顔が並んでいるらしい。

「出かける前に危ねえとは思ったのよ。が、ほら、船との約束があるで思い切って乗り出したのよ。向うで待っちゃくれねえからな。未だ明るいうちにいい工合に四五箱引上げて、いざもどろうとかかったのが丁度七時をまわった頃だったかな。海は、そろそろ機嫌が悪くなり出すし、や、腕の続く限りがんばった。でも、そろそろ鼻へかかった時分にゃ真っ暗。そうさな十時位だったか。岬のあかし目あてで、へとへとの体をもう一ふんばりだとあやつってたんだ。と、けしからんじゃねえか、俄かに眼がつぶれたかな、とその時は思ったんだが、大事な巌っ鼻をぐるりとめぐろうとする所で、ふっ！　と灯《あか》しが消えてしまったのよ。浪の崩れっぱなで、おまけにあの乱れ岩の真ん中なんだ。浪のせせら笑う声と、あの白い歯並みだけが白っぽく感じられるヨリだったたっけ。少し見当が外れてもいけねえ箇所だで――どん！　と食らってひっくりかえしちまった。お念仏一遍唱えた事のねえ俺が、幸にこうして手前達にお目にかかれる事になったが、可哀想なのは野郎共さ」

「ふん、箱だけはうまく上ったさ。今度は野郎共と山分けにしなくともいい代り、やれ葬礼代だ医者代だと、結局みんな削られりゃ元も子もないやな」

「どうしたてんだ。崖の村長さんとこの電気は夜っぴてついてたはずだがなあ」

「それさ。俺もあとで気がついたんだ。合点がゆかぬと思って今朝ほど御堂へ上ってってみたのよ。——ええおい、案の定どいつかのいたずらだったんだ、それが……。畜生！　てっきり俺達を謀ろうとした野郎があったに違いねえんだ」

「誰でえ」

ちょっと、感動的な沈黙があった。重公は低く呻いた。

「俺あ、どいつがやったんだかちゃんと分ってるんだ」

そこまで聞くと、信三郎は、ごくりと唾をのんだのである。自分達の恋のシグナルが、偶然の暗合からそうした恐ろしい事件を産み出していようとは。彼は、次に、重公が立上った気配を感ずると、そのまま足をかえして何気なく牛舎小屋の方へ向って行った。

四

秣小屋の裏手から廻ると、もう、おみよの白い手が板戸のかげからそっと招いているのが見えた。

「顔色が悪いぞえ」

二人が、いつもの通り奥の乾草の束で作った愛の巣に落着くと、直ぐ、心配そうに女が彼の顔を覗きこんできた。

「お前、大へんな事をしでかしたんだぞ」

彼は、そして事件のありようを口早に彼女に語って聞かせた。さすがに女も蒼白になった。

「重公はねえ、昨日出かけしなに、お金がはいったら、近いうちに立派な指環《ゆびわ》を買ってやろうと言ってました。そして今夜出かける事は私にだけ打ち明けるのだから、他言しちゃいけないなんて言いましたっけ」

「なおいけない。知ってたのがお前だけだとしたら、わざと何かたくらみがあって灯を消したととられても仕方がない訳だぞ」彼は、女の頬を唇で愛撫しながら囁いた。

「それで、重公はもう目星がついてると言ったんだな。どうしよう。困ったな。相手が相手だから、いくらお前に惚れていたとて、ただじゃ済まさないだろうが……」

彼は、もう露出《むきだ》しにされた円っこい肩を擁《かば》うようにしながら顔を曇らせた。

と、突然、小屋の表で魂を氷らすような声が響いたのである。

「さあ、めっけたぞ！　百年目だあ」

彼の心臓は、瓦斯《ガス》の抜けた風船のように急速に縮まった。重公だ！　その位置にある彼は、瞬間、その恋人と同一律の動揺を感じた。最後の地獄が……。表戸が、ぐわん！　と蹴開けられた。入口に立ちはだかった復讐者のやぶにらみの眼が不思議に印象的だった。次の瞬間、驚いた事には、重公はいきなり小屋の二階に懸けられた梯子をドカドカとかけ上って行ったではないか。彼等の頭上で、突然、ガサガサと乾草のもまれる音と共に激しい混乱《ストラッグル》が起きた。悲鳴と罵声が軋った。吠えるような、争闘の重苦しい二重唱が断続した。

天井から下った二三本の藁すべがブルブル震えるのを、あがったようにぼんやり見上げていた二人は、丁度その頭の真上にあたる、粗末な板組みの天井の隙から、不意に一本の生白い足が、踏み抜いてぬっ！　とぶら下ったのを認めた。――足は、最初は激しくもがくように振れた。やがて、二三度大きく蹴るように跳ねた。次に、急に力を失って、その薄よごれた足裏を見せてだらりと垂れて動かなくなってしまったのである。

「ふははは。いいざまだあ。ふははは」

重公の狂ったような笑いが天井から降ってきた。彼等は、その薄暗い隅の巣の中で神経的に震えながら、その時、ぱっと明みの表へ飛び下りて、両手を勝ち誇ったように頭上に打ち振りながらかけ出して行く重公の後姿を、無感覚に近い網膜に受けとめた。

信三郎は、愛する女の白い胸に、その空《うつ》ろな眼をかえしたと、はっ！　とした。シーツのように白い女の肌に円い痣《あざ》が一つぽっつりと浮いていたから……と、みるみるその毒々しい痣は点々と次々に現われては円の面積をひろげてゆくのだった。彼は、その純白な面《おもて》を塗りつぶしてゆく穢れをいとうように、何心なく掌《てのひら》で押し拭った。血だ！　特有の生臭いにおいが鼻に近づけた掌から発散した。彼は、次に、自分の首筋に、ぽたりと、それの生暖い滴りを感じて、漸く注意深く天井を振り仰いでみた。ほの白く無気味に垂れ下った一本の長い足を、一筋黒く下に下に這い下って、その爪先きからポトリポトリと滴るものを見た。彼はその事実を知らせようとするように、もう一度女をかえりみた。蒼白になりながらも、唆《そそのか》すような表情をたたえて身動きもせぬ女を発見した。と、血にまみれた、不思議に催情的な女の上半身が、俄かに彼に予期せぬある狂暴な情欲を煽るのを感じた。彼は、そんな「けだもの」が自分の身内に巣くっているとは思いもかけぬ発見だった。血みどろな女体の幻想が、フラッシュで彼の脳裡をかけめぐった。恐怖の緊張から解放された彼は、同時にそれまで相手から少なからず軽蔑されていた臆病さからも、さっ！　と脱皮すると、いきなりおみよに縄のようにからまりついて、それまであずけておいた最後のものを、がむしゃらに女から奪ってしまったのである。

五

「その時から私達は、その思いもかけぬきっかけから心《しん》に眠っていたものを暴露されて、さて、お互に一番いい相手同志である事を見つけた訳です……」

　小屋の二階に潜んでいたのは、可哀想な民さんだったのである。民さんは、捥がれた片足の報復を忘れなかった。その日の夕方、重公達が沖へ出かけた事を秘かに知ったらしく、夜にはいってうまく彼等の帰る刻限をはかって、例の岬の献灯に、着古した羅紗《ラシャ》のすっぽうをかぶせて来たのだ。彼は、もっと効果的に、そのカンテラのあかりで彼等の舟が丁度例の乱れ岩の危険区域に懸った折を見はからってやっつけたものらしかった。（それは、おみよが、さして行った雨傘で、暫く東南向きの一方にだけ見えぬように灯火をさえぎって、恋の合図をすませた後の出来事であった）海から這い上った重公は、朝になって番神堂に出かけて行って、御献灯のまわりの、雨上りの地面に残された松葉杖の跡、それに大胆にも残されていた古すっぽうで、直ぐに密計者を嗅ぎ当ててしまったのである。翌日、重公は警察へ曳かれた。

海の嘆《なげき》

一

白草《しらくさ》一郎は、ダイナマイトを抱きながら、まるで寒天の中を掘り進む小動物のような感じで、のろのろと歩いて行った。それほど、重い水の圧力が全身にどっしりと意識されるのだった。ゴトンゴトンという送風《エヤー》ポンプの鈍い響が、数百尺のゴム管内の細い「空気の紐」を伝わって、頭の心《しん》に応えてくるのだった。そのリズムに合わせて、規則正しく兜の排気弁からは、一団の空気が圧《お》し出されて、白い大小の見事な水泡を造って、さざめきながら、仲間を求めるように水面へと上昇してゆくのだった。彼は、そこで仰向けにひっくりかえるような姿勢をとりながら、頭上を仰いでみた。正面、左右と三方にしか窓を持たぬ不自由な潜水兜では、体全体でそうした姿勢をとらねばならぬのだった。そして、水中では総ての動作がスローモーションだった。銀盤の幽かな反映のように、高い高い水面一帯は、ほの白い一枚の天井板だった。送空管と腰に結びつけられた太い救命綱《ライフ・ロープ》とが、二匹の海蛇のように縺《もつ》れ合って、「ジャックの豆の木」のように無限の「水空」にするすると伸び上っていた。彼は、潜水夫を初めた当初、自分と娑婆《しゃば》とをつなぐものが、僅かにこの二筋の細い糸である事を意識して甚しく便りなさを感じたものだったが……。

白草兄弟といえば、弓木深海作業商会の名うての潜水夫《もぐり》だった。彼等の、北海の荒波で孚《はぐく》まれた肺の強壮さは、一つの生理的謎だとさえ言われていた。なみのもぐり達の堪え得られぬ程度の深海も、彼等はとにかくに征服してきた記録《レコード》を持っている。で、彼等のサラリーは三割のプレミアム付きだった。白草一郎は、この仕事を初めてから六年、三十きっかりの彼の体には、丁度抱いているダイナマイトのような精気がいつも充満している。

彼は、その爆発用のダイナマイトを抱きながら、半ば以上砂に埋れて、巨軀を横たえている沈没船に近づいて行った。――地上は初夏だというのに、海底は、今冬枯れ時だった。岩床には、生長しきってしまった海草が、色さえ褪せて覚束《おぼつか》なげにゆるくゆるく左右に揺れている。それは、まるで一種影絵の世界だった。潑剌とした生殖期を送ってしまった魚類が、貪食の眼を燐光で縁取りながら、蛍火の流れるようにその影絵の木々の間を縫って行く。慣れっこになっている彼には、これらの素晴らしい見物《みもの》も少しの感興を引かぬまでになっていたが、彼は、そうして水底の世界の神秘を味わわせられた最初の驚異を顧るのだった。

潜水服を着て、舞い踊るような格好で漸次海底に降下して行く時の、不可思議な重圧感。仕事の暇な折に出発する海底の散歩。彼は、この海底というものが、地上と少しも異るものでない事を今更に感じるのだった。空気の代りに水が満たされてある。それだけの差だった。そして地上のものよりももっと高い山が脈々と連《つらな》り、もっと深い谷が巨口を開き、もっと広い平原が坦々と展けていた。そこには、著しくはないが、春夏秋冬のけじめがあった。――地上の冬が、海底の春だった。この時期には、あらゆる海草の類が一どきに色づき渡って、その精巧な図案から抜き取ったように美しいとりどりのモザイックを、地味なしかし味深い偽花でイルミネーションに飾るのだった。その七彩は、地上のものと違わぬ美しさを持ってはいるが、ただ暗っぽく地味な下塗りの上に画かれた、東洋趣味の配色だった。それだけに、ここでは重厚さのある飽きぬ眺めがあった。水深を追って、浅瀬から深みへと濃淡にぼかされた、海草の広大な色彩花壇がある。その花壇の上を、毒々しいまでに派手な着物をつけた小魚が、丁度鳥か蝶の舞うように、嬉々として浮游している。厚い水層を通じて射《い》こんでくる光さえ、地上の春の日射しと異らぬ感じだった。

ある処には、ゴツゴツした珊瑚礁ばかりの砂漠が、無限に展がっていた。そして丁度地上の砂漠に点在するカクタス類のそれのように、石化したような矮性の海草、下等な珊瑚樹等が処々に胸毛のように生えていた。それらの大庭園の散策に飽きると、彼は、きまって処々に黒々と蹲っている大きな巌根に近づいて行くのだった。それは興味のある一つの冒険でもあった。そこには、常に海底に住む生物の愛慾葛藤の姿が、四時に展開されていて、次々と彼の新らしい好奇心を満足させてくれるのだった。が、時々恐ろしい海の怪物に突然襲撃されて魂を冷すのもそこだった。時には大きな章魚《たこ》が投げ縄のように長い足を輪に投げかけてくる。俄かに四辺が真っ暗になったかと思うと、大絨氈《だいじゅうたん》のように巨大な鱏《えい》の類が、ハタハタと翻るように頭上を横切って行く。そんな折には、彼は、海底にぺったりと紙のようにへばりつきながら、二条の管と綱が断たれはすまいかと気をもむのだった。時には潜航艇に似た大鮫に襲われて、ナイフを振いながら綱を引いて船に急を告げる事もあった。

海草《みる》の林を分けて進むと、大きなヒトデ、奇形な貝の類が星のように岩面に鏤《ちりば》められている。女陰に似たいそぎんちゃくの類が花咲いている。その間を、奇怪な軟体動物が、アメーバのように形を変えながら、ぬるぬると這いまわっている。家を背負っていざり廻るキシャゴの類、敵を襲っている海蛇、小魚を釣り寄せようと、頭上に小旗のように立てた小弁をヒラヒラさせて待ち構えているカニングな鮟鱇。一群の小魚をさっ！　と追いまくって来て、ひらりと逃げて行く鰹。大鋏を振りかぶって、「床屋の喧嘩」のように争っている蟹等々と、次々に繰りひろげられる幾つかの珍らしい場面に眺め入っているうちに、彼は、ふと、恐ろしい恐怖感がひしひしと湧いてくるのを覚える。それは、黄泉の国のような身まわりの静けさを意識する折だった。全く死んだような静寂の世界に、ものの動きだけが跳梁している。それは、独りぼっちでスクリーンに躍る無声映画を眺めている時に似た感じだった。送空《エヤー》ポンプの間断ない響があるにも拘らず、彼は底知れぬ寂しさに沈みこむ。――人間という動物ほど孤独にたえ得ぬものはないであろう。そして、無理に大声をあげて笑う。彼は、そうした折、弟と共に作業していた時分を思いかえす。弟が、いやもう一人の人間が共に居るという事が、忽ちこの暗鬱な海底を、珍らしく愉快な遊び場に変えてしまうではないか。――しかし、彼は、今ではもう総てに慣れてしまっている。海の臭いが髄までもしみこんでいる。彼は、もう水を意識しない。地上の喧騒が、反《かえ》って五月蠅《うるさ》いものに感じられるだけになっている。

彼は、ダイナマイトを、船腹に仕掛けると、綱を引いて合図した。彼の体は、やがて少しずつ水面へと引き上げられていった。

船にあがって、兜を脱がしてもらうと、彼は太い煙管《キセル》で、大口にパクパクと餓えた肺に強い刺戟を送る。船が急速力で後退すると、ダイナマイトに通ずる針金にスウィッチがいれられる。ドスン！　と、船底に地震に似た激しい響が伝わって、まっ黒な砂を包《ふく》んだ巨大な水柱が、一丈以上も空に躍り上る。それを追っかけるように、畳ほどもあるちぎれた大鉄板が跳ね上って、くるくると旋回しながら落ちてくる。その瞬間、遥かの浜辺から、並んで見物している子供等の歓声が、どっとあがる。三年前にこの海岸近くで沈んだ青竜丸の金庫引上作業の最中なのである。

白草一郎が、船の上で午餐を終えてからの一時間の休みを、仲間の三四人と車座になって、「手遊び」に夢中になっている時だった。見張りの形で艫《とも》の方に立ってパイプをふかしていた一人が、「気をつけろ」という合図をした。

「来やがったな」

彼は、丁度勝目がつきかかってきた所で中絶されるのが癪だという風に、大きく舌打ちしながら首をあげてみた。小舟が一つ、懸命に頭を振り立てながら、こっちに向ってくるのが見えた。

「何だ。友の野郎じゃねえか」

小舟が近づいてくると、一人が叫んだ。やがて、友と称《よ》ばれる若い船頭は、舟をこっちの腹にぺったりと横づけると、ひらりと飛び移ってきた。博徒特有の嗅覚で、この「安全地帯」に勝負が開かれているのを嗅ぎつけてきたものらしい。

「一郎。これ郵便局へ着いてたって、今頼まれて来たい」

そう言いながら、彼に手渡されたのは、一通の電報だった。彼は、よく電報で本店の方へ呼びよせられる事があった。その折には、きまって彼の体でなくては役立たぬような仕事が用意されてあるのだった。

アオエイエデス　グラナダマルニテキチニユキシナラン　タノム　アカギ

彼は、ぎくりとして、もう一度文面をよく咀嚼するように見直した。赤城《あかぎ》青江《あおえ》が家出した。彼は、グワンと頭を打ちのめされたようになった。何のために？　しかし、青江の性格を多少共心得ている彼は、直きに平静な自分を取りもどして、独り笑を漏らした。青江が親爺を出しぬいて自分の所へやって来る。あのフラッパーのやりそうな事だ。

青江は、三年前からの彼の婚約者だった。秋末から冬にかけて、きまって海の不機嫌になる期間が、彼等の暇な時期だった。それを利用して、彼は弟と一緒に、上海《シャンハイ》にいる叔父の所へ遊びに出かけた。そして、図らずも自分の従妹にそんなに美しい女がいた事を、驚きと共に発見したのだった。青江は、蜂のように快活な娘だった。黒い驚いたような眼と、支那人めいた長い指と小さな足を持っていた。それが、青い支那服に包まれて、よけいに人形じみた愛らしさを引き立たせているのだった。美しくはないが、どこかアトラクチヴな娘というものがよくある。青江が、そんな娘の一人だった。一郎は、彼女を美しい異性として眺めた。で、彼女を誘い出しては、美しい恋の物語を囁いた。次郎は、彼女をいい遊び相手として選んだ。で、二人はよく喧嘩をした。こうして二月《ふたつき》の滞在のうちに、一郎と叔父との間には、約束が出来上った。青江は、改めてそれを聞かされると、

「まあ、一郎さんが……まあ」

と、大笑いしながら、チューインガムを噛んでいた。一郎は、ひどく赤面しながら、まるで気狂《きちが》いのように笑いこけている彼女を、気づかわしそうに横眼で伺いながら、爪を噛んでいた。

「一郎。結婚すると体が続かなくなるぞ。お前のような仕事をやっている者には」

叔父は、冗談のようにそう言った。彼は、弓木商会の雇傭規定に、潜水夫の結婚を禁じる一箇条のあるのを思い出した。——形式だけの話だ。そうだ、俺の体で一人の女を愛し続けながら仕事が出来ぬという事があろうか。もしどちらかを選べとなら、勿論青江をとろう。口を糊する位の仕事はどこにだって転っているのだ。それからの三年間、彼の心の王座には、青江の偶像が常に坐って

いた。彼は、海の人共通の、単純で素直な心根で彼女を愛し続けてきた。時々彼女から来るふざけたような、まるで子供っぽい便りを心待ちにしながら……。青江も、もう現実的な恋を求めるほどの年になっているのだ。俺の所へやって来る気にもなろうというものだ。グラナダ丸とは、何という嬉《よろこ》びを積んだ船なのだ。

彼は、仲間がちょっと不審がったほど陽気になりながら、午後からの仕事を続けていった。海底を歩きながら、彼は、声を出して笑った。その同じ笑いを、曾ては蒼溟の底にこもる妖しい沈黙に怯えて発したのではなかったか。彼は、ふと、円窓《まるまど》を掠め過ぎて行った黒鯛の円い驚いたような眼が、青江の特長のある眼にそっくりだなと感じた。と、ほの暗い奥行のある水のスクリーンに、彼女の笑いこけている姿が、鮮かに大きく大きく浮び出してさえくるのだった。

真っ赤な日が、水平線にぬめりこむ頃、一日の作業を終えた彼は、弓木商会の出張所にもどって行った。そのバラックには、余りにも貧しい鉄製のベッドが、いつも彼を待っていた。その上にごろりと横になると、彼は、習慣的に、一日遅れの東京新聞を取り上げた。と、次の時間、彼は、ぱっとベッドの上に起き直っていた。

グラナダ丸、昨夜M沖にて遭難。

大きな見出しだった。乗員乗客の幾《ほと》んど全部が行方不明の事。船倉に秘密に積みこんであった爆発物の偶然の爆発に起因するものらしい事。沈没が余りに急激だったので、あらゆる救命設備を用うる暇もなかったらしいというような記事の一字々々が、まるで彼の眼に鉄鋲《リベット》を打ちこむように飛びこんできた。グラナダマルニテキチニユキシナラン……その電報の一句が、感電したように彼の心臓を収縮させるのだった。

「白草。またお呼び出しだぜ」

部屋の外で、事務係のKの声がして、扉《ドア》の隙からぬっと突き出された腕に、直訴状のように電報が挟まっていた。

グラナダマルノギンカイヒキアゲス　スグコイ

本店からの招電だった。彼は、その素ばしこいコンマーシャリズムの抜け目なさにややあきれた形で、いきなりその電報を床の上に叩きつけた。

「銀塊が何でえ。畜生！　青江をどうしてくれるんだ。ああ、俺の恋人をどうかしてくれ」

彼は、身仕度をする暇もなく、上りの列車に乗りこんでいた。グラナダ丸は、M沖で沈んだのだ。Mの沖と云えば、次郎が作業に出張している近くなんだが……彼は、癖の爪をかじりながら、一夜中蛆虫《うじむし》の歩みに等しい列車の速力を呪い通した。

二

「用意！」

監督が手をあげると、送空ポンプが上下し始めた。

「相当あるんだからね。また君の厄介にならんけりゃいけなかったんだよ。しっかりやってくれ給え。先に次郎君がはいってるからね」

何も知らぬ監督は、いい配当を夢みながら、兜を被ろうとする彼の傍にやって来て、上機嫌に言うのだった。

百に近い乗員の中、今までに僅か八つの死体が発見されただけだった。そのうちに青江の屍が混っていなかったという事実が、何故か彼の心を安らかにさせた。青江が、グラナダ丸に乗っていたという事すら、未だ確定的な事実ではないのだ。仮定を危惧するのは未だ早いのではないか。もし、とんでもない所でピンピンしている青江が見つかったら、それこそ大きな喜劇というものだ。そんな事を、ぐるぐる渦巻く頭の中で忙がしく考えながら、彼は、梯子を伝って、ずぶりと水中に沈んでいった。

水に潜ってしまうと、彼は、故郷へもどったような妙な落着きをとりもどした。

「大丈夫か」

「おう」

通話管から落ちてくる声に応じながら……少しずつ水圧が感じられてきた。

「どうだ」

「おう」

しかし、彼の足は仲々に底につかなかった。珍らしい深度だぞ。これでは、なみの奴等ではつとまらぬ訳だ。彼は、しかしその事に誇りを持っていた。——漸く、足が岩床に触れた。彼もさすがに少し苦痛を覚えるほどの水深だった。彼は、そこでぐるりと一めぐり体をまわしてみた。暗い透明な幕《とばり》の奥にあるようなぼんやりしたあかりが一つ見えた。次郎がいるらしかった。彼は、のそりのそりとそっちに近づいて行った。

そこには、巨大な黒パンを、無理に二つにむしり割ったように、長い胴体を真っ二つに裂いたグラナダ丸が、傾きもせず坐っていた。彼の手にした円光に気付いて、ゆっくりとこちらに向き直ったのは次郎だった。彼は、右手をあげてみせた。相手は、分ったという合図をした。——以前二人が一緒に働いていた時分、彼等は、水底で会話を取り交す事を練習したのだった。談話を禁じられている囚人等が、労役場で、両手の指の微妙なコンビネーションで複雑な会話を秘かに取り交わすように、二人は、全身の様々な動きで意を通じ合う事を学んだ。練習を積むと、それは言葉以上の言葉になった。どんな複雑な意味も、予想以上のスピードで易々と通じ合う事が可能になった。

「ボクハ、ココノチリヲヨクシツテイル。ツイテオイデ」

次郎は、早速その「身振り言葉」で話しかけた。一郎は、弟に従って進んで行った。彼等は、裂けた船腹から、沈没船の内部にはいりこんでいった。そして、二人は、まるで大きな動物の残骸の間をうろつき廻る小鼠のように、浮んでいた時と少しも変らず整然としている船内のあちこちを、潜っては出、はいっては抜けしながら、捜索を続けていった。

一郎は、沈没船の様子を、時々大声で送話管を通じて報告しながら、次々と船室《ケビン》を探しまわって行った。それは、妙な期待感だった。青江の姿のない事を祈りながら、一方には、どこかで早く彼女を見つけ出したいというような、慾念の顚倒があった。彼にとっては、銀塊の在り場を探すという事は、二の次の仕事だった。で、わざと船倉へは降りずに、船室ばかりを目がけていった。沈没が真夜中だった故か、どの船室の扉にも錠が下りていた。彼は、丹念にその一つ一つを壊わしては、内部を調べていった。――赤ん坊をしっかりと乳房に押しつけたままの姿で、ベッドの傍に倒れている母親、救命器をしっかりと体につけたまま、シャガールの絵の中の人物のように、まるで天井から釣り下げられたようになっている男。何か重要物でもはいっているのか、しっかりと小鞄を抱えた儘、扉の方へ突進した形で、漂々と浮游している男。ベッドにしがみついて、観念したように合掌している老人。そうした断末魔の瞬間そのままの姿をした屍が、扉を開く度に彼に挨拶するように、円光の中に浮び出るのだった。彼は、しかし、少しの恐怖も感じなかった。それほど、彼等の死に態《ざま》は自然に見えた。

一部屋々々と調べ進む度に、彼は、安堵の気持に正比例して、先刻《さっき》の矛盾したような期待感が激しくなって行くのをどうする事も出来なかった。そのうちに、ある部屋の前まで辿って来た時、彼は、ふと、銀塊を探しに船倉に降りて行ったはずの弟が、自分と同じように船室を探しながら進んでくるのを、その円光によって認めた。彼等は、ぱったりと廊下で落ち合った。

「ニイサン、ドウシマシタ」

「オマエハ、ギンカイヲサガサナイノカ」

「ニイサンコソ、ミツケナイノデスカ」

二人は、ほんとに真っ暗な船内で、互の朧げな円光の中に立ちながら、暫く考えこむように会話をやめて立っていた。

「オマエハ、ナニヲサガシテイルノカ」

一郎は、とうとう直入的に出た。

「ニイサンコソ、ナニヲサガシテイルノデスカ」

次郎の応答には、身振りながら、妙にこちらをじらす様子が伺えた。彼は、突然、ある予感に襲われた。二人は、しかし、そのまま直に裏をかかれる事を警戒し合うような格好で、またあわただしく両方に別れた。

一郎は、今は、ありとあらゆる船室を残らず見舞い尽した。が、青江らしい姿はどこにも見当らなかった。――潜水時間の最大限度が、もう切れようとしていた。彼は、さすがに恐ろしい疲労を覚えてきた。で、船内から水の広野に這い出した。一休みしてからにしようとあかりを消して、合図の救命綱を引こうとしながら、何気なく体をめぐらした彼は、丁度その時、船腹の裂け目から、弟が現われ出たのを見た。次郎は彼に気付かぬ様子で、何か白い物体を軽々と前に抱きながら、ゆっくりとこっちに近づいて来た。そこで突然投げかけられた光に驚いた相手は、咄嗟に後ろ向きになって、抱いていたものをかくそうとした。が、弟の抱いているものが何かという事をはっきりと見てしまった時、一郎は、急速に相手に近寄ろうとして、水を掻いた。

「ソレハタレダ」

一郎は、のろいながら激しい身振りで訊ねた。

「アオエデス」

たぶんベッドにはいったままの姿で絶命していたのであろう、薄い白いゆるやかなパヂャマ姿の青江の体を、傍の丁度卓子《テエブル》に似た形をした岩の上に静かに寝かせながら、次郎は落着いた身振りで応えるのだった。

「アオエヲカエセ。ソレハオレノオンナダ」

「イケマセン。アオエハ、ボクノコイビトデス」

一郎は、相手の大胆な応答に押されたようになって、径八寸に満たぬ円窓の中から眼を輝やかせながら、暫く動こうともしなかった。彼は、女の柔らかに隆起した胸が、深い寝呼吸で幽かに上下するのが見えるようには出来なかった。岩の上に安らかに横たわった青江の体には「死」を感じる事にさえ思った。その美しい体を守るように、前に立ちはだかった次郎は、ゆっくりと語り続けるのだった。

「キヨネンカラ、アオエハボクノモノニナッタノデス。アオエハ、ハジメカラボクヲアイシテイテクレタノデス。ボクタチハ、テガミデコイヲツヅケテキマシタ。ソシテ、コンドフタリデ、ドコカトオイトコロへ、カケオチスルコトニナッタノデス。――アオエハ、イエデシテ、ボクノトコロヘクルコトニナリマシタ。――ソレダノニ、ボクハ、アオエカラヒトコトノアイノコトバモキカヌウチニ、コンナコンナ――」

一郎は、初めて青江の家出の真相を明かにされて、続いて茫然となりながら、同じ位置に立ち続けていた。突然、彼は青江を所有したいという激情にかられた。で、弟の手から無理にも、約束された花嫁を奪い返えそうとして、体を斜に倒して両手で水を搔きながら突き進んだ。次郎は、また、そっと青江を抱き上げると、長い昆布の密林を分けて、泳ぐように逃げ出した。ずっとここらの海底を仕事場にしていたので、海底の様子をよく理《わき》えて《ま》いるらしい相手は、巧みに時々岩かげに身をかくしながら、ある方向を目がけて、ひたすらに遁れて行くのだった。――敵《かな》わぬと知って、咄嗟に思い付いた一郎は、急に送話管を通じて、出来るだけ大声で叫んだ。

「おうい。危険だ。次郎を引き上げろ！　次郎を……」

遁れて行く弟の足が、ふわりと海底から離れた。そして、少しずつ上方へ浮き上っていった。彼は、凄い笑を漏らしながら、遁れようとするように無駄に両足をもがく弟の笑止な姿を見やった。と、突然、次郎の右手が後方にまわったとみると、太い救命綱がぶつりと断ち切られて、彼の体は、もう一度ふわりと海底に降り立った。そして、今度は彼の方からゆっくりと一郎の方に近づいてきた。一郎は、相手の手に怪しく光る大形のナイフを見つけて、怯やかされたように身動きもしなかった。

「ニイサン。ボクタチヲユルシテクダサイ。ボクハ、アオエナシデハイキラレナイノデス。――ボクタチハ、ヤクソクドオリ、コレカラフタリキリデ、トオイトコロヘカケオチシテシマイマス」

そうして、彼は、またゆっくりと手をあげて、兜の頂の通気弁を塞ぐと、今まで命の糧の空気を供給していたゴム管を、ずばりと切ってしまった。それまで規則正しく立登っていた水泡が、ぱたりと止んでしまった。一郎は、その気狂いじみた動作を見て愕然とした。愛憎を超越した、兄弟を結ぶ感情だけが、はっきりと目覚めてきた。で、幽かに呻めきながら、彼は、弟を救おうとして、もう一度突き進んだ。――が、やがて、次郎は、ある地点で立ちどまると、もう一度こちらを向いた。そして、自分の恋の終焉を歓喜するように、高く高く青江の体を持ち上げてみせた。それから、「サヨナラ」という身振りを送った。そして、そのままもんどりを打つように倒れると、もう彼の姿は見えなくなっていた。

一郎は、妙な激情に震える足を踏みしめながら、弟の姿が消えてしまった辺まで辿って行ってみた。そこには地上の大噴火口に似た、想像もつかぬほど巨大な穴が、どす黒い虚空に似た虚無を展いていた。

一郎は、今は、弟と愛人との二つの愛を葬ったその巨大な墓穴の縁に、べったりと崩折れるように膝まずくと、祈るように静かに頭《かしら》を垂れたのだった。

墜落

1

このような悲劇の大詰《おおづめ》がそのうちに必らずくるだろうという事は、一座の人々の心にまるで一つの信念のように忍びこんでいた予感だった。だから、この事件が突発した折も瞬間的な驚愕こそあったが、事件の大きさに比較しては割合いに落着いたものだったに違いない。

　この悲劇の登場人物は、各々皆悩ましい愛憎の糸で繋ぎ合された宿命的な人間達であった。その関係を熟知している一座の誰彼には、だから、これが恐しく複雑な事件にも考えられたし、また至極単純なもののようにも思われたのだった。最後に、ともかくもこの事件の疑問は解決された形ではあったが、しかし人々は一様に幽かながら妙に後口に苦いものの残るのを感じたに違いないのだ。

　事件に踊る者総て五人、皆この太田洋行曲芸団の腕利きの芸人達だった。ジョージ・鳥海《ちょうかい》。この人物は、その名の証明する通り、メリケン・ジャップで、産れつきの唖《おし》だった。西部《ウエスト》の諸所を放浪してあるくうちに、カウボーイ仲間に交って覚えこんだ投げ縄応用の芸が、彼の唯一の売物だった。自分の与えられた運命に盲従するように、いつも独りぼっちで、哲人めいたむっつり顔を興行小屋のどこかの片隅に曝している。芸に熱中している時、その他真剣な事実に直面した折の彼の眼こそ不可思議なものだった。人一倍大きな眼球《めだま》が爬虫類のそれのように怪しげな光さえ帯びて眼窩の中から飛び出してくるのだった。で、「蛙」という綽名《あだな》は、この無言の苦悩者に適わしいものだった。舞台に立った彼の右手に操られる細綱は、それ自体鋭敏な神経を具えているものの如くに、思わず観客の三嘆を誘うような巧みな業を演じた。

　この孤独な、しかも決して美しいとは云えぬ中年男が、どこかから拾い上げて来たのがカナ子だった。十八の若さで、しかもかなりアトラクティヴな美しさを持ったこの娘が、どうして「蛙」の手に落ちこんだかは、当座、仲々に興味深い問題を一同に提供したものだった。

「あの女の血は呪われているという事だ。だから自ら未来の希望を棄てて己達《おれ》の仲間に陥《お》ちこんできたのだ」

詮索好きがどこで験《しら》べてきたか、そんな事を吹聴した。

「いや、ありゃ『蛙』の若い時分のかくし子だってこったぜ」

噂さというものは、自由で豊かな想像性を持っているものだ。

「蛙」は、まるで、床下に埋めた宝壺を守る吝嗇家《りんしょくか》のように、この美しい宝を人手に奪われる事を恐れて、気の毒なほど神経質に警戒しているのが感じられた。この痩《やせ》ぎすな少女は、直きにブランコ上の曲芸に熟練した腕を見せるようになったが、その性格というものが、一座の連中には、どうにも扱い難いものだった。仲間に交って非常に明るく快活そうに見えるのだが、それでいて、時々暗い暗いかげりを人々に感じさせる。それは氷のように触れる者を冷々とさせるのだった。それは彼女の過去の生活の反映であるに違いないと考えられた。

カナ子の芸の相棒に選ばれたのが飛夫《とびお》だった。カナ子は、直ぐにこの美少年と仲善《なかよ》しになった。このいいパートトナー同志の間に、可愛いい恋が芽生えたのは無理もない事だった。二人の境遇、年齢、美しさ等々から云って、これは全く余りにも適わしい恋人同志ではなかったか。連中は、この可憐な恋の芽生えを好意のある微笑を以て眺め始めた。その微笑の中にはまた「蛙」がこの問題に対してどんな態度を見せるだろうかという興味的なものも多分に含まれていた。「蛙」は、しかし、人々の思ったほどの動揺を見せなかった。少くとも外見的には無関心を装っているらしかった。彼のあらゆる意志を自由に表現するその巨大な眼球は、冷然とあくまでも無表情だった。

「蛙は二人の関係に未だ気付かないのじゃないか」

ある者は、一応はそう疑ってみた。しかし無関心らしくはみせているものの、カナ子と飛夫の姿のある所には、いつも「蛙」の眼が光っている事実からみると、この小さな天使達の恋は、未だ未だプラトニックなもので、彼の嫉妬を爆発させる程度のものではないらしかった。その時が来たら、「蛙」の眼が、どんなに凄まじく兇悪な輝きをみせる事か知れないと、彼等は信じていた。飛夫は、「蛙」を恐れてひかえ目だったが、カナ子の態度は相当勇敢なものだった。男の方が、女の情熱に引きずられて、深みへ深みへと臆病な歩みを進めてゆく形にみえた。

この不幸な恋には、二重にも、否三重にもの呪いがかけられてあった。女芸人のお富の執念深い嫉妬がその一つだった。お富は、四吋《インチ》以上の太さもあろうかと見える長い青竹を肩にあげて巧みに操りながら、その頂上で小さな子役に諸芸を演じさせるのだったが、この大の男にも無理な位な力業に鍛えられて、彼女の肩と腰の筋肉に潜むエネルギーは素晴らしいものだった。極端な発達をみせたその筋肉が、彼女の姿体を不様にみせていた。「臼《うす》」という綽名が、それをはっきり物語っている。

カナ子がこの一座に加《くわわ》るまでは、まるで弟のようにお富に愛されてきた飛夫だった。（事実お富は年齢において飛夫の姉だった）

「お前さん達の姉弟《きょうだい》仲なんてあやしいもんさ」

彼等は、そう言って意味ありげな微笑をにやりと漏らしたものだった。お富が、楽屋で慣々しく飛夫の身まわりの世話をやいているシーンをみかけて、誰かが通りしなに、

「ようお楽しみ」

と、声をかける。そうすると、お富は、当り前さという風に平然としてその揶揄を受けるのだが、飛夫は、必らずちょっとまずい顔をして外《そ》っ方《ぽ》を向いてしまうのだった。お富と飛夫の関係がどの程度のものだったにしろ、また、飛夫自身が特に彼女に対して好意を持ち合わさなかったにしろ、お富にしてみれば、自分の愛の的を取り逃したも同然だった。もう一歩彼女の気持にはいってみれば、男が自分の手から逃げたのではなくて、カナ子が自分から男を奪ってしまったという事だった。で、彼女は、最初は、口惜しそうに見えた。次に寂しそうだった。そして近頃になっては、まるで

諦めてしまったように気を揉まなくなってしまった。時折、道具部屋の隅などで、「蛙」の眼を盗んでカナ子と飛夫が素早く接吻《キス》を取り交わすのを見かけるような時にだけ彼女の片頰には謎の微笑がのぼるのだった。その微笑は、二人の恋に対する許容か、自らへの憐笑か、あるいはもっとおぞましいたくらみのほのめきであるかは分らなかったが……。

もう一人の背景的人物に「顎」があった。「顎」というのは、匹田という芸人の綽名だった。匹田は、やや畸形児と思われるほどに丈の低い男だった。そういう恰好の人間に共通なように、見かけは未だ二十《はたち》に満たぬ童顔の若者のようなのだが、顔を突き合わしてつくづくとこの男を観察すると、初めて彼の顔が既に四十年以上もの時の力によって酷く硬化されてあるのを発見するのである。匹田は、容貌に適わしい道化役の外に、その超人的な歯と顎の強さで、幾つかの業をこなした。重い砂俵の端を銜《くわ》えて苦もなく持ち上げ、ぐるぐるとそれを振り廻してみせる事等は茶飯事《さはんじ》の一つだった。だから、「顎」と称《よ》ばれる通り、その太い猪首《いくび》から下顎にかけての線は、職業拳闘家のそれの如くにガッチリとしていた。

「顎」がカナ子に言い寄ったという評判が立った時、一座の者は思わず失笑した。「顎」は、しかし、

「どんな女でも熱心に口説《くど》いて落とせぬって事あねえもんだぜ。根比《こんくら》べさ」

そう豪語して、暗に皆の嘲笑に挑戦したのだった。事実、彼の言う通り、あらゆる機会にカナ子に付き纏う彼の根のよさだけは、人々を感嘆させ、果てはあきれさせたのだった。何かイケスカナイおちょっかいを出したものとみえて、カナ子の平手打ちを音高く横面に食っている「顎」を、砂馬場の真中に尻餅をつきながら、投げつけられた砂を、ベッベッと吐き出している「顎」を、人々はよく見かけるのだった。

こうしたカナ子に対する露骨な「顎」の行動は、皆に「蛙」との争闘を予想させた。「面白い取り組みだ」と、彼等は蔭で興がるのだった。が、「蛙」は、一箇の敵手《ライヴァル》としての「顎」の価値を充

分知り尽している故か、その方に対する気使《せい》いは微塵も見せぬようだった。

この五つの因果関係をめぐって、彼とこれ、これとあれとの間に、幾つかの小競合《こぜりあい》が暗黙のうちに、次々と行なわれていった。それらの陰険なたくらみも、しかし、皆この悲劇の序幕に過ぎなかったと云える。

2

その夜の小屋は、珍らしく大入りだった。いつもならば、最後のプログラムにかからぬ前に、見物席の半ばは空《から》になってしまうのだったが、今夜は、最終の芸にうつるまで、小屋内の所々に釣り下げられた、瞳を焦《や》くようなギラギラする大電球の下に、ぎっしりと詰った観客の顔が白々と重なって見えた。人々は最後の芸を待っていたのだ。それは、一座総出の形で、五人の腕利きを中心にして、各々その得意とする芸のコンビネーションからなる華々しいフィナーレだった。この最後の芸における各人の位置というのが、この事件に多大の関係を持っているのだから、少し複雑ではあるが説明しておかなければならない。

まず高い小屋組みの天井の丸太から、ブランコが下げられる。「顎」がそのブランコに両足をかけて、逆さにぶらりと下る。彼は、張り板のような一枚の長い板の真中を縛りつけた短い綱の端を、ガッキリと銜えてそれを釣るし、次に、飛夫とカナ子が「顎」の身体を伝うようにして、両方からそっとその板の上に乗る。二人分の重みを歯に支えた、「顎」の顎の筋肉は見る間に緊張をみせて顔は、熟れた柿のように真赤に充血してくる。板の両端に向って、平均をとりながら、そろそろと分れた二人は、その両端にしつらえられた小さな輪の中に片足をいれて、同じように逆さになってぶらりと下る。この平均秤のような形になった板の真下には、青竹を肩にした「臼」が、全神経を竿の先に集注して待ち構えている。竿の頂きには、丁度板の幅ほどしかない横木が一つ取りつけられてある。「臼」は、丁度足の長いT字形の竿を肩にしていると見ればよい。板と竿の先は、約二間近くの間隔があろうか。そうした用意の整った処へ、「蛙」が神秘的な眼を輝やかしながら登場する。彼の手にした長い綱の先端には、やや大形の鋭利な刃物が結びつけられてある。彼は、暫く綱を縦横無尽にあしらって小手調べを終ると、いきなり傍の高い台の上に登る。台の上は僅かに二つの足を揃えて立つほどの余地しかない。彼は、頭上に最初小さな輪を描いて廻し初める。輪は、少しずつ円周を拡大しながら伸びてゆく。最後に呼吸をはかって、膝と腰と肘で重心をとりながら、その勢づいた綱を巧妙に御してゆく。「蛙」は、「顎」の銜えた綱を、ずばりと小気味よく切って落す。あなや！　と観客の胆を冷しながら、人間の平均秤が落下する。と、下に待ち受けていた「臼」が、竿の先の横木で、落ちかかってくる板の中心を、がっきりと見事に受けとめ、跳ね反《かえ》ろうとする板の反動をうまく殺しながら、そのまま板の端の二人に小さな芸を続けさせるという趣向なのであった。

さて、総ての用意は整えられた。馬場のまわりに立ち並んだ一座の連中も、さすがに緊張した面持で、一斉に天井を睨んでいた。正面の汚れた幕の間から、「蛙」が例の眼球を一際輝やかしながら立ち現われた。綱が、さっと彼の右手からほとばしるように走った。大小の円が様々に交錯して、彼の体を中心に飛び跳ねる。綱の先の刃物が、強烈な電灯の光を反映して、時々キラリキラリと光る。「蛙」は、自分のつくる円の中にぱっと飛びこむ。潜り抜ける。それから、頭上に小円を描きながら、例の高い台の方に進んでいった。と、どうしたはずみか、彼は、二段目の横木から足を踏み外して、がっくりと前にのめった。一同は、はっ！　とした。こうしたデリケートな神経統一で必要とする芸の前の出来事だけに、どんなに些細なつまずきであっても、経験のある連中には、忽ち大きな危惧感を抱かせるのだ。しかし、「蛙」は、その儘台の上に登って立った。頭上の円が、少しずつ大きくなっていった。呼吸《いき》をのんで天井を振り仰いだ見物の頭上を掠めるようにして、フルルフルルと無気味な音を周期的に立てながら、閃々《せんせん》として綱は舞い上って行った。

もう一伸びで、緊張の一瞬がくる。もう二周、三周……とたんに、小屋内の電灯が、ぱっと消えてしまった。

「あっ！　停電だ」

そういう声に続いて、見物席がざわめくのが聞えた。所々で、ぽっ！　ぽっ！　と、燐寸《マッチ》をつける火が赤く見えた。全く突然の故障だったので、舞台に総出の連中はちょっと周章《あわ》てた。二三人が、あかりをとりに走った。

「ええ、懐中物御要心！」

気の利いたのが、大声で闇の中を呶鳴った。その時だった。バリン！　と、大電球に何かが打ち当って割れる音が響いた。それに続いて、

「ふわっ！」

というような妙な声が天井から落ちてきた。ばたんと何か空《くう》に打ち当る音、「あっ！」という「臼」の声、そして、どすんと舞台の真中に、非常に重量のあるものが落下した物音だった。丁度、その時楽屋から降りてきた一人が、さっと大形の懐中電灯を照らした。

「あっ！　落ちた!!」

そういう声に続いて、まわりからばらばらと吸いよせられたように人々が走《は》せ集った。

驚いたように電灯がついた。観客は、舞台の中心に集まった人の輪を見るや否や、一どきに総立ちになった。彼等は、今まで天井から下っていた人間の秤が消え失せているのを見た。

「落ちた」

「落ちた」

「死んだ」

そういう単純な言葉が波立って、しまいには騒然とした一つのざわめきに変っていった。気の早

い数人が、前列の見物席からばらばらと舞台に走り出た。臨席の警官と整理係が、破れようとする列を阻止しにかかった。

やがて、二つの無惨な体が、楽屋へ運びこまれた。カナ子は、頭蓋骨を割って即死だった。飛夫の方は、それから一時間ばかりびくついていた後、呼吸をひきとった。

3

この惨劇の原因は、板を支えていた綱が、暗《やみ》の中で何者かの手によって断たれたためだという事が分明した。「誰が綱を切ったか？」この疑問が係官によって審《しら》べられる時がきた。

真っ先の嫌疑者は「蛙」だった。あすこまで投げ縄が伸びていたのだから、例え闇の中だとはいえ、手慣れた彼の腕で綱を切る事は容易な事なのだ。予想されていた「蛙」の最後の爆発は、こうした形で現われたのだと人々が考えるのは当然だった。それに観客の総ては、連続的に闇の中に空を切って転回する刃物の音を聞いていた。（伸びきった綱は、次第に直径を縮めてゆかなければ、急激に手もとにおさめる事は不可能ではあったが）

「蛙」と身振りで話す事の上手な男が間に立って審問が始められた。

「私ハカナ子ヲ愛シテオリマシタ。モシアノ瞬間殺意ガ生ジタトシマシテモ、ソレハ飛夫ト「顎」ニ向ッテノミ行ナワレタデショウ。ソレニ、私ハ、タトエ悪計ヲ抱イテイタトシマシテモ、コンナニ条件ノ悪イ場合ニソレヲ演ズルホド愚カデハアリマセン。停電ノ瞬間、私ハハッ！　トシテチョット手ヲユルメマシタノデ、綱ハ私ノ手ヲ中心ニ下方ニ向ッテ円錐形ヲ描イテ回転スル形ニナリマシタ。私ハ、ソレガ観客ノ頭上ニ触レル事ヲ懸念シテ周章テナガラ綱ヲグングン縮メマシタ。ソノタメニ私ノ手モトガ狂ッタノデ、イツモハウマク避ケテイタアノ大電球ニ刃物ヲ打チ当テテシマッタノデス。アノ墜落ガ起ッタ時ニハ、私ハ既ニ綱ヲ幾手繰リカシテイマシタ」

「蛙」は、そう言って犯行を否定した。「蛙」の立っていた台を中心にして、壊れた電球までの直径によって作られる円周は、釣られた板からは七八尺も距離のあるものである事が実験された。で電球の壊れた音に続いて墜落が起ったという事実が、「蛙」の無罪を証拠立てているのだった。

次に「顎」が取り調べられた。

「なるほどおっしゃる通り、わっしはカナ子に懸想《けそう》しておりやした。恋の通らぬ意趣晴らしにやっつけたかとのお疑いも無理じゃございません。が、わっしも予めあの停電を知っていた訳じゃございませんので、計画的に兇器を身に潜めてゆくなんて事あ、あり得ない事で……もしわっしにそんな気持があったとしたら、直接口に銜えた綱を離してしまいます。そして過失《あやまち》としてのあらゆる弁明を用意したに違いございません」

「顎」は、そして傍に置かれた証拠の綱をじっと眺めていたが、突然顔を明るくすると、許可を得てそれを取り上げた。

「ごらん下さい。この切られた箇所は、丁度、ぶら下ったわっしの位置からみると、板の裏側に当る部分です（そう言いながら、「顎」は、Yの字型をした綱を逆にぶら下げるようにしてみせた）さて、この端をこう銜えて伸してみますと、ごらんの通り、わっしが充分腕を伸したよりも少し長いじゃございませんかな。わっしの片腕は、わっしの顎ほどの力がございません。二人分の重みを支えたこの綱を、少しでも引き上げる等という事は不可能でございます。わっしは、手のとどかぬ部分を切るほど手品師ではございませんので……」

この板の裏側に当る部分が切られているという事実が、その真下に位置していた「臼」に対する嫌疑を濃くした。もう一つ「臼」の立場を危くしたのは、例のT字形をした竿の横木に、小型の洋刀《ナイフ》が突き刺さっていたという事実だった。「臼」と被害者二人との関係を知る者には、彼女の犯行の原因というものもほぼ察しられるような気がするのだった。ほんとうは落下してくる板が横木に打ち当るはずみを利用しようと計画しておいたのだが、不意の停電があったので、それを利用したのではないか。「臼」は、勿論、顔色を変えてそれを否定した。

「竿の先に、そんな恐ろしいものがあった事等、身に毛頭覚えがございません。もし私が大それた犯人だとしましたら、どうして竿の先に兇器を残しぱなしにしておく等という、馬鹿らしいぬかりをやりましょう。それをうまく始末してしまう隙は充分ありましたのに、それに、私が、勢一杯爪立ちながら竿を思いきり差し上げたといたしましても、板までの距離を一間とはつめられないはずです。ただ、私といたしましては、綱が切れて落ちる時、板がうまく横木にぶつかったのですから闇の中でもうまく合わせれば、二人を落さないですんだかも知れないのにと、それを口惜《くやし》く思うばかりでございます」

彼女は、ここでちょっと言葉を切った後で、やや躊躇の色を見せながら、妙な事を言い始めた。

「私がちょっとおかしいと、気付いた事がございます。それは、真っ暗な中ではございますが、真下にいる私の位置から見上げますと、幽かな外光で、天井の天幕《テント》をバックにして、人の形のけじめだけは僅かに見透しが利いたのです。その時、私は、板の両端にぶら下った影が、少しずつ身を曲げて、板の上に立ち直ってゆくのを見たように思います。板の中心に向って両方から這いよったなと思われる時、突然あの墜落が起ったのでした」

「臼」のこの新らしい陳述を聞くと、「顎」が突然口を開いた。

「そう言えば、わっしは、姿こそ見えませんでしたが、暗の中で、カナ子が、飛夫の名を二三度低く、しかも叱るように呼んだのをはっきり耳にした事を思い出します」

墜落した折、ぶら下っているはずの二人の足が板の輪から外れていた所からみると、「臼」の言うように、二人がいったん板の上に這い上ったのは事実らしかった。そうすると、あの瞬間において、あの綱を切り得る状態にある者は、板の上の二人だけだという事になるではないか。それで二人が、一種の情死を企てたのではないかという説が有力になった。

遺書でもあるまいかと、二人の持物全部が改められたが、それらしいものも見つからなかった。ただカナ子の手文庫の中にずたずたに引き裂かれた紙片が幾片《いくきれ》かはいっていた。その一片《ひときれ》から、それがどうもどこかの病院の診察券らしいという事だけは分った。何故そんなつまらぬ切れ端が手文庫の中にはいっていたのだろう。

「私ハ、十日バカリ前カラ、カナ子ガ二三度人目ヲハバカルヨウナ様子デ外出スルノニ気ガ付イタ。飛夫ガ小屋ニトドマッテイル所カラ見ルト密会ノタメデハナイラシイ。シカシ私ハ心配ニナッタノデ後ヲツケテ行ッテミタ。スルト、カナ子ハ汽車デN町マデ行ッタ。私ハ、彼女ガソコノN病院ニハイルノヲ見トドケタ。次ノ時ニハK町マデ出カケテ、K病院ニハイルノヲ見タ。ソノ次ニハ、T市ノ市立病院ダッタ。ソノ診察券ハソノトキノモノデハナイカ」

これは、その紙の一片を眺めたとき、「蛙」の口から漏れた告白だった。幸に、診察券の番号の部分が役立った。直ぐにそれらの三つの病院へ電話で紹介が発せられた。結果は、彼女がどこの病院ででもレプラの予徴のある事を宣告されたという事実が分明した。カナ子の自殺の根本的な動機は、そんな所にあったのではないか。そうだ。自分の恐ろしい血の呪いに絶望したカナ子が、男を誘って死を急いだと考える事は強《あなが》ち無理な考え方ではない。何故《なぜ》わざわざ芸の最中にそれを敢行したのか。人々は思うのだった。二人の間に最近情死の決心が定められてはいたろうが、こんな場合を選ぼうとは予め考えていなかったに違いない。これは、闇の持つ不可思議な魔力に憑かれての咄嗟の決心だったのだ。カナ子が、飛夫の名を強く叱るように呼んだというのは、その決行を相手にうながしたのだと考えられる。自殺者の心理の微妙な動きというものは、常識では考えられぬ事なのだ。わざわざ綱を切るまでもなく、二人でそのまま高みから身を投げた方が簡単ではなかったかとも考えられる。これは、女の方が男の決心を多少危ぶんでいたからではあるまいか。綱を切りさえすれば、二人共同時にあらゆる未練から解放される訳だったから……。謎のナイフは、男の手から、落下するはずみに、偶然竿の先の横木に突き刺さったものだと説明づけられるのだった。

――しかししかし、この解決は、決して一座の連中を完全に納得させるものではなかった。彼等は、「蛙」の奇怪な眼を、「顎」の無気味な白い歯を、そして「臼」の聳やかされた肩を、疑い深そうに眺めるのだった。

幇助者

遅い夜の街には、木枯しが荒れていた。子供は、そこまで来ると、立ちどまってぶるぶると身震いした。空腹《すきばら》なのでよけいに寒気が身を刺すのだった。今朝、場末の裏町から飛び出したきり、芋の切れはし一つ口にしなかった。子供は、絶望したようにそこの鉄柵にもたれて小さく嘆息した。山の手の夜の十時は、墓場じみて無人だった。不運な一日。あの破れ長屋の長四畳には、片腕のない病身の父が、冬籠りの穴熊のように蒲団にもぐりこんで、例の通り、あの古写真を取り出して、くどくどと呪い続けている事だろう。

信一は、その変色した古写真に浮び出ている、若い小柄な女の人を覚えてはいなかった。震災で父が片腕を失って働けなくなると、三つになったばかりの信一をも棄ててどこかへ行ってしまったという母。——子供は、また、今頃父は薄い水粥の汁を啜りながら、自分の一日の収獲を、（それは、時には小料理屋の勝手口の親切なおばさんが呉れる、牛飯の残りである事もあり、または、二箸とはつけてない魚の丸煮である事もある）心待ちに冷い夢を貪っているだろう……と思った。

子供は、ふと、顔を上げてみた。立派な折衷式の邸の門前だった。その大きな四角の黒い横顔は、幸福の一杯詰っている魔法箱のように思われた。子供は、まるで不幸の侵入を厳重に衛《まも》っているような鉄骨の門扉《とびら》にそっと手をかけてみた。そして、それが余りに軽く雑作なく開いた事に愕いたのだった。ほとんど無意識に、彼は内側へ踏みこんだ。習慣的に勝手口にまわってみた。と、そこの戸がまるで彼を迎えるように細目に開いているのを見つけた。

雑然とした台所道具。——暗い長い廊下。——大きな階段。——一つの部屋の扉《ドア》の前に来て、彼は、ふと気が付いたように、ちょっと顔色を変えた。その足は引き返そうとするように、二足三足後へ動いたが、しかし、訳の分らぬ誘惑が、とうとう彼の手でその扉を開かせてしまった。

明るい静かな暖い部屋だった。暖炉《ストーヴ》が音を立てて燃えていた。子供は避難所に逃げこんだ小動物のように、妙な安堵さえ覚えて内へ辷りこんだ。そしてから、はっ！　と立ちすくんだ。傍の大きな寝台《ベッド》の上に、一つの痩せた男の顔が、じっと自分の方に向けられているのを見つけたからだった。その初老に近い男の眼は、別に非難するような色も見せず、ぼんやり子供を見つめていた。子供は、苦いような微笑を作った。

「どこから来た」

縺《もつ》れるように病人は言った。子供は、素直に外を指さしてみせた。病人は、暫く黙って何か考えこんでいるように見えたが、もぞもぞと、小刻みに震える手を蒲団から抜き出すと、招くように動かした。それだけの動作が、非常な努力のように見受けられた。「うちの父さんみたいな人だな」と、子供は思いながら、枕もとへ半ば恐しそうに寄って行った。

「どうじゃ。これ欲しゅうはないか」

病人は、枕もとの茶卓子《ティー・テーブル》の上に、水のはいった大きなフラスコ、コップ、体温計、薬袋等と共に並んでいた、金色の小形の懐中時計を指さしてみせた。子供は、びっくりしてしまった。そして、まるで食べてしまいたいような熱い眼付きをその時計の上に烙《や》きつけた。

「やろう。その代り、一つわしに頼まれてくれ」

病人は、哀れっぽい懇願の眼差しだった。子供は、夢中でうなずいた。例えそれが生命《いのち》に関わるほどの危険であっても、彼は、憑かれたように承知してしまった事であろう。しかし、病人の願いは、子供には案外に容易《たやす》いものだった。二階のある部屋にある戸棚から、手文庫をそっと持ってきてくれというのだった。病人は、よく間どりをのみこませるように、何度も繰り返えした。誰にも見つけられずに、という事を強調した後で、病人は彼を励ますように、時計をそっと持ち上げてみせた。

子供は、重大任務に出発した。邸内はしかしまるで無人に近かったので、彼には、その手文庫は直きに見つかった。子供は、既にチクタクという時計の音を耳近《みみちかく》に聞きながら、そっと病人のところへ、もどって来た。と、病人の土気色の顔は、さっと興奮した。

「開けてくれ」

彼は、小さな鍵を子供に手渡した。手文庫は開けられた。中には何かの書類と共に、小さな硝子《ガラス》瓶がはいっていた。

「その瓶の中のものを、半分ばかしこの中へ入れるんだ」

病人は、フラスコを指さして、今度は命令するように囁いた。彼の声音までがひどく生々していた。子供は、命ぜられるままに、その白い粉末を半量ばかりフラスコの水に投じた。

病人は、安心したように、がっくりと胸を落したが、直きにあらゆる努力で恐ろしい呻き声を立て初めた。子供は、びっくりしてまごまごした。――誰かやって来る音がする。彼は、全く周章《あわ》てて、部屋のかなり暗い隅にある、洋服箪笥と大書棚のつくる蔭に辷りこんだ。――扉が開いた。

「また、どうかなさった？」

若い女の声がした。子供は、二つの隠蔽物のつくる細い隙間から覗いてみた。邸の奥さんらしい、美しい立派な女の人が、病人の枕もとに立って、無感動な眼差しで、見下していた。病人は、しかし呻《うな》り続けた。

「あれを呼んでくれ、あれを……」

病人は、弱々しい声をあげた。奥さんは、何故《なぜ》か、はっとした様子だったが、美しい眉をしかめて、その儘部屋を出て行った。病人は、まるで楽しく唄うような調子で、高く低く呻《う》めいているのだった。

十五分も過ぎたろうか。幾人かの足音が聞えた。女中に案内された、不断着のままの若い医者らしい男と、そして奥さんがはいってきた。

「さ、先生をお呼びして参りましたから」

奥さんは、病人に呼びかけた。医者は、余りにも義務的な表情で、患者の脈をとり、瞳孔を試《しら》べてみたりして、

「別に変った事ではありませんね。いつもの通りです……」

「さようでございましょう。近頃は、もう何でも大袈裟になって困るんでございますよ」

奥さんは、きまりになっているらしく、薬袋から散薬の一服を取り出し、フラスコの水をコップに注いだ。

「さ、召し上れ」

「いやだいやだ。その水には毒がはいっている」

「おやおや、また初まったんですね。――先生ここ半月ばかりというもの、いつでもこんな馬鹿な事を申すようになりましたんですよ。あたしが飲んでみせないうちは承知しないんです」

「はは、とんと神経質におなりですな」

医者は、女中をかえりみて笑った。奥さんはコップを取り上げると、習慣的な気易さで水をぐいと飲んでみせた。

「さ、あたしがお毒味をしたから、もう安心でしょう」

「いやだ。その水には毒がはいっている」

病人は、子供のように執拗に繰り返しながら、訴えるように医者を見上げるのだった。

「何でもありませんよ。僕が保証すりゃ御安心でしょう」

若い医者は、まるで病人の眼差しの暗示に誘われたように、同じくコップに口をつけてみせた。

「さあ……」

病人は、けろりと忘れたように、素直に薬をとった。

「じゃ、外《ほか》もありますから、早速ですがこれで失礼を」

医者は、それを見とどけると、早々に尻を持ち上げた。

「では、そこまで……」

奥さんも、見送る風に続いて立ち上った。

「おなみ。ちょっと残ってくれ」

病人は、呼びかけた。奥さんは、それで仕方がないという風に扉口《とぐち》までゆくと、人知れず医者の手を握ってから、後は女中に命じて引っかえしてきた。

ちょっとした沈黙があった。

「そこにお座り」

二人は敵同志のような眼差しで、じっと見つめ合った。

「あれの来ようが、今夜は馬鹿に早かったな」

奥さんは、黙っていた。

「まるで二階にでも待っていたようにな」

病人は、皮肉げな眼差しを動かした。

「また、いつものように愚痴ろうてんですね。あたしはもう行きますよ」

奥さんは病人の絡まる視線を逃れるように横を向いた。

「おなみ」

病人の声は、まるで常人のようにしっかりしていた。

「今までよくわしを欺《だま》していてくれた。礼を言いますぞ。（奥さんは、何か言おうとしたが、病人は、関わずおっかぶせるように言った）分ってる。わしのような病みほうけた、老人に近い夫は、なるほどお前のように若い美しい妻には、大いに不服じゃろう。わしは、それを充分心得ていたつもりじゃ。たいがいの事なら見逃してきたつもりじゃ。――が、お前のやり口は、余りにも惨酷だったぞ。わしは、お前が前夫を棄てて奔《はし》った女だとは承知しながら、何も言わずに拾い上げてやったに……淫婦の性根はいつまでも失《う》せぬものとみえる。――あいつと、あの若僧とぐるになって……わしの遺産を手にいれて……わしの死んだ後ででもあったら未だしも……不自然にわしの命を縮めようとして……それに、わしの病室の真上で……毎夜のように……おなみ。もう愚痴っぽく長くは言うまい。時間がないのだ。そうだ、時間がない。お前の耳でしっかり聞いてもらうには、余り時間がないのだ。――わしは、返報を考えていた。(切迫した沈黙がちょっと続いた)ほとんど全身の利かぬわしに、どんな事が出来るか。しかし、わしは計劃した。そしていつかたった一つの偶然の運命が、ちょっとそれに口火をつけてくれるのを、辛棒強く心持ちにして居ればよかったのだ。それが、今夜、天道様が、小さな天使をおつかわしなされというものだ。わしは、今まで根気よく、わざとフラスコの水に毒がはいっているとむずかってては、お前に毒味をさせるように仕向けてきた。それが習慣的になればなるほど効果が大きい訳だった。ふふふふ、都合のいい事に、あいつまで網にかかりおった。一石に二鳥を撃つか。ふふふふ。――おなみ、もう、少しずつ苦しくはないか。お前は、今し方、何の懸念なしにフラスコの水を飲んだではないか。わしが、その中には毒があると、あれほど親切に注意してやったのに。ふふふふ」

そう言いながら、病人も、ゴロゴロ咽喉《のど》を鳴らすとみるると、赤い太い条《すじ》が仰向けになった彼の口の隅から、渾々《こんこん》と泉のように湧き出ては、雪白のシーツを茜《あかね》に染めてゆくのだった。

「ひえっ!」

女は一切を悟ると、べたりと床に倒れ、毬のように狂いもがいた。しかし、病人は、少しも動かなかった。彼の既にこわばってしまった面上には、歓喜の輝《かがやき》さえちろめいてみえた。

物蔭に隠れていた少年は、それらの地獄変を眼の前にまざまざと見ているうちに、ふとある疑惑が頭を掠めるのを感じた。

彼は、急に何か恐しいものに追っかけられているように感じて、無我夢中で部屋をとびだした。逃げた、逃げた。

だが、彼の耳元で、何ものかが囁いては追いすがった。それは、どこから響くとも知れぬ風に乗って「おなみ」「おなみ」と聞える。「おなみ」というのは、少年自身の父も、病いの床の中にあって、呪文のように叫んでいる名ではなかったか！

だが、今の奥さんと自分の母の名とが同じだという事が、子供にとってはただお化けのように空恐しい一致であって、それがどういう事を意味しているのか、てんで分らなかったのだ。

罌粟島《けしじま》の悲劇

1

罌粟島の灯台守《とうだいもり》、滝音吉《たきおときち》は、その朝も六時きっかりに目覚しも待たず起き上ると、少し不自由な左足を心持跳ね上げるような恰好で、三階のランプ部屋に登って行った。

正六角形のランプ部屋は、周囲を厚い硝子《ガラス》張りにされた狭い一室だった。天井の懸金から重い大ランプを外《はず》し下して、火を吹消すと、軽い伸びをしながら、音吉は習慣的に一方の硝子に顔を寄せて、広い広い海面に眼を走せた。

十浬《カイリ》の彼方には、本土の山々が濃藍色に延々と連なっていた。全く、荒れ時期にはいってから珍らしく和やかな波だった、ずっと返してきた彼の視線が、この懸崖《けんがい》で囲まれた罌粟母島の南隅（本土に向い合った側）に、猫額《ねこのひたい》ほどの隙を見つけて平坦な砂浜が展がっている辺にくると、突然、釘付けられたようになった。汀《みぎわ》に、何か人間らしいものが倒れているのが黒く映ったからだった。

「おい！　浜へ行ってみろ！　仏様があがっとるぞ！」

音吉は、ガタガタと階段を駈け降りながら、大声で下の部屋に寝ている家族の者に呶鳴った。

音吉と二人の息子達が砂浜に駈けつけて行ってみると、それまで死んだように倒れていた人物が、丁度のろい動作で半身を起したところだった。難破者は、未だ三十にも満たぬ若い女だった。三人は、女の若さとそしてかなりのその美貌に、妙な心おくれを感じてちょっとためらったが、やがて三方から抱きかかえるようにして、灯台小屋まで運んできた。

「お秋。二階へ寝せ申すように用意するんだ」

音吉の総領息子の雄一郎は、入口から大声で命じた。と、若々しい健康そうな頬をした娘が、びっくりしたような顔を覗かした。そして運ばれてきた女を暫くぼんやり眺めていたが、もう一度呶鳴られると、周章《あわて》て寝具の用意にかかった。

夕方になって、女は全く元気を取戻した様子だった。そして床の上に起上って、すすめられた粥を啜りながら、尋ねられぬ先に漂流の顚末をぽつぽつと語るのだった。

最上桐子《もがみきりこ》というのが女の名だった。K村の産れで、現在H市の小官吏の家に下女奉公をしているのだったが、昨日の事主人夫妻と共にA岬（罌粟島の丁度対岸に長く突出《つきだ》している岬）まで遊びに来た折、たわむれに小舟を借りて漕ぎ廻っているうちに、だしのためにいつか沖合に流されてしまった事、そのうちに夜になると、波立ってきて小舟がひっくりかえってしまった事、自分は夢中で舟底板にすがり付いて漂っているうちに、幸いこの浜に打上げられた事、一緒に遭難した主人夫妻の生死も不明であろう事等を、もう一度その時の驚愕を新たにした面持で、物語るのを聞くと、滝親子の者は、彼女の恵まれた幸運を祝福するのだった。

2

翌日になった。

浜の方へ下りて行った音吉は、至急出来事の仔細を報じにA岬に出かけて行くように三郎に命じておきながら、桐子にも一言通じておく必要を感じて、浜から戻って来た。

何気なく扉《ドア》を開けて屋内《なか》にはいった音吉は、真正面に見えている大階段の中ほどに立たずんで、じっと二階の動静を伺っているらしい姪の姿を見つけた。

「秋、何してるんだ」

慎《たしな》めるように浴せながら、照れたように伏目になっている彼女を押し除けて、彼は二階に上って行った。と、彼が、階段を上りきったと同時に、雄一郎の背の高いがっしりした姿が、のっそりと階段の所に立った。音吉は、その姿を見つけると、突然不快らしい表情を見せて、いきなりガミガミと呶鳴りつけそうに見えたが、相手が、無言でのっしのっしと下へ降りて行ってしまったので、小さく舌打ちしながら、遠慮そうに桐子の方を伺った。

ほんとうの疲労が今になって発したものか、女は未だ熟睡に落ちていた。音吉は、ちょっと思案する様子だったが、そっと女の枕もとに行って、立膝のまま、

「もしもし」

と、軽く揺り起した。女は、はっと眼を覚して、不安気な眼差しをめぐらした。音吉は、不意に彼女の眠りを妨げた事を詫びながら、用向きを説明した。と、女は、急に狼狽に似た様子さえ見せながら、口早やに言うのだった。

「いいえ、明日にでもなりましたら、私自身もう戻れる事でしょうし、それに、余り大仰に騒がれ度くはございませんから」

彼女が、しきりに明日にでも……と主張するので、音吉は、その言葉に矛盾を感じながらも同意せねばならなかった。二人がそんな会話を交している時だった。

「おとつぁん。次郎兄さんが戻って来たぞう」

そう、大声で喜ばしく呶鳴りながら、浜にいた三郎が駈けこんで来た。

「何？　次郎がもう帰りおったか」

音吉は、元気よく立上ると、

「うちの一番目の息子でしてな。旅で看守をやってるですが、いつも休暇に一まわりずつ家へ戻って来ますのじゃ……今年はいつもよりちと早いようだが……」

説明するのか、独語か分らぬ調子でそう言いながら、音吉は、もう桐子の事等は忘れたように、顔を明るくしながら下に降りて行った。音吉が立って行くと直ぐ、何を思ったか、桐子は、むっくりと床から起上っていって、部屋の隅に懸っている粗末な欠け鏡台に向って、崩れた髪を巻直し、

そして乱れた襟もとをつくろい始めるのだった。

音吉の紹介で、桐子がその新来の客と顔を合わせたのは、それから三十分ばかりしてだった。父親から彼女を世話するに至った顚末を聞きながら、鼻下に短く刈りこんだ髭を蓄えて、いかにも小官吏めいた風采の次郎は、改めて彼女の幸運をそやしながら、同情するように言足した。

「そういえば、今朝、A岬の旅館でそんな話をちらと耳にしましたが、何でもその御主人夫妻というひとも無事だったとかいう事でしたよ。だから、あなたもほんとに元気づくまで、ゆっくり静養してからお帰りになっても関わないでしょう――直ぐに事情を書いて、私から向うに安心するように知らせてやれば足りる事ですから……」

彼の物慣れた応対ぶりに、女は、充分の信頼と安慰を覚えたらしく見えた。

3

その日から、灯台守の一家（音吉と、三人の息子達、それに彼の姪のお秋と）には、珍らしく賑やかなしかも事多い日が始った。

この六角形の三層楼は、階下《した》が十四五畳、二層目が八畳位、三層目がランプ室だった。そして各部屋の三分の一ほどは、大きな階段に占められていた。で、二人の女達は二階に、男達は階下に目白押しに寝《やす》むだけで、この狭い建物はもう一杯だった。

三日ばかり、海の不機嫌な日が続いた。人々は狭い建物の中で、成す事もなく蠢いていた。それまでの無風状態の一家の空気のなかに、バランスを危《あや》うくする一種の不安な雰囲気が醸し出されていったのはこの時からだった。

音吉が、お秋から、三人の息子達が桐子を中心に「張合い」を演じているらしい事実を聞かされたのは、それから三日ばかり後の事だった。訴えられてみると、彼にも、思合わされる節が幾つかあった。

いつか、次郎が、桐子を誘って罌粟母島から約七八町離れている罌粟子島に、小舟で遊びに出かけて行った。と、暫くして、彼等の後を追うようにして、岩陰からそっと海にはいりこんで、子島の方へ静かに泳いでゆく三郎の姿を、お秋は、偶然、ランプ部屋から見下して知っていた。

また、ランプ室を験《しら》べに上るような様子で、彼女等が眠っている二階に登ってきては、慾望に燃える眼差しを桐子の寝顔の上に投げてゆく雄一郎を、お秋は知っていた。

そのうちに、三人の競争者の間に、争いがはっきりと形になって現われてきた。

その日、お秋は、飲料水を汲みに行く途中で、左の眼を赤く充血させて、明らかに興奮している三郎を見つけた。

「兄貴はけしからん。お前も要心せんけりゃひどい目に会うぞ」

三郎は、お秋にまで当り散らすように言うのだった。先刻《さっき》物かげで、雄一郎とお秋の許婚《いいなずけ》関係を、何気なく（と、彼は言うのだったが）桐子に話していると、いきなり兄から痛撃を食ったと言うのだった。お秋の眉は、幽かに動いたが、それ以上感情を面《おもて》に現わすまいと努力しているように見えた。

4

「次郎、お前、ひどくあのひとと慣れ慣れしくしとるなあ」

ランプ室でランプの掃除をしながら、丁度そこへ上ってきた弟を捕えて、雄一郎は、いきなり浴せた。次郎は、しかし上品な口髭をちょっと歪めて見せただけだった。雄一郎は、その自信あり気な相手の態度から一種の侮蔑を感じたらしく、続けて野卑な揶揄さえ交えて突かかってきた。と、何と思ったかそれまで少しも相手になろうとしなかった次郎が、ふっと真顔になって言った。

「兄さん。あんたはあの女から手を引かねばなりません」

「大きにお世話だ」

「あれは、恐しい秘密を持った女です」

「秘密？　どんな？」

「例えば……」

「例えば……」

「例えば……人殺しといったようなものです」

次郎は、思い切った調子で、ずばりと言ってのけた。

「人殺し？」

兄は、その手には乗らぬぞというように、悪意のある横眼を投げながら、

「おい！　次郎。人殺しと知ってたら、何故黙って放っとくんだ、お前は。ええ、れっきとしたA監獄の看守様がよ」

次郎は、沈黙のままだった。兄は、カニングな嘲笑を続けた。

「惚れた女だからというんか。それともその秘密とやらをたねに女を口説き落そうってのか」

次郎は、相変らず黙ったまま、つと後ろを向くと、窓硝子にぺったりと顔を密着《くっつ》けてしまった。が、後ろに組んだ両手の指先だけは、神経質にしきりに動いていた。

「おい！　はっきり言っとくが、是が非でも俺はあの女を手にいれるぞ」

挑戦するように、彼は、黒く幅広な胸をぴっちぴっち掌《てのひら》で叩きながら呻いた。その時、二人の会話を盗み聴きしていたらしい誰かが、そっと階段を下りて行く気配がした。が、興奮している二人は、全くそれに気付かぬ様子だった。

その日の夕方。ランプに灯をいれる定刻だった。雄一郎がランプ室に上って行こうとすると、後ろから次郎が従《つ》いてきた。

「俺が二階に上るのを警戒してやがる」

雄一郎は、聞えぬほどの声で呟いた。次郎は、けれどもランプ室まで上ってきた。

「何しに来た」

兄の調子はかたたかった。

「今日は僕に手伝わして下さい」

次郎は、軽い調子だった。年に一度ずつの帰島しか出来ぬ彼には、そんな幼なじみの仕事を懐しむ気持が多分にあるらしかった。

大型な脚立の上に立って、次郎は、下から兄の差上げるランプを取り上げようとした。とたんに、どちらの手が滑ったか、重い大ランプは、逆さにひっくり返り、余勢で大きな音を立てて床上に落ちて壊れた。

「あっ!!」

兄の両袖に石油がこぼれて火を発したのと、突作《とっさ》の機転で、がばっ！　と床の上に両袖を下敷きに腹這うのと同時だった。間一髪に危機は逃れたが、次郎は、さすがに蒼白《まっさお》な顔で、脚立から飛下りたままの姿勢で、暫く呆然となってしまった風だった。——雄一郎の両手は、一面に軽い火傷を被《こうむ》っていた。

翌日。

朝陽を浴びた巌《いわ》の上に、桐子と三郎が腰を下していた。三郎は、ひどく熱心に、しかもせきこんで話しかけていた。

「男一人が、命がけで言っとるんだ。親兄弟も棄てて奔《はし》ろうてんだ」

しかし、女は、相手の存在すら念頭にないように、黙って砕け散る波頭を眺めていた。

「どんな苦労でも……なあ、明日の朝早くでも島を脱出《ぬけだ》して東京へでも行こうや。そして……」

彼は、ふと、口をつぐんだ。秘かな足音を後方《うしろ》に聞いたからだった。彼は、つと立上って身を固くした。――緊張した次郎の顔が、巌の後方から覗いていた。女も身を起した。そして冷たい眼付で睨合っている兄弟を、術《すべ》なげに見比べた。切迫した空気が女にも感じられた様子だった。

「三郎、ちょっと来い」

三郎は、ちょっとためらったが、直ぐに悪びれずに彼の方に近づいて行った。二人は、前後しながら、おし黙って浜の方へ下りて行った。二人の姿が、岩鼻を曲って見えなくなると、女は、大きな嘆息《ためいき》を漏して、自分の胸を両手で、そっと押えた。

二人の間にどんないざこざが展開されたか、しかしながら、表面には極く平静な二人だった。午後になって風が好転したのを幸いに、三郎は、いつもの通り、A岬の方に食料品の買出しに出かけて行った。――夕方になって、彼は、必要の品々を積んで戻って来た。

「今夜は、一つうどんでも奢るかのう」

音吉は、そう言って台所に立って行くと、女手も待たず、買出しものの中からうどんの束を取り出していた。火をおこそうとして、うどんを包んであった新聞紙を掴んだ音吉は、ふと、紙面にのっている女の写真を疑視した。次に、覚束《おぼつか》なげに記事を辿り始めた。と、急激な驚愕が彼の表情にのぼってきた。それから周章てて四辺《あたり》を見廻した。薄暗くなった部屋に、三人の息子達と二人の女が、まるで各々の考えに閉じこもっているように、微動も見せず坐っていた。音吉は、ほっとして、いきなりズタズタに新聞紙を破ると、大竈《おおかまど》の中に放りこんだ。彼のひどく興奮している事は、うどんもそのままにして、裏口からたそがれの浜の方へ出て行ったのでも分るのだった。彼が台所を出て行くと直ぐに、部屋の中に坐っていた一人が、すっと立上って台所の方に出て来た。お秋だった。彼女は、音吉の動作を終始秘かに伺っていたらしく、千切られた紙片を竈の中から拾い出して、丹念に板の上に並べ始めた。やがて、寄せ集められた紙片は、例の女の写真を形づくった。桐子にそっくりの女の顔だった。お秋は、記事を追った。

殺人犯の女囚、脱獄す。――昭和二年春、――嫉妬の上句《あげく》、夫並びに義妹を毒殺し、終身刑を申渡され、A監獄に服役中――金子あや（二十六）は、去月二十八日夜、巧妙なる方法にて破獄――目下行方捜索中――

記事の所々、殊に後半は見つからぬ紙片のために曖昧だったが、読終ったお秋の顔には、驚愕よりも、一種惨忍な会心の笑に似たものがわやわやと上ってきた。彼女は、音吉の戻ってくるより先に、もう一度紙片を竈の奥に放りこむと、そ知らぬ顔でまた部屋にかえっていた。

その夜から、しんみりした雨になった。翌朝になって雨はあがったが、風っぽい日に変っていた。おひる近くになって、人々は、いつの間にか次郎と桐子の姿が見えないのに気が付いた。

「次郎は、どうしよった」

音吉は、いつになく脹《は》れぼったい眼付で、神経質な皺さえ眉根に寄せながら、沈鬱な調子で誰に問うとなく言った。三郎は、雄一郎と、一瞬眼を見合せた。

午後になると、建物の中には、雄一郎とお秋だけが残っていた。雄一郎は、襤褸《ぼろ》きれで火傷の両手を包んで、落着きなく部屋の中をぶらぶら歩き廻っていた。

「雄《ゆう》さ。ひどいわ」

それまで感情を圧《おさ》えていたらしいお秋が、いきなりヒステリックに叫んで、雄一郎に飛びついて行った。彼は、始まったなというように、五月蠅《うるさ》そうに舌打したきりだった。彼女は、くどくどと桐子の出現以来の彼の情無《つれな》さを口説き立てた。が、結局相手にされぬのを知ると、最後に打っちゃるように言った。

「お前は、あの女のために殺されるんだ。その火傷だって、手だけですんだからいいようなもんの……過失《あやまち》だとばかり信じているからお人好しさ」

お秋のこの一言が、雄一郎の心に、予期せぬ変化を与えたらしかった。

「過失じゃねえって？」

彼は、二三度口のうちで呟いていたが、いきなりぷいと外に飛出して行った。残されたお秋は、暫く考えこんでいたが、これも同じく、ふらふらと外へ出て行った。

灯をいれる一時間ばかり前になって、お秋は、ぼんやり戻って来た。そして、台所の隅で食器の音をガチャガチャ立て始めた。暫くすると、音吉が、裸足のまま、手に大蟹を三匹ばかりぶら下げて、ひょっこりとはいって来た。

「おや、叔父さん。どこへ行ってたのさ。着物を濡らしちゃってまあ」

「うん。双子ケ浜でこいつを捕《と》るとて、うっかと岩の上で辷っちまうてな、一時間近くも稼いでこれだ」

音吉は、苦笑しながら、未だ蠢いている大蟹を、どさりと板の間に放り出すと、気持悪そうに、びしょ濡れの着物を脱ぎにかかった。

「双子ケ浜で？　ふうん」

お秋は、何故かちょっと浮かぬ顔をみせた。その時、遠くから、一つの声が走って来た。

「次郎兄さんが殺されたあ！　おとつぁん‼」

音吉とお秋は、ぎょっとして聞耳を立てた。三郎が、ぜいぜい呼吸《いき》を切らしながら駈けこんでくると、両手を振動かして吃《ども》りながら、罌粟子島のうなぎ座敷で、次郎が大岩の下敷になって圧死している事を告げた。

三人は、急いで小舟で子島の現場に向った。島に着くと、波打際に雄一郎が一人で突立っていた。彼等は、言葉を交える暇もなく、前面の崖を登って行った。崖の上は、かなり広い芝原になっていた。うなぎ座敷と通称している現場は、彼等が登って行った崖の丁度裏側にあたっていた。

海面からいきなり切り立ったように伸び上っている三十尺の懸崖の凹凸《おうとつ》面を、一筋うねうねと帯のように走《は》せ下る細い谷の底に、一坪余りの、壺の底めいたくぼみがあるのだった。四人が、細い谷を這うようにして降りて行ってみると、次郎は、そのくぼみの底に、巨大な岩塊の下に半身ほどを圧潰《おしつぶ》されて無慚《むざん》な死にざまをみせていた。その血だまりの中に、半ば失心して唇を痙攣させながら、桐子が立っていた。大岩は、崖の上にあったもので、激しいスピードで谷添いに転落してきたのを、壺底めいたうなぎ座敷にいた次郎は、急に避ける術もなく圧潰されたものらしかった。

「俺が丁度崖の道を登って来ようとしてる時だった。ぐわらぐわらという凄い音を聞いて何だろうと愕いたんだから……」

三郎は、大仰な表情を見せて言った。

「岩っ欠《かけ》が、海の中にどぶんどぶんと大きな音を立てて落ちこむのを、俺も聞いた」

雄一郎が合槌を打った。彼等は、次に、崖の鼻に、その大岩の坐っていたと覚しい跡を見つけた。自然の力で、それがその位置から動いたものとは絶対に想像されなかった。不自然の力——他殺、結論は当然そうだった。この結論に達した瞬間から、各自が警戒的な眼で相手を観察し初めたのは無理もない事だった。

「俺あ全く無関係だぜ。どいつかが岩を転がした時には、丁度この側から崖道を登りかけていたところなんだでな」

三郎は、真先に弁明するのだった。

「誰もそれを証明してくれませんよ」

お秋が突っこむように言った。

「ある。雄一兄《あん》さん。俺が崖を登り切った時、丁度あんたも向うから、(と、自分の登って来たと反対の側を指さしながら) ひょっこりと登って来た処だったな。それに、(と、急に桐子の方に向き直りながら) あんたも、こっちから、(と、別な方向を顎で指し示しながら) 駈け上って来ましたねえ。そうすりゃ、俺等は、三人共お互いを証明し合ってる訳じゃないかな」

「そうだ。違いねえ」

雄一郎が、すかさず叫んだ。

「岩を落しといてから、人の気配を感じて急に崖の裏にかくれる、丁度相手が崖を登り着いた機《おり》を見て、ひょっこり姿を現わして、うまくはずを合わせるてのもまんざら悪い手でないぞい」

お秋は、雄一郎に挑戦するように言った。

「馬鹿々々」

雄一郎は、頭から嚙潰すように呶鳴りつけた。

「そんなら、お前も三ちゃんも、言合わしたようにこの島に来てるてのは第一変だぞい。何の用があったか……」

お秋は、益々意地悪く出た。

「俺あ、ただ遊びに来たまでだぜ」

三郎は嘯《うそぶ》いた。

「女犬の臭いを嗅ぎにか。――そしてお前さんも、ただの遊びにかね」

お秋は、露骨に辛辣だった。雄一郎は、黙って、嚙付きそうな様子を見せるきりだった。

「ちょっと待て」

と、その時まで、独りで忠実な猟犬のように懸命にそこら中を探し廻っていた音吉が割込んだ。

「じゃ、お前達は、その時怪しい奴の姿も見かけなかったてのか」

三人は、言合したように首を横に振った。

「妙なこったな」

音吉は、うなずきながら、ゆっくりと呟いた。

「お前さんはどうしてここへ来てたのかね」

お秋は桐子の方へ鋒《ほこ》を向けた。

「あの、次郎さんと一緒に来てたのです」

桐子は、悪びれなかった。

「朝から来てて、どんないい話がありましたの。――それで一緒に来たというなら、何故相手がこんな事になる時傍に居なかったのですね」

「それまでずっと一緒だったんですが、あの方がうなぎ座敷に降りてみようとおっしゃるのでお供しようとして、私、ふとそれまで遊んでいたそっちの、（と、彼女が先刻駈上って来たという方の崖を指さしながら）下の浜の岩の上にこれを忘れてきたのに気付いたものですから……」と、桐子は、帯の間から小型のコンパクトを取出してみせながら、「あの人は先に降りて待ってるからとおっしゃって、私だけが後へ戻りましたの。――その間にこんな大変な事が起ってしまいました」

「じゃ、あのひとが独りで座敷に降りてる事を知ってたのはあんただけという訳ですね。それに、少くとも大岩の坐っていた位置を一度は通過した事になりますねえ」

お秋の陥しいれるような口調に誘われまいとしてか、桐子は、それ以上弁明がましい口をすすめようとはしなかった。人々は、黙りこんだまま、真赤な斜陽《はすび》を浴びていつまでも崖端に佇ずんでいた。

夕闇がこめて来た。で、彼等は、明朝早くA岬の方に事件を急報するとして、ひとまず現場を引上げる事にした。検屍の済むまで、少し無惨だが死体はそのままに残しておく事に決められた。

5

翌朝《あくるあさ》。薄明《うすあけ》の頃だった。二人の兄弟が起出て、A岬に出かける用意をしている時、突然、浜の方に艫《ろ》の音が聞えて、数人の姿が灯台の方にやって来るのが見られた。驚いた事には、あたかも既に事件を知ってやって来たもののように、その中に正服姿の警官が交っている事だった。雄一郎が、真先に飛出して一行を迎え入れた。

「早速だが、この女が島に来てるはずだね」

一行中の一人が、いきなり、A署刑事の肩書のある小島賢吉という名刺と共に、一葉の写真を差示した。

「こりゃ桐子さんだが……」

雄一郎は、驚きの声をあげて、

「桐子? ふん、どういう変名でいるかは知らんが、A監獄からの脱獄囚、金子あやという女だ。――それに、滝次郎も来てるだろうね」

雄一郎が、昨日の惨劇を簡単に物語ると、今度は刑事の方が驚いた。

「とにかく金子あやを取押えなけりゃ……」

「次郎めがとんだお騒がせを致しまして誠に相済みませんでした」

まるで自分の不明を恥じるように、一行の前に平身低頭した音吉は、直ぐに二階に上って行った。

「しまった。居ねえぞ!」

音吉は、直ぐに顔色を変えて降りて来た。人々は、ちょっと狼狽の色を見せた。が、小島刑事だけは、ゆとりをみせながら言った。

「島の内から遠くへは遁《に》げられまいから」

丁度、その折、お秋が、乱れた姿でふらふらと小屋に戻って来た。彼女は、そこに警官の交った一行を見ると、ちょっと顔色を動かしたが、ほんの今、子島で、桐子が自決したのを見とどけてきたと、はっきりした口調で言うのだった。人々は、時を移さず、二つの惨劇を重ねた現場に急行した。舟の中で、小島刑事は、注意深く昨日の事件前後の顚末を各人から聴取した。犯行直後、偶然であろう三人が、互のアリバイを呈供し合っている点が、彼の職業的好奇心を多分にそそったらしかった。

金子あやは、丁度次郎の死体の傍に、より醒惨《せいさん》な死態《しにざま》をみせて仰向けに倒れていた。検べてみると、転落した折、ひどく岩角に打ちつけたらしく、頭部に二箇所ばかり恐しい傷口が穴をみせていた。その致命傷からみて、完全に即死と断ぜられた。

「今朝方、ふと気が付いてみると、このひとがそっと床を抜出して行く姿を見つけました。で、好奇心が手伝って見えかくれに後をつけてみると、小舟でここへ渡りました。そして、この崖鼻まで来ると、暫くじっと下を覗きこんで思案している様子でしたが、そのうちに、止めようと走り寄る暇もなく、ぱっと飛びこんでしまったのです。私は、そのまま注進に駈け戻ったのでございます」

お秋の陳述はそうだった。彼女は、続いて、次郎殺害の犯人は桐子で、遁れられぬ事を自覚しての自決だと思う旨を附け加えた。

「おかしい。そうすると、金子あやが第一の被害者を殺害した動機が曖昧になる」

刑事は説明した。当局では、A監獄の看守をしていた滝次郎の手引きで金子あやが脱獄したものと睨んだのだが、問題は、二人が真の恋によって結ばれていたかどうかという点だった。二人の関係に無理がなかったとしたら、第一の殺人の動機は殆んど皆無と云う事が出来る。(お秋は、その説明を初めて耳にして、意外だという面持を見せた)第二の惨劇については、唯一のたより手を失った女が、絶望の極《きわみ》、思い余っての自殺と考える事は出来るが……。小島刑事の職業的予感は、この二つの事件を別々に調べる必要を教えた。で、彼の指図に従って、もう一度新らしく調査がすすめられる事になった。

崖上の芝原を、係官一同によって、綿密な捜索がすすめられていった。その最中に、刑事は、ふと、お秋の妙な動作を発見した。それは、外海に面した崖鼻の方をぶらぶらしていた彼女が、突然立止って素早く周囲を覗《うかが》ってから、そっと右足を辷らすように動かした事だった。小島刑事は、素知らぬ顔で、その場所に行ってみた。そこには、狭い岩床の裂目が、かなり深く割れこんでいたが、その裂目の底の右隅に、斜に射こむ朝陽の光にさらされて、草履の片方が落ちているのが覗えた。

見ると、お秋の片足は裸足だった。彼女が過ってそれを落したのならば、刑事の疑惑を引かなかったであろうが、明らかに意識して落した事を知っている刑事は、長い棒切れを拾ってきて、試みにその草履を引懸けて上げてみた。と、その下に重なるように、もう一箇かなり穿《は》き古した草履が見付けられた。その下敷きに何か円筒状のものの先端が覗いていた。上げてみると、粗末な煙草入だった。開いてみると中味の煙草は充分渇いていた。小島刑事の鋭い嗅覚は、いち早く犯罪を嗅ぎつけた。「この女は何かを知っている」

彼の玄人《くろうと》的鑑識は、その一箇の草履の上に一種の手懸りをみつけた。踵の部分が、他の部分に比してあまり傷んでいないという点だった。刑事は、黙って、三郎だけを傍に呼んだ。彼の若くて無策なところを見抜いたからだった。三郎は、煙草入を一眼見ると、父親の持物である事を認めた。

「昨日皆でここへ来た時、とっつぁんは草履を穿いてたかね」三郎は、思い出すためにちょっと考えていたが、確かに穿いていた事、それに他の誰も草履を失った者のなかった事を繰りかえした。

「とっつぁんは、左足が悪いようだな」

「ええ、三年前に階段から辷り落ちて、アキレス腱とやらいうものを傷めました」

小島刑事は、向うの方で一かたまりになって、不安そうに二人を見守っている一団に近づいて行った。

「音吉とっつぁん。お前さん、昨日この島へやって来た事はなかったかな」

「へえ、次郎が死んでるてんで皆で見に来た外には……」

「おかしい。今、そこの岩の割目で、お前さんの煙草入が草履の下敷きになってるのを見つけたんだがね。処で、昨日皆がここへ来た時、草履を失くした者はいないという事だ。それに、昨日は朝方まで雨だった。だのにこの煙草入の中味は乾いている。とすると、お前さんは、昨日、皆と一緒に来た時以外に、この島に来た事があるという訳になるんだがねえ」

「実は、つまらぬ疑いが懸るのが嫌でござりまして、ついかくし立てを致しましたが午後になってもあの不埒者共が帰りませんで、様子を見とどけにちょっとここへ参りましたので」

音吉は、けれども、事件の勃発したであろう時刻より二時間も以前に既に母島の方へもどっていて、双子ケ浜附近で蟹を捕っていたとばかり、強硬に中立てるだけだった。刑事は、それ以上彼を追求するよりも、何事かを知っているらしいお秋を絞る方が早途《はやみち》だと期待して、先刻煙草入が拾い上げられた瞬間から蒼白な顔をしている彼女の方に向き直った。その時、うなぎ座敷に降りて調べを続けていたもう一人の係官が、大声をあげて刑事を呼んだ。

小島刑事が降りて行ってみると、係官は、金子あやは即死しなかったらしいと注意した。それは、明らかに彼女のものである真新らしい血痕が、うなぎ座敷の例の大岩塊を中心にして、周囲の岩壁の所々に夥しく附着している事だった。それでみると、頭部の致命傷からみて当然即死したはずの女が、暫く座敷のまわりを狂い掩《もが》きまわったという事になるのだった。刑事の顔面筋肉は、ぴくりと動いた。

6

小島刑事に急所を突っこまれると、お秋は、忽ち一切を自白した。次郎殺害の犯人は音吉に違いないという事も漏らされた。彼女は、昨日、音吉から、双子ケ浜で数時間も蟹を捕っていたという言葉を聞いた瞬間から、彼に疑惑を持った。彼女自身、音吉が小屋に戻るほんの前まで、双子ケ浜の岩の上で物思いに耽っていたのだが、音吉の姿などは見かけなかったからだった。彼女は、その折の彼のずぶ濡れの着物、裸足から、総てのトリックを見破った。音吉は犯行後、人の気配に驚いて、咄嗟に崖上から海中に飛びこんで、秘かに泳ぎもどったものだった。雄一郎が、その折耳にしたという大きな水音は、音吉の飛びこんだ音だと、彼女は覚っていた。彼女は、今朝、桐子の後をつけて子島に渡った。彼女が崖端に立っているのを見て、咄嗟に、自分の嫉妬故の怨恨を報い、同時に音吉の罪をも彼女に転嫁させる芝居に思い付いた。彼女は、例の新聞の不完全な紙片から、桐子が脱獄囚だという事実だけにしか気付かなかった。それに、いつか次郎と兄との争いを盗み聴きして、次郎が、きっとその秘密をたねに女に関係を迫ったものであろうと想像した。桐子が次郎殺害の動機は、それで立派に理由づけられると信じたのだった。背後から突き落された女が、未だ致命傷を負わないで踠いているのを見ると、お秋は鋭い岩片をたずさえて、現場まで降りて行って、彼女の頭部に最後の痛撃を与えたのだった。

　音吉は、しかし、例の記事から総てを知ってしまった。合意の上の破獄、互の無関係を装って島に落着くための難破のトリックまで読んでしまった。厳格な性格の彼は、息子の罪を極端に憎悪した。縄付きを出す滝一家の恥辱を想って慄然とした。昨日、次郎を面詰《めんきつ》して自首させようと、彼等の後を追って子島に渡ったが、偶然、殺人の絶好のコンディションに置かれた瞬間、自裁あるのみと信じて、咄嗟にそれを決行したのだった。——昨日、彼が熱心に捜索した煙草入は、裂目の底の右隅にあったため、右手から斜めに射《い》こむ夕陽の光のために、反《かえ》って眩惑され、反対に、今朝、左手から差しこむ朝陽の光のために、お秋の眼にとまったのだった。お秋が、彼の犯行を知悉《ちしつ》していて、しかも己を守る必要から彼をかばうために、偶然眼にしたその証拠の品を隠蔽する小細工を弄しなかったならば、あるいは、事件の解決は、もっと長引いたかも知れなかった。

手袋

暖炉の中に太い薪を投げこみながら、主人は、じっと燃え盛る炎を見つめていた。その短く刈上げた半白の髪、角張った顎、小さいながらぎらぎらとよく輝く瞳、大きく一文字に結んだ唇は、彼の強固な意志力を現わしていた。

彼は、待っているのだ。ねらいをつけた犠牲を、一挙に屠る機会が近付いてくるのを。

彼は、ちらとマントルピースの上の置時計を眺め、それからじっと窓外に眼を走せた。

初冬の山峡いにたそがれが迫って、近くの谷の狭間は、もう薄闇に閉ざされ、遠くの山の頂きだけが、ほのかに落日の余映を照返して、夕焼空に切紙細工を張付けたようにその山なみを浮出していた。

表口の方に当って、訴えるような犬の鳴声が聞えてきた。と、直ぐにそれに応えるように、裏口の方から、底力のある声が、低く呻くように聞こえ、ガチャガチャと、重い鎖を鳴らす音がそれに続いた。

「お父さん。虎もジョンも大分痞がたかぶっているようですね」

そう言いながら、未だ三十になったばかり位の若者が、部屋の右手にある階段を静かに下りてきた。

「うむ。丁度さかりらしい」

父は、そう言いながら、椅子から立上った。そして今朝訪ねて来た時から、何かそわそわと自分につき纏うような息子の気ぶりを感じていたので、今ゆとりの無い気持で、その相手になることを避けるように、後ろの扉を開けて裏口に出て行った。

裏木戸の傍に据えられた頑丈な檻に、大きなシェパード種が一匹、太い鎖でつながれていた。彼は、そこの柱に引っかけられてあった皮製の太い鞭を外し取ると、つかつかと犬の傍に近づいた。薄闇にらんらんと輝く猛犬の眼、痙攣する鉄の顎に隠見する白牙。主人は、残忍な笑に頬を歪めながら、いきなり手にした鞭を、はっしとばかり「虎」の背に加えた。凄じい呻声と共に、犬は鞭に躍りかかった。

主人は、ズボンのポケットから、赤革製の手袋を取り出すと、それを「虎」の鼻先に持っていって嗅がせた。それから、また思いきり激しい一撃を胴中に打下ろした。

一撃、二撃、手袋を嗅がしては容赦ない乱打が続けられた。「虎」は、己れを苛む鞭を嚙み砕こうとして、牙を鳴らして躍り上り、空を嚙む度に白牙の間から飛散る涎が、彼の手から顔にまで弾けかかった。犬は、汗と泥にまみれてのたうち廻り、鎖の束縛が無かったら、服従感を忘れて主人の咽喉笛に飛びかかったかもしれない。

主人の眼も血走り、荒々しい呼吸が胸を大きく波打たせた。彼が訓練と称んでいた、この狂気じみた人と獣の乱闘は、見る者に浅間しい嫌悪感を催させるに充分なみものだった。

しかし、この人里離れた山峡にある一軒家の別荘には、子飼いの老婆以外に、滅多に人の訪れとてなかった。その老いた召使も、半年ばかり前から急に性格が変ったように、罪もない動物に対して狂暴な振舞いをみせるようになった主人に対して、一度は驚いたのだが、それも度重なると、あきれ果てたように、もう永年の奉仕に去勢された老いの心をいらだたせる事もなくなっていた。父と別れ住んで、都会の銀行に勤務していた息子は、二日続きの休暇を利用して、この温泉境に休養をとるために来たのだが、今朝ほど、下の湯の町から一里ばかり登ったこの父の別荘を訪ねて来ているのだった。だから、彼も、この父の常軌を逸した訓練に就いては何も知らないはずだった。

漸く鞭を置いた主人は、汗ばんだ額をハンカチで拭いながら、また暖炉の部屋にもどってきた。息子は、二階の部屋に戻ったらしく姿が見えなかった。

突然、ジョンの疳高い吠声が聞えた。

「来たな！」

彼は、気構えるように、ぐっと唇を引いた。そして、傍の卓子の上に投げ出されてあった手袋を、そっと取上げてポケットに蔵いこんだ。

「北さんがおみえになりました」

小柄な老婆が、扉口から半身を覗かせて来客を告げると直ぐに引っこんだ。

「やあ暫く。どうだね、これの方は……」

快活な声音で、品のいい口髭に微笑を漂わせながら、小づくりのよく肥えた堅実な実業家型の男が、大股に部屋にはいってくると、鉄砲を構える格好をしてみせた。

「いい猟もないね。君の方はどうだ」

主人は、さり気なく応じながら、右手を挙げて釣竿を操る手真似をしてみせた。

「こう寒さが厳しくちゃあ、山女魚も終りとみえるよ」

客は短い首を横に振りながら、遠慮なく主人と並んで暖炉の前に椅子を引寄せた。

「もう見きりをつけて、明日にも引上げだよ」

「いやに性急じゃないか」

「いや、今度の政変で新円政策に変化でも起こると、ちょっと忙がしくなるだろうから」

「相変らず金か」

主人は、不意にほろ苦い記憶を呼覚まされたので吐出すような調子だった。

「非難することも無かろうさ。君だって金の偉力は分っているはずだ」

「ふむ」

主人は、ぎりりと奥歯を嚙合せた。最も痛い急所に一撃を食った闘手のように。そうだ。こいつは、金の力で俺の地位とそれに俺の女まで奪い取ったのだ。

彼が事業主として経営していた製薬会社が、終戦直後資金面で破綻をみせかけた時、親友として、銀行家としての北は、当然助力してくれるべきだったのだ。彼は、正に助力してくれた。「君は余りにも疲れ過ぎている。一応の休養が最も必要だ」――彼の助力は、この友情に装われた奸言だったのだ。そして、未だ旺盛な事業慾と世の中への執着で沸り立っている彼を、心ならぬ隠生へと追いこんでしまったのだ。信じ切っている友の忠言として、それをまともに受けとった俺の愚かしさよ。彼の引退した後の製薬会社の重役陣が、とたんに北の一派で固められたのを知った彼は、激憤にかり立てられたのだが、彼は、直ぐには相手を難詰しなかったのだ。権謀術策の波を漕ぎ抜けてきた事業家としての彼の魂が、危く彼を制御したのだ。採られた手段がどうあろうとも、要するに俺は打負かされたのだ。俺達の世界では、相手の卑劣、不信などというものを問題にするだけ野暮なのだ。勝ったか、負けたかの事実だけが厳として存在するだけなのだ。相手に対する真の抗議は、再び立上って自らを成功者の位置に押上げる事だけだ――彼は、諦観の中に閉じこもった。

しかし、しかし女の問題は別だ。妻の死後十年以上も空閨を守ってきた彼の胸に、もう一度情熱の火を掻立ててくれたあの女、自分の失脚と同時に、逆き去ったあの女。女に対する彼の手練の経験が見込んだ対象だっただけに覆えされた自信は、深い痛手となって彼を蝕んだ。それも、その女が、北の持物になっているという事を聞かされた時、その憎悪は傷心にまで変った。ほんものの男心を見損じた女への堪難い執念や憤懣は、しかしいつか時と共にきれいに拭い去られていったが、それだけに、恋の掠奪者に対する恨みだけが磨ぎすまされていった。

社会的地位を空白にされ、残された余世を情の世界に沈湎させることによって、僅かに安息を見出そうとした俺から、最後のものまでも掠めてしまった憎むべき男。親友の仮面を被ったそやつは、正当に罰せられねばならぬ。奴は、陋劣な遣方でそれをやった。だから、俺の怯懦な報復に対しても文句はないはずだ。

「まあ、ゆっくりしてゆくさ。お互にまたいつ会えるかも知れないから……」

「縁起でもない」

「いや、ほんとうだ」

主人は、ぽつりと言葉を切ってから、一語一語に力をこめて、まるで相手を説きふせるような調子で言った。

「運命という奴は気まぐれで、しかも寸毫の仮借もしないからね」

主人は、瞬間的ではあったが、凄じい一瞥を相手に投げたが、客は気付かなかった。

「寒い。身内から暖めよう。よくはないがあれの十五年ものが残っている」

主人は、食器棚からウイスキイの瓶とグラスを二つ持出して卓子の上に並べた。

「どうだね健康の方は……相当しっかりしてきたようだが……」

「どうやらね。――しかしまさか君はもう一度俺を引っぱり出そうというんじゃあるまいね。俺の時間はもう終ったよ」

主人は、自嘲するように幽かに笑った。

「さあ、その問題だが……それに……」

そう言いかけて、北は、何かを探すように部屋を一わたり見廻し、そして窺うように階上を見上げた。

「一郎が来ている。知っているのかね」

主人は、相手の素振りから何かを感じた。北は、ちょっと切出し兼ねているらしかったが、思い切ったように、椅子にかけ直しながら、低い声で言った。

「息子さんからは、何も聞いてないのかね」

「いや」

彼は、息子の今朝からの落着かぬ素振りをふと想い出した。

「一郎君と話し合い度いんだが……」

北は、相手の視線を外すように空に眼を走らせながら、早口にそう言って、続けさまにグラスを二口、三口甜めた。

「一郎！　ちょっと下りておいで」

主人は、いきなり、きっとして呼んだ。相手の煮えきらぬような態度が、反撥的に彼の声音を尖らした。暫く応えが無かったが、やがて、そっと玄関に続く扉口の方から、息子の姿が現われた。北は、さっと立上った。

「二人きりで始末をつけるべき問題なのだろうね」

主人は、両者に等分に、探るような眼差しを送ってからさっさと息子の這入ってきた扉口から部屋を出て行った。

彼は、二人の間に取上げられる話題に対して、強い好奇心の動くのを押えられなかった。殊に、内容がどうあろうとも、世故に長けた北の前に立たされた、不用意な息子の位置を考えると、一抹の不安を覚えた。

しかし、彼は、思切ったように扉口を離れ、来客用の帽子やオーバーの懸けられてある衝立に近寄っていった。彼は用心深く周囲を見廻してから、北の黒いオーバーのポケットから赤革の手袋を摑み出し、手早く自分のポケットから取出した同色の手袋と交換した。

これで、大きな運命を決する準備は完成したのだ。何という簡単さだ。彼は、人一人の死生が、こんなあっけない一つの操作で左右されるのかと思うと、ふと、声を出して笑い出し度くなるような衝動に襲われた。

その時、隣室から、二人の興奮した声音が漏れた。彼は確かに忘れていた女の名を耳にしたように思った。で、足音を忍ばせて扉口に寄って行った。

「――貴方の誤解です……」

一郎の声が聞えた。続いて、北の性急な詰るような声音が聞えた。

「とし子に対する責任があるはずだ……」

女の名がはっきりするると、彼は、もっとよく聞こうとするように、ぴったりと扉に身を張付け、耳穴を数倍に拡げた。あの女の名前を聞いたように思ったのは、間違いだったのだろうか。とし子？　聞慣れぬ名だが……待てよ。北の娘が確かとし子と言ったはずだが。

北の声だけが、くどくどと聞こえていた。初めは威嚇するように意丈高だった調子が、少しずつ哀訴するように変っていった。息子の声が、少しも聞こえなくなった事が、ちょっと彼の不安を誘った。

主人は、関わず扉を開けて、部屋にはいっていった。

息子は、ソファに身を沈め、両手で頭を抱えて、うつ向いた姿勢に凝り固まっていた。

主人の侵入が、北の口を閉じさした。彼は、明かに苛立っていた。が、彼には勝ちほこった者の軒昂は微塵もなくむしろ敗者の銷沈さえ見受けられた。

北は、主人に何か言いかけたげな様子を見せたが、強く首を横に振ると、

「……しかし、これは早急に解決されねばならぬ問題だ……君の責任において……」

父と息子のいずれに向けるともなく、そう言い棄てると、北は、挨拶も忘れたように、どんどん玄関の方に出て行ってしまった。

残された二人の間に、暫く沈黙があった。

「どうしたのだ」

父は、労わるように問いかけた。が、息子の方は、塑像のように動かなかった。父は、続けて何か言おうとしたがしかし、未だ成すべき重大な仕事が残されているのに気付いた。彼は、直ぐに裏口に急いだ。

主人の長鞭を手にした姿を認めると、疲れたようにうずくまっていた「虎」が、ぐっと逞ましい肩をもたげた。鞭が五つ、六つ夜気を裂いた。もう一度怒りにかり立てられて、牙を鳴らす「虎」

の鼻面に、北のオーバーから盗出した手袋が突出された。単純な獣の野性の中に己れを責め苛む敵の存在が、その鼻腔を伝わって、はっきりと印象づけられたらしかった。猛犬は、厳しい訓練によって、その嗅いの敵が、嚙み殺さるべきである事しか知らなかった。

使嗾者は、鎖の留金を檻から引抜いた。猛り立った巨犬の力が、留金位を引抜く事は不自然ではないはずだ。彼は、もう一度充分に手袋を嗅がし、鞭を振るうと、

「行け！」

と、命令して、「虎」を放った。自由を得た兇暴な屠り手は、一散に玄関口に飛んで行ったが、直ぐに敵を嗅ぎ当てたらしく、地上に低く鼻をつけながら、その姿を闇に消した。

主人は、部屋に引き返してきた。息子の姿は見当らなかった。彼は呼んでみた。応えがないので、玄関の方に出て行ってみた。衝立にかかっていたはずの、息子の帽子も派手なオーバーも見当らなかった。

「馬鹿な。いま時分帰って行ったのだろうか」

しかし、彼には、息子の行動を詮索するよりは、もっと大きな関心事があった。彼は、静かに酒盃をあげて唇を濡おしながら、その運命の時を待つ事にした。自然に――極めて自然に――北が、四足の暗殺者に挨拶されるのは、その帰り途の森の中でだろうか。やがて「虎」が、その白牙を紅に染めて戻ってくる。――俺が、それに気付く時を、その直後にすべきか、それとも明朝にすべきか――すべて自然に――極めて自然に振舞うべきだ。

どれだけの忘我の時が過ぎたろう。玄関の扉の開く音がふと、彼の想念を断切った。次の瞬間、彼は振返ると同時に、三尺も飛上った。

足早やに北が這入ってきたのだ。しかもその外貌に少しの乱れもみせずに。

「取りかえてもらい度い。どうして間違ったか知らんが……」

北は、ぶっきら棒にそう言いながら、ポケットから手袋を取出した。主人は、反射的に、未だ始

末する事を忘れた儘でいた手袋を取出し、幾んど無意識に相手に手渡した。が、北は黙って首を振ると、また突きもどした。

主人は、初めてよくあらためるように、それを見定めた留金に小さく彫りこまれた頭文字の「I・M」。「I・M」？　息子の頭文字だ。

とたんに、彼は、崩れ折れるように椅子に落込んだ。

彼の急激な変化を了解出来兼ねた北は、そのまま無言で立っていた。

主人の困惑した頭では、どうしてそんな間違いが生じたかを纏めることは出来なかった。ただ、それが非常に似てはいるが、はっきりと息子の持物である事、運命の骰子は既に投ぜられてしまった事が分るきりだった。「虎」の顎に植えられた、白く磨ぎすまされた刃と、息子の顔だけが、彼の麻痺した頭の領域に拡がっていった。

彼は、何かを言いかける北を、恐ろしい形相で睨みつけ両手を激しく振って掃いのけるようにしながら、幾度か呻めいた。

突然、部屋の一隅に置かれた電話が、けたたましく鳴った。彼は、飛びかかるように受話器に手を延べたが、不吉な予感に襲われて躊躇した。電話は、再び促すように鳴った。彼は、一度引っこめた手を、そっとのばすと、最後の判決を聴く重罪者に似た虚脱状態で、それを取上げた。

「もしもし。お父さんですか……」

まぎれもない息子の声が、耳にとびこんできた。

「お前は……」

父の声は、安堵に震えた。

「大丈夫です。――僕は、お父さんの遣り口に感付いたのです。僕は未然に事を防ぐために、わざと手袋を取りかえておきました。そう、僕には防禦の手段があったのです。北の出かけた直後、僕は、玄関に繋がれていたジョンを借用して出かけました。『虎』は、忠実に役目を実行するはずでした。しかし、僕は、野性の本能を利用しました。訓練が、自然の本能に打勝てるだろうか。彼等が交尾期にある事を教えてくれたのは、あなた自身でした。

追跡してきた『虎』は、性の呼声の命ずるまま、屠るべき獲物を無視して、ジョンの異性にひかされてしまったのです。――お父さんは、もう北に対する復讐心を棄てて下さい。あなたを裏切ったあの女は、最近、もう一度北をも裏切りました。彼への劫罰は、それで充分でしょう。北は、誰かから、その女を僕が意識して奪ったのだと思いこまされていたので、先刻僕を難詰したのですが、その誤解も、直きにはっきりするでしょう。詳しい話は後で……それよりも、もう一つ僕からお願いしたいのは、電話だから率直に申し上げますが、北とし子との結婚をお許し下さい。彼女は、もはや事実上僕の妻です。もう一度大胆に申上げますが、僕等は、近く人の親になるはずです。――北は、僕がお父さんに代って、その報復の犠牲にとし子を選んだものと感違いして、いささか狼狽したものです。北は、お父さんの事業界へのカムバックを希望しているようですが、その役目は僕にお譲り下さる事と思います。――お父さん。聞いていて下さるのですか。明朝、もう一度そちらに伺います。いいお便りをもって……」

主人は、放心したように、受話器を置いた。そして、何事も知らぬままに立っている北の方に、黙って手を差しのべた。もう一手昔通りの友情を取戻すために。

空に浮ぶ顔

1

半年以上も空家になっていた隣家にも、やっと借り手がついたらしかった。

一週間ほど前から、ペンキ屋がはいりこんで以前の住手の悪趣味のままに、強烈なヴァーミリオンめいた色で塗りつぶされていた家を暗っぽい緑色に衣更えし初めた時から、新しい隣人への想念が、単調さに倦んだ私の心を妙にそそのかしたのだった。

その日の午後、四台の荷馬車に積みこまれて、町の方からの坂路をやってくる夥しい家財道具を見た。それらの重厚な品々が屋内に運びこまれるのを、庭を区切る低い生垣越しに眺めながら、隣人は相当のものもちに違いない事、しかもいい趣味の人達に違いない事を知って、私の心は、一種の悦びを感じた。

「旦那様、お隣りじゃ女の方ばかりなのですって。奥さんと若い美しいお嬢さんきりですって……」

常が、今朝私を起ししなに、そう知らせてくれた。階級的な心易さから、もう隣家の女中と親しく口を利き合ったらしかった。

私は、遅い朝食をしたため、八分通り出来上った制作を続けるために二階に上った。

爽やかな初夏の光が、アトリエ一杯金粉を撒き散らし、卓上の林檎が高い香をこめていた。私は、極めて自然に窓から首を出して、向い合っている隣家の二階を伺った。——未だ四十を越したばかり位の婦人の姿が、開け放たれた窓べりを時々横切るのが見えた。新居の部屋飾りを整えているらしかった。次いで、私は、その部屋の真中の籐椅子に、まるで人形のように静かな姿態でかけている、白衣の少女を見つけた。とたんに、私は、何故か、どきりとしたものを感じた。この瞬間に何故そんな風に感じたかは、後になって漸くはっきりしたのだが……。

まるで放心したように、心持唇を開けたまま、円らな眼を驚いたように見開いている彼女の華洒な美しさは、私の神経にも強くひびくものを持っていた。毎朝の挨拶を窓越しに取り交わす事が出来るほど間近かに美しい隣人を持つことは、小さな幸福の一つに違いない。

未だ若い未亡人と美しい娘二人きりの生活。私は、それから華やかな雰囲気、派手な生活様式、賑やかな会話等々を、ふと嗅ぎつけたようにさえ感じた。が、午後になって、整頓されたらしい部屋を、もう一度眺めた時、予期に反して、こちらから僅かに窺える程度だけでも、それは若い娘の楽園しては、何と地味に過ぎるしつらえだった事か。今まで残されていた真紅のカアテンに代って掲げられた灰だみたカアテンの色を一見しただけで、私は、へんに裏切られたようなものを感じた。

2

数日の間に、私の耳は何の笑声も聞かなかった。私の眼は、しなやかに躍動する娘の姿をどこにも捕え得なかった。私は、外出ぎらいな、そしてほがらかな笑いや、可愛いおしゃべりを忘れた娘というものを知らないのだ。

その日は、珍らしく早朝に起きて、カンバスに向ってみようかという気になった。

習慣のように何気なくカーテンのかげから向うを眺めた時、私は、まるで悪事を犯した子供のように、周章《あわ》てて窓辺からつと身を退いた。少女の白い顔が、額縁にはめられた一枚の肖像画のように、真正面に窓の真中に浮出していたからだった。

とっさに思い付いて、私は、オペラ・グラスを持ち出して来て、秘かに距離を合わせてみた。

少女の象牙彫りのような整った目鼻立ちが、まるで危く私の瞳に触れる真近かに、死んだ花のように漂っている。全く彼女の表情には、死んだような静けさと清浄さが潜んでいた。純白な装いが、よけいに精神的なものを強調していた。私は、まるで幻を追うもののようにとりとめのない彼女の眼差しを辿ってみた。

隣家の庭には、ただ一本大きな花柘榴《ざくろ》が、悩ましいまでに繁茂して、殆んど庇にもたれかかるように立っていたが、そのクレープ・ペーパーの造花めいた紅白だんだらの花びらが、無数の花壺から泡のように吹き出して、六月の空に巨大な花簪《かんざし》を象嵌《ぞうがん》しているのだったが、彼女の視線は、じっとその花に注がれているらしい。そのうちに、私は、背筋を冷やかなものが突走るのを覚えた。そのとき娘の冷やかな表情があやしくも乱れて、その頬の辺りに、不思議な笑いが、波紋のようにゆらいで忽ち消えるのを見たからだった。美しいというよりも妖異な微笑だった。

径二寸に満たぬグラスの円中に、白衣の少女は不可思議な笑を浮べていた。まるでその花の風情から、心にかえる遠い想い出をなつかしむが如くに。――私は、もう一度先日味わった、あのどきりとしたものを感じた。というのは、この微笑を浮べている少女を、確かに見知っているという事を知覚したからだった。どこかで、しかも現実ならぬ境で、夢のなかか、あるいは古い幻灯の写し絵の中でか、ともかくも私は、この少女に出会っているはずだった。私は、自分の思い出に鞭打ってみた。けれどもそれから何も引出せなかった。自然に想い浮ぶまで待つとしよう。

3

数日後のある朝、私は、窓べりに寄ってみて、隣家の庭が、非常に空虚に感じられるのを怪しんだ。それは、例えば鼻を失った顔を見た瞬間のように、唐突な、不安定な感じだった。

私は、直ぐに、あの庭を飾っていた花柘榴の大樹が、いつの間にか姿を消して、その白々しい切株の跡が、ぽつんと地上に置き忘れられたように残っているのを見た。小さな疑惑が、私の心に芽生えたのはこの時からだった。

「もし、あのうお隣りの奥様が、うちのポピーの花を戴けませんかって……」

常が、いつの間にか、私の後ろに来ていた。私は、あの何かの鳥の冠羽毛のようにデリケートな感じが好きなので、庭隅に二坪ほどの野菜畑をさいて、毎年ポピーを培っていたのだが、初夏の銀光をうけて、今それは真紅のマントを地に敷いたように、腺病質な女のうなじのように細っこい茎の頂に燃ゆる花を点じて、楚々として呼吸《いき》づいているのである。それは隣家の二階からもまるで自分の庭のものに眺めらるるのだった。

私は、隣人への小さな贈物には至極相応わしいきっかけとして、また彼女等の美しい好みの一端をほのめかされたように感じて早速に承諾しようとしたのだが、なおも常の言うところを聞いてみると、俄かに惑わざるを得なかった。未亡人は、ポピーの全部を、相当な代価で購おうというのだった。

「まことに不しつけなお願いで、お気にさわりましょうけれど……」

と、彼女は申しこんだそうである。全部というのが、私の腑に落ちなかった。それに高価に購おうという言葉も、時に不愉快だった。——けれども結局私は折れてしまったのだった。

4

私は、譲った花の運命を知らなかった。少女の部屋に華麗なカーペットを敷いて、青磁の大花瓶に、対象のよい大花束を盛り上げたろうか。

私は、依然として、娘の外出姿を見かけなかった。たった一度、非常に朝早く、彼女らしい白い姿が、母親に連れ添われて、庭を横切る後影を、ちらと見かけたきりだった。

「お嬢さんは、御病気のあと静養に来ていらっしゃるらしいのですよ」

不審は、常にも感染していたらしい。

「それにしても、お医者さんにお通いの様子もないし」

私は、夕方の散策の折に、ぐるりと隣家を一めぐりしてみたのだった。私の家と反対側になっている向うの窓は、固く鎧戸で閉ざされていた。私は、へんにやる瀬ないものを覚えながら、だらだら坂を登って向うの丘に、真赤な屋根を重畳させている文化住宅のある一劃に歩をのばすのだった。

「あちら側の窓は、いつも昼間から閉じっきりですのよ」

常の詮索だった。この時季に、片側を閉じっ切りにして、北向きの窓だけを開け放った屋内の暑さは、想像してもたまらないものだった。どんな必要があっての事だろう。どうしても、少し変った趣味の隣人に違いない。

偶然の機会から、私は、またある日の昼下り例の窓に、お伽噺の王女様を見つけた。

彼女は、例によって、とりとめのない眼差しでどこかを見ている。この娘の魂は、薄い硝子ででも出来ているのか、非現世的な白衣の少女よ。

私は、じっと見つめている。空白な彼女の表情は、陽のかげりのように、だんだん曇りを帯びてくる。そしてまたあの不可思議な、モナ・リザの微笑に似たものが浮んだ……と見るひまに、今度は非常に暗っぽい悲哀に似た陰が、その面上を横切り、次に私の愕いたことには明かに二流れ涙が、大理石を伝う雨滴のように、見る見るその蠟色の頰を濡らして落ちるのだった。何が彼女の心を、そのように激突にゆり動かしたのであろうか。彼女の視線は、定かではないが、後ろ隣りに当るS家の広い前庭の辺に走せている。そこには、カンナの幾つかの花叢が、地殻に吹き出した腫物のように盛り上って、あくまで赤く咲いていた。彼女の涙は、あの花に原因するものだろうか。

私は、なおも瞳を凝らした。少女の涙は、いつの間にか乾いてしまっていて、初めのように漠然とした表情が、狭霧のようにその面上に漂っている。と私の心は、「見覚えのある顔だ」と囁きかける。いつ？　どこで？

思い出でようとして思い出でぬもどかしさが、記憶の底をうずかゆく這いまわるのを感じながら、私は、まるでその独語に追っかけられているように呟き続けた。

「私は知っている。――私は知っているはずだ」

5

「驚いた。お隣りじゃ、またSさんに、カンナの株を全部譲って戴き度いって申しこみなんですって。どうもちょっとへんでございますわね」

「またしても全部かい」

「それで、Sさんじゃ態よくお断りなすったんですって」

その結果に、私は、ちょっと意地悪い興味を持った。

処が、二三日後に、S家のカンナの花叢は、舐め浄められたように姿を消していた。

「人って見かけによらぬものでございますよ。断わられたからって盗むなんて……」

常のもたらした情報は、こうだった。

もう一度強って譲受けの申し込みがあったのだが、私のポピー買占め事件を耳にしてから、少なからず不審を抱いていたS家の主人は、かたくなにそれを拒んでしまった。

その夜の事だった。夜半にふと、異様な飼犬の唸り声に目覚まされた主人が、硝子越しに庭を見下ろすと、丁度問題のカンナの影に、蠢めく一つの人影が眼にはいった。

降るような月光の下に、人影は、せっせと片手を働かして、収穫を急ぐ農夫のような熱心さで、カンナの茎を刈取っているのだった。影の手にした鎌が、時おり、月光にチカリチカリと閃いた。

仕事に熱中していた泥棒は、主人が、その背後に忍び寄って、誰何と共にしっかりとその腕を捕えるまで気付かなかったほどの素人ぶりを暴露した。

捕えられた相手は、若い男だった。悪びれず主人の詰問に答えて、自分が久しぶりで昨日叔母を尋ねて来たこと、花を譲ってもらえぬと知って困惑している叔母を見かねて、悪いと知りつつこんな「非常手段」に出なければならなかったこと、それからこれは全く自分の独りの責を負うべき事柄であって、家人は無関係である事を述べてひたすらに陳謝するのだった。

相手の素直さと教養のある物腰と、それに被害物の価値判断から、既に心和やんでいた主人は、この出来事の「何故」さえ摑めれば、不問に付そうという気持になっていた。が、それを追求されると、若者は、急に貝のように固く口をつぐんで、例えその筋の手を煩わすような羽目になっても、金輪際《こんりんざい》口を割ろうとしないのだった。そうした相手の頑強な気構えを感知した主人は、結局うやむやのうちに事件を葬るようなことになってしまったのだった。

「その若い人ってのは、何でもお嬢さんの許婚だということです」

それも、常の情報だった。

これまでの出来事によって、私には、隣人が花に対する態度は、ほんとうにそれが必要なのではなく、むしろ不必要なのだという事が判ったのだった。娘の視界から、ありとあらゆる「花」を掻き消そうと努めているらしい母親の心づくしが、私の胸に、へんにロマンチックな哀感となって迫ってくるのだった。

6

制作を終り、北の海辺に出かけた私は、八月の一月を海にひたり、隣人のことも忘れていた。が、九月にはいって、もとの油絵具臭いアトリエの生活にもどってくると、既に播かれてあった好奇心は、また新らしく芽生えた。

私は、機会ある毎に、この忘れられたような生活に自ら閉じこもっている親娘に、触角のように敏感な注意を伸した。——私は、常を利用して何かを引出そうとした。けれども、余りに深入りした詮索から、好奇心以上のものを常に感違いされる事は私の若い自尊心がためらった。それに、彼女の口は、私の誘いを待っているほど沈黙好きではないのだった。

私の想像に、ややはっきりした決定を与えるような事件にぶつかったのは、それから約一週間ばかり後のことだった。

晴れた日の午後だった。遠くの方からにぎやかな楽の音が、風に乗ってゆるやかに流れてくるのをふと聞きつけた。

「ガクタイ。ガクタイ」

そう節付けて迎える子供等のどよめきに囲まれて、その一隊は、薄い埃をあげながら、田舎道を真直ぐにやってくるのが見えた。私には、それが隣の町の祭日をあてこんで繰りこんできた、サーカスの顔見せだという事が直ぐ分った。

無聊な足を、門口に運んだ私は、ふと、母親により添ってそこの路傍に立たずんで、やってくる一団を、やる瀬なさそうな眼差しで待っている隣家の娘を見つけ出した。外出した娘を見るのは珍らしいことだった。私の小さな興味は、サーカスの一隊と、白衣の少女とに二分された。

やや調子外れなラッパの音に率いられて、奇怪な小軍隊は進んできた。人肌以外のものに感じさせるほど厚ぼったく脂粉をこらした女達、檻にはいった闘犬、馬上の小娘、駱駝、猿、野獣の尿の臭い——その次にこの巡業団の人気者らしい道化師が、四頭立のガタ馬車の上でパントマイムを演じながらやってきた。

彼の泣いたような顔は、紅と白粉とで出たらめに書きなぐられた、一つの即興的なカンバスであった。彼のゆるやかな白い道化服には、赤い縞が幾筋かの流れとなって走っていた。彼の身振りの一つ一つが、子供達の喝采をまき起した。と、突然、私は身近かに一つの魂消《たまげ》る叫声を聞いた。それは、周囲の喧騒にも拘らず、はっきりと空気を裂くように響いた。

私は振り返った。血の気を失った少女が、母親の腕を、爪が食いこむほど強く掴みながら、わなわなと唇を痙攣させ、鳥のように甲高く叫んでいるのだった。

母親は、全く度を失っておろおろしながら、娘の頭を両手に挟みこんで、しっかりと自分の胸に押しつけているだけだった。

7

私が、漸く少女の姿をまた窓辺に見つけたのは、それから三週間も経た後の事であったろうか。斜陽が、強風の予徴のように、残酷なまで赤くただれ、それが彼女の白衣に一ぱいに反映していた。彼女は、妙に静かな表情で、じっと落日を見詰めている。健全な視線では、とうてい五秒とは見詰めきれぬ強烈な光線を、大きく見開いた瞳孔に、平然と吸いこんだ儘またたきもせず立っている。少女の白衣は、その赤い光にまるで薔薇色に染められている。

——私の記憶は、この時突然また騒ぎだしたのであった。こんなにはっきりとどこかで見知っていながら、しかも思い出せぬという事があるだろうか。私は、もどかしさに、むしろ腹立たしくさえなってきた。

翌日、私は、久方ぶりで、年に一度のアトリエの大掃除にとりかかった。

三寸もの埃の中に眠っていた古カンバスの幾十枚かを、次々に始末してゆく内に、私は、思わず手にしていたハタキを取り落して、歓声に似た叫びをあげた。

「見つけたぞ。とうとう見つけたぞ」

私は、その一枚のカンバスの前に立って、両手をこすり合わせた。そこには、沈んだ背景のなかから、薔薇色のコスチュームに包まれて、夢みるような眼差しでこちらを見つめている一人の少女が、ぽっかりと浮び上っていた。そうだ。私は、既にこのカンバスの上で彼女に会っていたのだ。

8

その肖像画は、私の最も親しくしていた友人のHが、その死の直前、私に送ってくれたものだった。後になって、その友の恋のいきさつを、親しい友の口から聞いたのだった。

その頃から漸次新興画壇に認められかけていたHは、この少女と避暑地で知り合った後、短期間のうちに、急激に熱愛し合う仲になった。ところが、Hの父親の事業上の失敗から、打算的な娘の方の父親は、簡単にこのポールとヴィルジニイの間を裂こうとしたのだった。二人は、命の奥まで愛し合っていた。そこに悲劇の序曲があった。

思いつめたHは、とうとうある夏の蒸し暑い日の午後、娘の家の玄関で、鋭いメスで咽喉を突くと、そのまま恋人の部屋にかけこんだのだった。――家人は、そこに、もう絶命した恋人の血まみれの頭をしっかりと抱いて、意味の分らぬ言葉を、まるで子守唄のように呟きながら、赤ん坊をあやすように前後にゆすぶっている娘を見つけ出した。二人の白っぽい夏衣は、鮮血で真赤に染められていた。

この思い出と共に、今や私には一切がのみこめた。私は、突然飛び上って、あきれている常を突き飛ばすように外に飛び出した。今までうっかりしていた隣家の表札を確めるために。

私の推察は誤っていなかった。あれから三年、不慮の死を遂げた友人の想い人を隣人に持とうとは。因縁的な感慨が、私の心頭を掠め過ぎた。

私は、この時改めて気付いたのだった。少女は、決して一様に「花」を見て狂うのではないと。あの花柘榴、ポピー、カンナ等々皆赤い花に限られていたではないか。赤い花の呪だ。赤い血の呪だ。塗りかえられるまでの家の色、取更えられたカーテン、何時も閉ざされた南側の窓からは、丘上の文化住宅の赤瓦の屋根が見えるからではないか。赤い色を眼にすると、平静を保っている彼女の中に、致命的な過去の血の記憶が、狂おしく頭をもたげてくるからに違いない。いつぞやの道化師の紅白だんだらのグロテスクな顔や服が、どれほど強く彼女の神経を怯やかしたか、想像がつくではないか。

私は、もっと哀しい結末を諸君に伝えなければならない。一月後に近所から出火した際、娘は、その巨大な赤い火の舌に愕いて、ほんとうに狂ってしまった。

隣家が、また空家になったので聞いてみると、親娘は、例の許婚の青年になぐさめられながら、遠くの山の療養所に引き移っていったという事だった。

シュプールは語る

1

「ぬかすな！」

彼は、いきなり右手で女の顎に痛烈なアッパーカットに似た一撃を加えた。軍隊生活の生々しい経験が、理屈より先に直接行動をとらせた。

声もあげず、弾じかれたように引っくり返った女は、暖炉の尖った角で頭部を激しく打ちつけたらしく、長い呻声を残して弓のように身を反らしたが、空気を抜いたようにその儘ぐったりと伸びてしまった。

「しまった！」

柳は、膝まずいて、そっと女を抱き起こしてみた。右の顳顬《こめかみ》に近くかなり深い傷口が見えて、小量の血が、筋を引いていた。

彼は、予期しなかった事態に狼狽しながら手早くハンカチで傷口をしばり、傍のソファの上に抱き上げた。

致命的な内出血を起こしたらしく、女の整った顔面から、急速に血の気が失せてゆくのが分った。

「しまった」

彼は、もう一度はっきりと呟くと、反射的に入口にとんでゆき、そっと扉を開いて外を伺った。一望に見下ろせる、なだらかなスロープのどこにも人影は無かった。ただスキーヤーを運び上げる昇降索《リフトケーブル》の処々にぶら下った座席《サドル》だけが、ゆるやかに運行しているきりだった。昇ってくる座席の何れもが空である事を確かめると、彼は急いで窓を閉め、念のために内側から鍵を下ろした。

彼が、復員以来約一年、闇ブローカーをし東奔西走のあわただしい生活の間を盗んで、二三日の息抜きを求めにこのEスキー場にやってきたのは、つい今朝の事だった。シャンツェの裾にあるEホテルに部屋をとり、スペシャルの昼食を済ませた後で、ゆっくりロビーでくつろぎながら、これも闇もののチェスターフィルドをふかしながら、窓外に展開する見事な純白なスロープに眺め入っていた時だった。

好ましい、隙のないスキー服に装おった若い女がスキーを肩に昇降索を降りてやってくるのが見えた。ロビーの窓外を近々とよぎる女の横顔を見た瞬間、柳は、ちょっと乗り出すように腰を浮かした。

まさしく美樹子だ。応召の時別れたきり六年、月日が彼女に、しっとりとした落着きと、一層冴えた美しさを与えていたが、曾ての仲間、ズベ公の一人だった通称、カルメンの「ミイ公」に違いなかった。柳は、がさつな跳ねっ返りだった彼女の過去を知るだけに、その成長した美しさを半ば讃嘆するように見送るのだった。

柳は、何気ない風にカウンターに行って、宿帳を見せてもらった。

加納美樹子——予期に反して誰も連れは無かった。女独りだと知ると、彼は何故か安堵したような気持になった。我ながら不思議な心の動きだった。昔の彼ならば、何の躊躇もなく堂々と女の部屋に押かけて行って、一別以来の派手な「仁義」を通ずるところだったが、今の彼は、遠慮深く、まるでこそこそと真正面から女の眼を避けるように振舞うのだった。これも自分自身に説明のつかぬ変化だった。それは、外地のみじめな抑留生活から送還された敗残者の誰でもが陥る、厭人癖に似た一種の卑屈さからくるものだろうか。

しかし、勿論彼はその儘手をこまねいてはいなかった。

午後の四時きっかりに、二千五百呎《フィート》のポイントにあるこの休み小屋で秘かに会う事を、半ば威圧的に約束させたのだった。

静かなたそがれの小屋の中で、二人きりで卓子を隔てて近々と顔を見合わせた時、彼は、自身にも今まで捕捉出来なかった心の潜在的動きを閃くようにはっきりと摑むことが出来た。

——俺は、この女を欲していたのだ。

二人は、長い間無言で、互に相手から何物かを探り出そうとするような視線で、突っ張り合いを続けていたが、やがて、問わず語りに今までの人生記録を、感激のない調子で互に話し合った。

女は、過去の生活の総てを嫌悪している事、現在ただ一人の弟が医師として巣立つのを便りに、自分を犠牲にした生活を張っている事等を、淡々として語るのだった。

彼は、若さに似合わず人生を悟りきった女の態度に、幽かに反撥に似たものさえ感じた。それも、彼が、女の過去を知る者の位置を利用した嫌味と高圧に満ちた調子で、愛を強要するまでは無事だった。女は、冷やかに彼の求愛を拒否したばかりか、彼の現在の生活を批判するような口吻さえ漏らした。とたんに鬱積した熱い血が、彼の頭に突き上げてくるのを覚えた。すべての男にとって、自分の仕事を女から軽蔑される事が一番の痛打なのだ。——その結果がこれだった。

2

部屋の真中に突立ったまま、無意識に上体を小刻みにゆすぶっていた彼には、随分長い時間が過ぎ去ったように感じられたが、実際は十五分も経ってはいなかったろう。

突然、犯罪者としての意識がよみがえってきた。——遁れ道は、ただ一つ、「完全犯罪」を組立てることだ。

彼は、急に誰かからそっと伺われているように感じて、それまでの不用意さに冷やりとしながら、低く身を屈め、窓辺に近付ていって、外を透してみた。夕闇が、既にスロープを這上りかけていた。定刻を過ぎた昇降索の運行も既に止まっていた。もう誰に怯やかされる事もない。

彼の頭は、完全犯罪の構成に、異状な速度で回転をはじめた。絶えず左右にチロチロと眼球を動かしながら、次々と飛躍的な推考をたたみ上げていった。

「大した意味もなく、秘密に会ったという事が、こうなるともっけの幸だったわい。誰も俺と女との間に関聯を持たせて考える者はないだろう」

二十分で、彼の計画は、実行に移せるだけに纏めあげられた。戦火の洗礼から第二の本能となった残忍性が、今や猛然と頭をもたげてきた。

「自殺か、自らの過失死かだ。自殺を装わせることはまず不可能だ。とすると……」

第一に必要なる処置は、過失死発生の現場移転だ。突発的な犯行現場にはどれだけ注意しても、何かの痕跡が残される危険性がある事を、彼は承知していた。

彼はまず手袋をはめ、指紋の遺留を防いだ上、仕事にとりかかった。

ハンカチを取除いてみると、傷口からの出血が幾《ほと》んど無い事がたすかった。彼は、床上から女のスキーストックの一本を取上げるると、鋭利な尖端を死人の傷口に挿入するようにして、さすがに面をそむけながら、ぐっと力任せに突き刺した。無気味な感触が、彼を身震いさせた。小さな傷口は、より大きく深くなった。――これでストックが女の命取りになったことになるのだ。彼は、それを抜き取ると注意深く尖端の血糊を拭った。次に死体運搬中の出血に備えて、もう一度傷口をハンケチで縛った。

「おとなしくしてるんだぜ」

彼は、自分を勇気づけるように冷たい相手に囁きかけながら、死体を、しっかりと背負った。それから自分のスキーとストックを纏めて肩にかけた。次いで女のスキーを足につけ、そのストックを両手にして、そろそろと小屋を出た。

かなり濃くなりまさってきた夕闇が彼の凄まじいいでたちを人目から守ってくれた。

中学時代からのスキーの自信が、彼を一層大胆にした。

決行だ。

彼は、スロープを辷り下りはじめた。二千呎の標識を過ぎ、次の千五百呎の標識近くまで一呼吸に直滑降した。彼は、その標識近くで、一般コースをちょっと外れて、十五米ばかりの深さの裂目《ギャップ》が存在し、自信のあるスキーヤー達が、その比較的狭い切れ込みの部分を、格好なジャンプ・オーバーの試験台として利用している事を知っていた。裂目の底には、巨大な巌の頭部が黒々と雪の上に露出していた。

それはかなりの冒険だった。が、彼のたくらみの不成は、その一点に懸っているとも言えるのだった。彼は、全身の神経を緊張させながら、かなりの幅のある切れ目をめがけて、スピードに乗って跳越えようとした。いや、それは彼ではない、彼女だった。彼は忠実に彼女の代演をやっているに過ぎないのだ。彼女は当然跳躍の不息から、はっ！　と呼吸をつめた瞬間、もんどり打って、裂目の底に転落して行ったはずだった。

彼女の代行者である彼は、巌にすれすれの個所に横ざまに転落し、片足のスキーは巌角に触れて、ボキリと折れてしまった。それは、背にしていた死体と、自分のスキーさえも、かなりな勢で巌の一端に打ちつけた位に危ない芝居だった。この決死的演技は、実に際どくもうま過ぎる位に上手に演出されたのだった。

漸く起上った彼は、今さらに全身に冷汗のにじむのを覚えながら、ゆっくりと最後の仕上げにかかった。

自分の足につけていたスキーを死体の足にはかせ、ストックの一本は右手に、一本は転落のはずみに、不運にも顳顬に突き刺ったかたちに、傷口に突きこんだ。小量の血が、雪を自然に染めた。効果は百パーセントだった。彼は、雪面の痕跡や、女の倒れた姿態に不自然さのみえぬように慎重を期した。

「よし！」

彼は、そこで自分のスキーを穿くと裂目の傾斜面を開脚登行で一歩一歩運びながら登った。そこから一気にホテルまで滑降した。そして誰人の眼にも触れなかった自信と安堵でふくらみながら自分の部屋に戻った。例の血のしみたハンカチは、直ぐストーブで焼却してしまった。

3

彼は、ベッドにはいったが、翌朝まで眠る事は出来なかった。それは犯行後の興奮と不安からのみではなかった。未だ完全犯罪の最後の重大な操作が一つ残されていたからだった。——裂目の斜面に残された、スキー跡を始末する事だった。

あの儘では、まるで犯行自白書に、自ら幾十の拇印を押したも同然だった。

さり気ない態度で、いち早く朝食を済ませた彼は、昇降索が動きはじめたとたん、一辷りを楽しむ格好で、いの一番に座席を占めた。

彼は、予備に持参してきていた代りのスキーをつけていた。スキーを取りかえる事の可否に、彼はちょっと迷ったのだったが、何れにしても、それは大きな問題では無いはずだった。犯罪者に無意識的に働く心理から、彼は前日のスキーをつけることを避けたに過ぎなかった。

二千呎標識のポイントで、昇降索を棄てた彼は、千五百呎のポイントまで自然に滑降した。例の裂目の縁で、急に一度停止しながら、現場を見下ろし、死体の位置に異常の無い事を確かめると、その傍までゆるやかに斜面添いに辷り降りた。

彼は、故意と死体の周囲を、スキーをつけた儘歩き廻り、昨日の夕闇に、うっかり自分の存在を証拠づけるような痕跡を残しておかなかったかを試み、少しでもそれらしい跡は踏み荒らした。それから細心の注意で斜面に残された昨日のスキー跡を、正確に、一つ一つ辿りながら、登った。

それで全計画は完了だった。今朝の彼の行動は、その儘何等の不自然さもなく、彼がいかにして死体を発見したかの経路を物語るものだった。

4

彼の報知は、ホテル内の空気を一瞬に困乱に陥入れた。

直ちにE警察署に電話が飛び、係官が到着するまでの間、ともかくも支配人とボーイ頭とが、柳の案内で、死体の見守りをするために現場に出向くことになった。

三人が出かけようとして、玄関に勢揃いしている所へ、あわただしく学生服の青年がかけこんで来た。彼はたった今到着したらしく、片手にボストンバッグをぶら下げ、呼吸をはずませていた。

「マネーヂャー。姉が、姉がどうかしたってほんとうでしょうか」

柳は、どきりとして、そっと相手を伺った。そして、女が言った医者の卵だという弟だなと直感した。過去に女とさしたる深い接触の無かった彼には相手に見覚えすらなかった。従って、相手からも見覚えられているはずが無いものと結論して、ほっとした。

「はあ……いや……」

支配人は、どうしてこの不幸を、いきなりこの肉親に対して発表したものかと惑うように、口ごもった。

「とんだ御災難でして……まことにお気の毒なことになりました」

青年は、支配人の悔みなどは耳にはいらぬらしく、矢継早やに、前後の事情を問い正しはじめた。

最後に、姉の死がもはや動かすべからざる事実である事を納得すると同時に、暗然として沈黙に陥ちこんだ。それからやおら苦悩に歪んだ顔を挙げると、一緒に現場に同行し度いと申出た。

現場に着くと、柳は、勉めて愁嘆場から面をそむけていた。

暫くすると係官の一行が到着し、型の如く検死が初められた。最初から過失死という先入観念に捕われていた関係者にはその影に恐るべきトリックが潜んでいはしまい等という面からの検察よりはむしろ過失死の経路を、合理的に説明づけようとする側からの検証に努力が向けられる傾きがあった。

ただ、検死医の専門的な立場から、外傷と出血状況との関聯に就いて、もう少し綿密に検べる必要が残されているという意見が述べられた。それも犯罪の疑念に裏付けられた積極的な意見ではなかった。

柳が、何かしら不安を感じさせられたのは、この検死医の意見よりは、黙りこんだ儘しきりに考えこみながら、人々から独り離れて現場附近をうろうろと歩きまわっている、死人の弟、加納幹雄の様子だった。彼が、先着の姉と落合う手筈で、こちらにやってきた事に不思議はないのだったが、柳にとっては、いち早く犯行の臭いを嗅ぎつけて姿を現わし、自分につきまとって離れない犬のような印象を与えられて、何となく無気味な存在だった。

5

ホテル内の全員に対し、禁足命令が発せられた。続いて、三十分後までに、ロビーに集合するように申し渡しがあった。

その間に死者の借りていた部屋では死体に対して、改めて綿密な検診が進められることになった。

加納幹雄の申出により、彼だけが、医学生であるという立場からの諒解もあって、入室が許可された。

柳は、ロビーに集まってきた人達に交って、平勢に煙草をくゆらしながら新聞に見入ったり、そして時々彼等の話題の仲間入りをして、死者の奇禍に就いて同情的な意見を述べたりしていた。

しかし、彼の心は決して油断していなかった。特に加納が、油気の無い長髪を指で搔き上げながら、ぼんやりと検死室から現われ、その儘外に出てゆくのを見つけると、急にまた落着けない気分に駆りたてられるのだった。

加納が、昇降索の座席の一つに腰を下ろして、まるで放心したような格好で、静かに揺られながら、シャンツェの上に運ばれてゆくのを伺いながら、柳は、ふと、小さな嘆息《ためいき》を漏らしている自分に気付いて、微苦笑した。

浮かぬ顔付で集った人々に対し、係官の尋問が始められた。

シーズン・オフのホテルには、七八名の客しかなかった。

係官の若い警部の尋問は、柳の死体発見の顚末の聴取から初められ、次々と必要な質問が重ねられていった。

加納美樹子が、昨日の夕方近く、ただ独り昇降索で登ってゆくのを目撃した者が二名あった。

「そんな時刻になってわざわざ辷りに出かけるという事は、ちょっと不自然じゃないだろうか」

警部は、ちょっと穿った意見を挿しはさんだ。「スポーツ婦人という者には、仲々のあまのじゃくがいますからねえ」

柳は、何気なく、危険性を持った警部の発言を軽く抹殺した。

夕方から翌朝になるまで彼女の不在に気付かなかった、ホテル側の不注意に対して、批判が集注された。

「時々、無断で下の町に遊びにおいでになったまま、翌日までお帰りのないお客様がありますので……夕食にお姿の見えない事に気付いてはおりましたが、特別のこととは考えませんでした」

ボーイ頭は、懸命に陳弁した。

「それが女の独り客なんだがねえ」

「近頃は、若い御婦人のお客様でも、そうした事は普通と申しても宜しいのでして……」

調査によって美樹子の職業の凡そに見当がついていた若い警部は、それを皮肉ととったか幽かに苦笑した。平凡な過失死らしいという見通しが、係官の総ての言動に現われている事を看てとると、柳には、昨日からの危惧感が馬鹿馬鹿しいもののようにさえ感じられてきた。

尋問が一渡り終了して、人々に自由が許されようとしたとたん、加納幹雄の蒼白に緊張した顔がロビーの入口に現われた。彼は、せかせかと部屋の中央まで進み出ると、警部にちょっと耳打ちして諒解を求めた上で、

「皆さん！　ちょっとお待ち下さい」

と、両手をあげて、人々の退出を停めた。

人々は、彼の手に一組のスキーが摑まれているのを見て、不審そうにもう一度鳴りをひそめた。

「これは、どなたのでしょう」

柳は、はっ！　としたように彼の両手に高く揚げられたスキーを見直した。昨日まで自分の使用していたものに違いなかった。突作に相手が何事をたくらんでいるかを知り難かったが、隠す事はかえって不利だと反射的に感じた柳は、素直に、自分の持物であることを軽い身振りで認めた。

「説明しましょう」

加納は、ずばりと直入的に話題の中心にとびこんだ。

「姉は、あの裂目を跳越えようとして過って墜死したように考えられています。しかし、私が、最初姉の死に疑念を抱いたのは、あの現場をみたとたんでした。何故でしょう。ここ二年来、姉にスキー技術を教えてきた私は、姉のスキー技術の程度をよく承知しています。テクニックの未熟さを心得ているはずの、人一倍要心深い姉が、どうしてあれだけの幅をもつ裂目にいどむなどという冒険を敢てしただろうか。これが、私の疑惑の出発点でした。それで、私は姉の残したはずのシュ

プールを、念入りに試べてみる気になったのです。

あの裂目の縁まで滑降してきたシュプールは、正《まさ》しく姉のスキーによってつけられたものでした。がところで一度は母校から選ばれて冬期オリンピックにも出場した私です、私の経験は、雪質から推して、そのシュプールが、身軽な女の体重で印づけられたものとしては、余りにも深い事を看破したのです。それは、男子でもよほどの体重のかかる者、そうです。少くとも百キロ近くの体重のある人間によらなければならぬものです。ところで、ここにお集りの皆さんの中に、それに該当するような方は見当りません。――では、それに二人分の重量がかけられてあったとしたらどうだろう。

もう一つの発見は、姉の外傷からでした。私は、傷の深奥部に密着していた、長さ八粍《ミリメートル》位の細い毛織物の繊維を一本見つけ出したのです。雪面との接触によって綺麗になっているはずのストックの尖端に、そんなものが附着していたとは考えられません。私は疑問のシュプールを辿って、その起点に当る休み小屋まで行き、それが、小屋の床に敷かれたカーペットの繊維と同じものである事を知りました。とすると、姉の致命傷は、既にあの小屋内で発生していることになるのではないか。それによって、私の単なる想像が、一つの具体性を持ってきた事になるのです」

加納青年は、同感を求めるように、もう一度ぐるぐると人々の顔を見廻わした。

6

「昨日の正午頃まで雪が降り続いていた事実から、現在までにスロープの上にははっきりと残されているシュプールは何れも昨日の午後からつけられた、比較的新しいものばかりだという事になります。それに、ここにお集りのスキーヤーが、僅か七、八名の小人数である事が、探索をもっと容易にしてくれました。

私は、雪面に印されたシュプールの一筋ずつを丹念に試べてゆくうちに、たった一筋だけ特異のものを発見したのです。

その一筋のスキーの跡にだけ、右よりに幽かに細く筋目がはいっていたのです。それは、スキーの裏面にちょっとした傷があるか、または異物でも附着しているかした証拠です。

そして、その特異なシュプールは、おかしな事には、あの裂目の縁の附近からいきなり出現し、しかもただ一筋だけがホテルの入口近くまで走せ下っているだけです。

これは、そのスキーをうがった人間が、あの裂目の附近で、何かのはずみでスキーの裏面に傷をこしらえた儘知ってか知らずかホテルまで戻って行った事を物語っています。

私は、非紳士的なやり方だとは思いましたが、無断でスキー乾燥室に這入り、保管されてある皆さんのスキーを試べ、裏側に真新らしい傷のある奴を見つけ出しました」

語り手はもう一度手にしたスキーを振りかざしてみせた。柳は彼の説明の半ば頃から少しずつ頭の中の血が退潮のように涸れてゆくのを意識していた。

――あの転落の折に、スキーの裏側を傷つけた事に気付かなかったとは……

加納青年の鋭い論調は、柳に最後の観念を固めさすように続けられた。

「姉の死が外部から加えられたものとするならば、あれだけ巧妙に擬装現場を装置した後、加害者がどうして痕跡を残さず立去る事が出来たろうか、それが最後の疑問でした。

私は、それこそなめるようにしてスキーの跡を試べてみました。既に謎の鍵《キイ》を摑んでいた私は、開脚登行で登ったスキーの跡に、そのからくりがあるものと睨みました。果して、そのスキー跡の雪面に小さな傷によって出来たであろうみだれ跡が印されているものを二つほど見つけました。全部の跡にではなく、そのうちの僅か二つ位のものにしか痕跡が無いという事は、別々のスキーによって、一つに装おわれた二重の跡である事を示している訳です」

加納青年はちょっと言葉を切った。それから改めて柳の眼を食いいるように瞰みながら、皮肉でもなく、訴えるように言うのだった。

「私は、犯行の動機等に就ては、正直の処詳しく語る材料を持ちません。しかし、これだけの証拠によって、大きな間違いもなくその犯行経路を画き出す事が出来ます。が、今は、私のつたない推理によるよりも、犯人自らの間違いのない告白を聞くべきでしょう」

深い沈黙が、一同を捕えた。と、突然その静寂を破って、二つの歔欷が同時に起こった。

絶望と悔悛のこんがらかった、柳のこみ上げるような音と、唯一の肉親を失った、加納の悲嘆に満ちた沈鬱な啜り泣きとが。

覗く眼

1

他人の秘密を秘かに覗きみたいという欲求は、誰人《だれ》の意識下にも、圧《お》し殺されたまま眠っているものだ。その眠りを呼び覚ます機会さえあれば忽ち……。

夢多い少年の日、欲情の炎熾《ほむらさか》んなる青春の年、孤独と無聊にひしがれた老年期と、人々の記憶を探ぐってみれば、必ず各々それと思い当るものにぶっつかるはずである。

安西四郎が、自分達の情事を覗きみられているな、という事を知ったのは、昨夜のことだった。

彼は、その日、会社の統計事務の残りを、命ぜられた調書提出期日の切迫した関係もあり、小うるさい上役の機嫌を損ずることを慮《おもんばか》って、アパートに持ち帰って仕上げてしまおうと、資料を前にして机にしがみついていたのだった。

「会社のお仕事をうちに持ちこんでくるなんて、いや」

と、散々駄々子《だだっこ》のように拗《す》ねていたマリ子は、傍のベッドにもぐりこんで、もう微かな寝息をたてていた。「通《かよ》われ女房」と、彼は、マリ子を称《よ》んでいた。同じビルのT輸出玩具商社のタイピスト。結婚を条件外にして、一週に二度位、彼女の方から彼のアパートに泊りこみにくる、恋人的存在だった。

彼は、仕事の一段落がついたので、ほっと、顔を挙げて時計を見た。もう十一時を廻りかけていた。

椅子の背にもたれるように身を反らし、光を一本抜き出してゆっくりと火をつけ、深く一服吸いこんでから、のろのろと吐き出した紫煙の行方を、ぼんやり追っている視線が、ふと、それをみつけたのだった。

アパートと称しているが、素人下宿の型通りの貧弱さで、隣室との間仕切りは釘打ちつけで開かないようにはなっているものの、四枚の唐紙で境づけられたきりのものだった。八畳の間に、一式の生活様式を揃えた狭さなので、彼の机は、隣室との襖に触れんばかりの位置に据えられてあったので、煙は、ふわっと唐紙に打ち当り、その表面を這い舐めながら拡がり、天井にまでたゆたいのぼっていったのだが、それを追う彼の視線は、はっ！　と、襖の一点に凝固した。

細い金属の一端が、僅かに一、二糎《センチ》ずつ襖紙の濃い唐草模様の藍色地から、チクチクと小刻みに隠見するのを見つけたからだった。

最初彼は、あり得ない事にぶっつかったように、あっけにとられて電灯の光にチカチカ輝くその怪異なものの蠢きを見つめていたが、深夜の静けさのなかに、幽かにプツプツと、紙を刺し通す音までもはっきりと聞きとったとたん、一瞬に総てを覚ることが出来た。

誰か、いや隣室の「醜老《しゅうろう》」（と、彼は呼んでいた）が、故意に唐紙に秘かなしかけを工作しつつあるのだ。何のために？　覗くために違いない。単なるいたずらにしては、相手が大人だ。

彼は、かっ！　と全身に羞恥のため熱いものが突っ走るのを覚えた。衝動的にいきなり大声で呶鳴りつけてやろうと立上りかけたが、周囲の静けさが、僅かに自制させた。

覗かれていたのだ。

自分とマリ子との、幾夜の明けっぴろげの欲情の場面《シーン》が、あいつの好色の眼に暴《さ》らされていたのだ。

二人の若さと、それに限られた逢瀬に、鬱積している情慾の激しさが、彼等の秘戯を、あくまで放埒にもの凄まじくするのだったが、それを自ら意識するだけに、のめのめと観物にされたと知ると、憤怒が加圧されて突き上げてくるのだった。

危うく衝動的な行動に出ようとする彼の怒りは、しかし急に別の捌《は》け口をみつけた。

まともに抗議しても、するりと空とぼけられる相手だ。不面目を公表するような結果になりかねないのだ。それなら……。そうだ。卑劣な行為には、卑劣な行為を以て報いればよいのだ。

そう納得すると同時に、彼の脳裡には、報復のプランの幾つかが、雨を得た蕈《きのこ》のように、にょきにょきと育ちあがるのだった。

悪魔的な考えというものは、平常総ての人の心の奥に目隠しされているが、機を得ると、自らも驚くほどの惨虐な奇計が、ぽっかりと浮び上ってくるものだ。

彼は、にやりと凄く笑うと、襖越しに隣室の犠牲の存在を確めとるように瞳を凝らしながら、もう一度長く長く煙の輪を天井に吹き上げた。

2

一つのプランを実行に移すまでの緊張は、心を楽しくするものである。

翌日の夜だった。

安西四郎は、アパートに戻ってくると、ポケットから大きな拡大鏡（古めかしい柄付《えつき》の、天眼鏡と称せられる代物だった）を取り出し、レンズの片面に白い紙を張りつけた。

彼は、窓のカーテンを下ろし、電灯を消した。そして、真暗な中で、その手製の犯罪探索器の柄を手にすると、襖にぴたりと寄り添い、まるで昆虫の新種を研究する博物学者の熱心さで、一番右寄りの唐紙の表面にレンズを密着させ、それを少しずつ辷らすように移動させながら検べ始めたのだった。

彼には、古い犯跡発見の確信があった。

何故、昨夜の覗き穴が新らしくしつらえられねばならなかったか。醜老めの焦点は、自分達のベッドに結ばれているはずだ。とすると、三日ばかり前から、ベッドの位置を部屋の右隅から反対側に移した事に原因するに違いない。なれば、あいつの古い観測所は、もとのベッドの位置を直ちに一望出来る位置、即ち一番右側の襖のそこにあるはずだ。

彼の予測は、正に適中していた事が、直ぐにはっきりした。襖の中ほどまでずらしてきたレンズの紙の一点に、隣室からの射光の小さな円が、拡大されて、くっきりと浮び上ってきたからだ。

彼は、もう一度、新らたに羞恥と憤りに、暗《やみ》の中で眼を角だてた。そして、毎朝、洗面所で顔を合わせる醜老の、頬のこけた陰気くさい無表情の顔を想い浮かべ、その面をよぎるであろう好色的な嘲《わら》いを想像し、思わず低い呻きをあげるのだった。

N高等学校の教師。五十も半ばを過ぎて独身。身寄りも無いらしく、ここ二年ばかりの生活に、外部から彼の生活にはいりこんできた人間の臭いすらない様子だった。極端に人間嫌いらしく、飼主の姿を再現したような、のそりとした黒猫一匹。それだけが彼の伴侶だった。

年令の相違もあったが、永い隣人同志でいながら、類型的な勤人の出勤時間で、毎朝洗面所で顔を合わせる度に、無言でちょっと頭を下げるという程度で、お互に訪問しあった事もなく、お互にその存在を無視し合ったつきあいだった。——長身の、やや猫背に、烏のように地味な服をつけ、生活の単調と重圧に両肩を落した格好で、真直ぐに学校へ出かけて行く彼。隣室からは、時に猫の鳴声の漏れることはあっても、隠者の仙窟《せんくつ》のように、物音一つたたないのだった。

そんな隣人であるだけに、素晴らしいスペクタクルを見出した彼が、どんなに執拗にこの観物に打ちこみ、その死灰《しかい》のような胸奥に、末枯れた慾情の慰め口を見つけていたかと想像すると、その対象にされた自身に、逆にたまらない自己嫌悪すら感ずるのだった。

3

実行は、敏《すみ》やかなほど宜《よろ》しい。

「今夜いい？　うん。いいものがあげられそうなんだ」

昼食休《ひるやす》みに、電話で、マリ子との打合せだった。女の楽しげな含み笑と、ふざけたような接吻の音が、受話器に送られてきた。

彼は、帰途、銀座にまわり、D帽子店によって、彼の財布でははずみ過ぎる程度の、女物の帽子を買った。ベレーの変り型。それには、大きな鋭いハット・ピンが添えられたものだった。その帽子箱を受取る男の手が、心持震えているのを、何も知らぬ売子は気付かなかった。

帰宅した彼は、上衣を脱ぐと、直ぐに机の前に立ったまま、とたんに不思議な運動を始めた。

右手を斜め上に勢よく跳ねあげるように伸ばす動作の反復だった。

その跳ねあげる拳の先は、隣室の犯人が新らたにあけた覗き穴に向けられているのだった。彼は緊張した面持で、この未完成の体操の一駒のような動作を、幾度も、幾十度も、いや幾百回も、飽くことなく繰り返すのだった。

それは、とうとう、マリ子が、いつもの通り、そっと扉《ドア》を開けて、小首をかしげるようにして笑いながら、部屋にはいってくるまで続けられた。

「なにしてんの」

「マリ。もち泊ってゆけるんだろうね」

いきなり、彼は、不必要なほど大きな声をかけながら、女の手を取った。

マリ子は、片眼をつぶってみせた。

彼は、弾みのついた動作で、いつもの通り電気コンロにコーヒーポットをかけ、S堂の菓子箱をあけ、恋の饗宴の支度を始めるのだった。

「どうしたの、今夜は。張りきり過ぎてやしない」

女がそう言うほど、彼の動作は、浮々してみえるのだった。

――ふふ。こちら様だけが御存知の事さ――

ソファ代りのベッドに寄り添って腰を下ろすと、彼は、乱暴に女を抱きよせ、マリ子の口に運んだ洋菓子を、唇で盗んだ。

「いやぁん」

女は、子供のように甘えたいやいやをした。それからの彼は、悪ふざけの連続で、女を訶《さいな》むようにせめたてた。その度に、マリ子は、押し殺すように嬌声を発しながら、身を捩《よじ》った。

――マリ子よ。もっと挑発的な嬌笑をもらせ、もっと唆《そそ》るような嬌声を激発させよ。――

それは、この計画の進行を促すに重要な役を果すものであるのだ。

――餌だ。そろそろ獲物が肩をもたげたぞ。――

彼の研ぎすまされた神経は、隣室の老獣《ろうじゅう》が、むくりと頭をもたげるのを感ずる。

彼の演出は、場面をだんだんクライマックスに導いてゆくのだった。恐ろしい力で女を抱擁し、ベッドの上に苦しまぎれにのけぞる白い咽喉《のど》もとに、熱《や》けつくような唇で烙印する。女は、とうとうそれまで遠慮がちだったつつましさをかなぐり捨てて、けけけけと、淫らな笑いを弾き出してしまった。

――そこだ。獣《けだもの》が、そろそろと襖に近よってきたぞ。――

彼には、そのギラギラと輝く眼が、襖に、そっと押しつけられるのを感ずることが出来る。

今や、終幕のクライマックスに持ってゆく時だ。

彼は、つと立上り、机の上から帽子を取りあげる。

「ほら。今秋の流行型。二十四、五歳向き。流行はグリーン調でございます」

帽子を高く掲げながら、四郎は、女に笑いかける。

「わあ。すごい」

マリ子は、ベッドから躍り上り、両手を差し出して突き進んできた。

「いいもの。いいもの」

彼は、女を焦《じ》らしながら、二歩、三歩と、襖の方に後退するのだった。鋭く長いハット・ピンの尖端が、キラリと光った。

マリ子は、贈物に飛びかかってきた。手がかかりそうなとたんに、ひょいひょいと交わしながら、彼は、帽子を高く打ち振るのだった。

そんな甘たるい遊戯が、三四度繰り返えされた。

「いやあん。いやあん」

その都度、女は、半ば笑いながら鼻声をたてるのだった。思う壺だった。

——意識せざる我が幇助者《ほうじょしゃ》よ。もっとコケティッシュな、もっとじだらくな雰囲気を醸し出すのだ。——

——そら。獲物は、覗き穴にとりついて、眼を輝やかせているではないか。——彼の神経は、隣室を透視する。

今だ！　彼は、女が彼の右腕に取りすがったのを、反動的に、思いきり振り払った。

ずぶり！

と、その拍子に、彼の拳は、瞰《ねら》っていた例の覗き穴の位置に、正確に打ち当り、長く鋭い偽装された兇器は、唐紙を打ち破った。

狩猟のエキスパートは、見えざる獲物に命中した弾丸の、手応えを感得する事が出来るものだ。彼は、柔かくしかも弾力のある物質を、ハット・ピンの尖端に感じた。

「馬鹿！　親爺さんに叱られもんじゃないか」

何気なさそうに、そうたしなめながら、彼の聴覚は、呼吸《いき》のつまったような幽かな呻きに似たものを、襖越しに捕えていた。

ブラッディ・シーンのカーテンは、品よく急速に下ろされた。

4

復讐が果たされた後の気持の、何と爽々《すがすが》しい事よ。彼は、いささか気抜けしたようになりながら、一際明るくした電灯のもとで、完全に犯行の発生を知らぬまま、的外れの贈物にはしゃいでいる女の、殊更に熱っぽい胸の果物をまさぐり、豊かに媚びるいしきを愛撫しながら、スリルの余燼を味わうのだった。

四郎の、「偶然の過失」でカムフラージ出来る、有利な位置。

が、相手は、果して表沙汰にするであろうか。

哀れなインテリーよ。しかも、教師という窮屈な殻にはめられている彼よ。

四郎には、確信があった。相手には、この事件を明るみに出すことによって公開されるであろう、自らの無態《ぶざま》な姿には堪えられぬであろうことを……。

最も手際よい復讐とは、相手に報復されたことをはっきりと意識させながら、しかも、自らは無関係を装い得る位置にあって、冷やかにこれを瞥視《べっし》出来るようなものをいうのだ。

5

翌日、四郎は、早速にそのアパートを引き払って、用意しておいた隣町の新らしい巣に移った。

新居に移って、一週間ほどたったある日曜日の朝、彼が、マリ子と並んで、二階の窓から眠不足の眼を街に落していると、右の眼にかけて半顔を白い繃帯で厚く巻いた、哀れな隣人が、ただささえ猫背の上半身を一層かがみこむような姿勢で、とぼとぼと通り過ぎるのを見つけたのだった。

彼は、にやりと、唇の隅で笑った。

女は、しかし、その意味をなにも知らないのだった。

やさしい風

1

赤ん坊は、ぱたぱたと部屋の隅まで這ってゆくと、壁にすがって、心もとない腰付きで立ち上り、よちよちと彼の方へ歩いてきた。やっと歩けるようになったのが、うれしくて仕様がないらしい。その円らな真剣な眼差しを見ると、思わず、彼は、両手を差し伸ばして、赤ん坊を抱き上げてやった。そのとたん、彼は、氷でも摑んだように、ぎくっとした。相手が、突つかれた貝のように、固く身を縮めたのを感じたからだった。彼の心のわだかまりを、愛憎に敏感な小動物の本能的な感覚で、素早く感じとったらしかった。

――ちび奴、適わないな。――

あの事が、彼の心に最初の疑惑を植えつけたのは、ほんの半年ほど前のことだった。それまでの魔美との同棲生活は、赤ん坊を介《はさ》んで親子三人、順調な軌道に乗っていた。

毎朝十時になると、魔美は、スナックの雇われマダムとしての仕事に出かける。彼は、原稿用紙に噛りつきながら、託児所の保姆的役割りにまわる。夜半近く彼女の戻るまで。そんな毎日の回転だった。

二人の巣は、小通りに面した雑貨屋の、二階八畳だった。西向きに切られた窓に、押しつけるように、大型の机と椅子を並べると、狭いスペースしか残らなかったが、眼ぼしい家具一つないのだから、別に窮屈さを託《かこ》つこともなかった。

比較的大きく切られた窓下の、手の届く近さに、一階の屋根の棟が伸びていた。陽が西に廻ると、強烈な屋根瓦の照り返しが、部屋を焦がした。

「部屋代が安いんだから我慢するさ」

彼は、彼女の不平を圧えるように、よくそう言ったものだった。

2

何故、魔美は、急にそのことに、そんなにこだわりを持つようになったのだろうか。

赤ん坊が産れた当時には、彼女は、「未婚の母親」としての位置に、特に不満を漏らす様子は無かったのに。

それが、あの時から、急にこどもの認知問題について、執拗に迫りはじめたのだった。

「ここへきて、今更火の点いたように問題にする必要もあるまいが……」

「こどもの将来を考えると、可愛想だわ」

「そんなありきたりの理由からかね」

魔美は、山形の田舎に独りで小百姓をやりながら暮している母親に、父親もはっきりしない子どもを産むような、不しだらな娘と思われるのが心外だ、とか、女友達から、その儘では、玩具にされっぱなしで泣き寝入りになるわよと忠告された、とかと、口説きながら、仕舞いには、ヒステリカルに泣き出すのだった。

彼には、この問題を、強いて回避しようという気持はなかったが、それだけに、取り急ぐ必要もあるまいと考えていたのだった。

3

陰湿な口論が、日課のように繰り返されるようになった。

そのうちに、女の要求の、やや度外れた執拗さが、彼の心に疑惑を芽生えさせた。何か裏の理由があるのではなかろうか。

「お前は、あれが俺のこどもであることにしないと、何か不都合なことでもあるような搦み方だね」

皮肉をこめたこの一言に会うと、彼女は、それまでの饒舌を、ぴたりと止め、

「女でなきゃ分りっこないんだ」

と、寸の詰った顎を、せわしなく動かしながら、うそぶくように酸漿《ほおずき》を鳴らし続けるのだった。

思いがけなく、彼女の内心の動揺を見てとったように、彼には思えた。

それは何であろう。それは功利的な何かにつながるものであろうか。

彼女の失踪してしまった後になっては、そして、もう彼女に対して、いささかの未練も残っていない彼にとっては、それは遂に未解決のまま闇に埋られた秘密として残されてしまったと言えるのだが……。

4

その前日、遅い朝食の卓子に向って新聞をひろげている彼に、魔美は、黙って近刊の週刊誌を突きつけてきた。そこには、有名な芸能人と愛人との間に、こどもの認知について訴訟にまで発展したスキャンダルがのっていた。

「男って、皆このように身勝手で卑怯なのよ」

「俺は、有名人でもなけりゃ、金にも縁のない男だよ」

彼は、吐き棄てるよう言って、雑誌を壁に投げつけると、真赤なセーターに腕を通しながら、シュミーズから食み出した豊かな乳房を押しこみ押しこみ、なおも切りこんでくる彼女を無視して、ごろりと横になると、唇に閂《は》を差してしまった。

そして、魔美は、蒸発してしまった。赤ん坊を残して。

彼としては、最も効果的な、生きた拷問具として、この置き土産を背負いこまされたかたちになった。

——時鳥の卵を育てさせられる鶯にされてたまるものか。——

疑念は、一度点火されると、すさまじい膨張力を持ってくる。

これまでに気にも止めなかった、過去の幾つかの事象が、どっと真実味を帯びて迫ってくるのだった。

「下手なものを掴ませられるなよ。あの女は、前のスナックにいた時から、少くとも複数の男出入りがあったというじゃないか」

彼の、同人誌の仲間達は、彼と魔美との関係がはじまった時に、それとなく忠告してくれたのだが……。彼女の蒸発を知った時、彼等の、どっと囃し立てる声が聞えるようだった。

「畜生！　コキューにされてたまるか」

彼は、敵意に似た視線で、じっと、赤ん坊を睨んだ。赤ん坊は、壁を伝いながら、——僕は、局外者だよ——というように、小さな前歯を二本覗かせて、無心に笑っていた。

夜半に読んでいた、ストリンドベリイの小説からも、ぎょっとするような文句を見つけた。

——その子の父を知る者は、その子の母だけである。——

次々に、女に対する不信が、加算されるばかりだった。

遂に思い余った彼は、定石通り、血液型にその証明を求めようとした。彼も魔美もO型だった。そして結果は、赤ん坊もO型だった。彼の焦燥は、それで一呼吸ついたかたちだったが、結局、これは何の救いにもならなかった。「第二の男」もO型だったとしたら……。

デリケートな彼の神経が、白に、黒に、振り子のように動揺を繰り返すうちに、疑惑が、もっとやりきれない終着駅に行き止った。

殊によると、魔美自身にも、第二、あるいはそれ以上の相手をも含めて、こどものほんとうの父親が、はっきりしないのではなかろうか。それで、彼女も、その懊悩から遁れようと、遮二無二彼に認知させることによって、自らを納得させようとしたのではなかろうか。

——敢て言う。俺は、こどもに対して憎しみは感じない。ただ、正体の摑めない存在と化したものが、四六時中座右につきまとう重圧感がたまらないのだ。——

彼は、自然、何か怖いものにでも触れるように、赤ん坊に対するようになった。

これまでにも、作家という仕事の性質上、彼は、赤ん坊を伴って外出するということは、極く稀れだったのだが、最近では、赤ん坊は完全に無視されたかたちで、眠る時になってはじめて、数回の排泄物に漬って悪臭を放っているのに気付いて、漸く紙おむつを取り更えてやる始末だった。赤ん坊は、この八畳の檻に閉じこめられた小動物同然だった。一日中、この狭い領域内を遊泳するだけで満足しなければならなかった。

仕事は、全然手につかなかった。机の上の原稿用紙は、いつも白かった。

5

ひどく蒸し暑い日が始まった。テレビが、台風の接近を予報していた。フェーン現象らしく、風は全く死んでいた。

不機嫌になった赤ん坊は、絶え間なく、甲高い泣声をあげて、はかどらぬ原稿にいら立っている彼の神経を、一層刺激するのだった。

彼は、勝手にしろという気になって、机の上から、おやつのウエーファスの包を取り上げ、家畜に餌を与えるように、赤ん坊の鼻先に、放り投げてやった。

彼は、ごろりと、大の字なりにひっくり返って、ぼんやりと、このおぞましい同伴者との絆を、どこかで、きっぱりと断ち切らねば……と考え続けた。

先日、思案に余って相談に行った、子無しの兄夫婦から、

「お前の子なら、貰ってもいいが」

と迎えられた事を思い出した。そういう意味に言われたのではないと承知しながら、「お前の子なら」という、彼にとって最悪の禁句が、ここでも、彼を慄然とさせた。

泣き声が途絶えたと思ったら、赤ん坊は、いつの間にか、腹掛とおむつだけの身軽さを利用したのであろう、椅子を便りに机の上によじ登り、ウエーファスの包から一枚を撮《つま》み出して、口に運んでいるのを見つけた。

この初めての冒険旅行が気に入ったらしく、赤ん坊は、机上を這いながら、開けひろげた窓に近づいて行った。机の端は、窓縁と同じ高さにあった。窓の真下に、屋根の棟が――。

「危ない」

彼は、飛び起きると、猫の子でも撮みあげるようにして、赤ん坊を、畳の上に降ろした。

邪悪な、狡猾な啓示が、突如閃めいたのは、この瞬間だった。

連日の、目眩く暑さ、赤ん坊に、鼻面持って引きずり廻わされている毎日に、磨り減らされた神経。彼の思考力は、半ば麻痺していたに違いない。

この呪縛から解放される、最も安易な方法は……。

椅子の上に一個。次に机の上に、点々と窓縁まで続くように数個。そして、窓下の屋根瓦の上に、特に眼につくように五六個。ウエーファスの、奈落への布石だった。

彼は、気持の変るのを恐れるように、臆病な兎のような素早さで赤ん坊を部屋に残して、階下に降りた。

6

三丁ばかり先の街角に、行きつけの喫茶店があった。

冷房の利いた部屋の隅のボックスに、そそくさと坐りこむと、熱い珈琲を註文した。(真夏でも、冷たい珈琲なんて珈琲というものじゃないというのが、彼の持論だった)

彼は、全神経を聴覚に集中した。やがて起こるであろう悲鳴を、人々のざわめきを。聞き逃すまいとして、鼓膜だけを磨ぎすました。

無意識に、二口ほどカップを口に運んでから、砂糖を入れ忘れたことに、やっと気付いた。

待った。そして待った。

どれほどの間か、時間は存在しなかった。

無心な犠牲が、ウエーファスの誘惑を辿って、机の端から屋根の方に身を乗り出し、そこで重心を失って……。幻想が、明滅した。

不意に、どこかで赤ん坊の泣き声がしたように感じて、ぎくりとして、店内を見廻わした。

——俺のような、硝子の神経を持った男は、犯罪者として不適格者だ。——

そんな自嘲が、頭の隅を横切った。

緊張が、堪えられる極限にまで昇りつめた。そこで、心をほぐすように、ほっと、大きく呼吸をした。

眼をあげてみると、硝子戸越しに、街路樹の柳の枝が大きく揺れ、驟雨の前駆者の黒雲が、足早やに、空を塗りつぶしていた。

サープライズ・シンフォニィの、最初の強打者のように、思わず彼を飛びあがらせた騒音が起ったのは、そのとたんだった。

甲高い人々の叫び、乱れ走る足音、車の警笛。それらの入り交った騒音が、事件の突発を告げていた。現場は、正しく彼の住居の方向だった。

彼の足は、操人形のそれのように空を切った。

奥さん風の女性のスラックスと、おかみさんらしい、短かいムームーから露き出しになった無格好な足との隙間から、小さな二本の足が捻れて見えた。細い血の一筋が、幼い命の終焉を確認するように、アスファルトの埃を舐めていた。

血を意識したとたん、彼は、嘔き気が突きあげてくるのを覚えた。周章てて視線を外らすと、そっと後ずさりして、群集から離れた。誰かに睨らまれているように感じて、不自然な動作をとることは禁物だと、自分に言い聞かせるように、ゆっくりと歩き出したつもりだったが、気付いてみると、無意識に小走りに移っていた。

店には、現場に飛び出して行ったらしく、誰も居なかった。

人に顔を合わさないことで、少し落着きを取り戻しながら、反射的に、椿事の勃発直前には不在だったことを証明するためには、むしろ誰か店の者が居てくれた方がよかったかなと、ちらと感じた。

二階への階段を辿りながら、彼は、自分の足音が、意外に大きいのに愕いて、猫のように足を浮かせた。この時になって初めて、何のために、急いでここに戻ってくる必要があったのだろうと、振り返える余裕が産れた。

自分を、事件から少しでも遠い距離に置くためには、これからいかに行動すべきだろうか。それは、当初から計画的に、綿密に図引きしておくべきことだったのだ。が、ともかく部屋に戻って、落着いてゆっくり考えることだ。それに、例の陰険な仕掛けの痕跡を、綺麗に払拭しておかねば……。

入口の扉を開け、部屋の内に、へたばりこむように踏みこんだ。と、彼の顎が、がっくりと音立てて、外れたように大きく開いたままになった。

机の上に、赤ん坊の亡霊が立っていた。

そして、棒を呑んだように突っ立っている彼の姿を見つけると、例の小さな歯を覗かせ、両手を差し出して、

「だだ。だだ」

と、叫んだ。

突如、涙が、彼の両眼から溢れ出た。

やにわに、赤ん坊を双手に抱き上げ、祝福するように、頭上高く差し上げた。

「生きてた。生きてた」

それは、赤ん坊に向ってというよりも、心から自分自身に言い聞かせるような叫びだった。

赤ん坊は、彼を信じきったように、身を捻らせて、けたけたと笑い、股間から、彼の両腕に、生ぬるい液体をしたたらせた。

彼は、窓から、屋根の上を覗いてみた。そこには、ウエーファスの一片もなかった。

先刻から催していた、台風の前触れの突風が、勢を増して吹きこんできた。そして、早くも、ぽつりぽつりと、雨の刻印が、瓦の面を濡らし初めていた。この突風の手が、机の上から、そして屋根の上から、あの死神の導火線を、吹き飛ばしてくれたのだと知った。

交通事故に遭ったらしい、あの路上の小さな遺体を運ぶためか、遠くから、救急車のサイレンが聞えてきた。

随筆篇

マイクロフォン

拝読。印象批評に過ぎませぬが。

一、「見得ぬ顔」事件よりも、一、二、三節までの大論述が読みものです。作者は、この大あたまを活すために小さき尾を添えられしや。果また、尾をなして後、形を創るに巨頭を附されしものか。非ずか。

二、「凍るアラベスク」妹尾氏の創作は、古き本誌で一度拝見した事がありますが、（題名失念）それはちょっとホームズ張りのもので、コンストラクションなど翻訳臭の濃いものでしたが、これは段違いに超えています。

三、「原稿料の袋」例に由って筋の変幻自在、最後まで一気に読了しました。プラッデイ・シーンで、「土井の身体はクルリと半円を画いて背後向きとなった。と、ぎゃっと……」の描写は、にげていながら利いていますね。

四、「イワンとイワンの兄」好箇のイソップ物語。

五、「七つの閨」潤一郎の「青塚氏の話」が、ちょっと臭いました。さきに「凍るアラベスク」を読んだ故か味が落ちました。感ずる事は、作者が余り言葉を弄び過ぎる事です。一つ一つが当を得てはいるのですが……それに迫真性があればよいのですが……。

六、「星史郎懺悔録」俵が、「はてナ、これはへんだぞ」というあたりから、別の死体が現れるまで、ぐいぐいとひっぱります。

七、「あ、てる、てえる、ふいるむ」題名を見ると直ぐ、ポーの「あ、てる、てえる、はあと」

が、思い出されました。（内容に非ず）何といってもピカ一です。こうした味は、いつまでたっても好きです。

最後に、すべての作品が皆甚だ線太である事が、愚作の如く線のデリカなるものを悲しみます。（自信を失いしにはあらねど）

暴言多謝。

（『新青年』第九巻第二号、一九二八年二月）

マイクロフォン

（八月号増刊「陰獣」を中心として）

「陰獣」を拝見すると、当然の事ですが、大谷崎のにおいが、ぷんと鼻にきます。そして氏は甲賀氏とくらべて、何と際だった対象的位置に立つ存在かと驚かされるほどです。両者は、全然東と西です。あらゆる江戸川氏の作品の素晴らしさは、実は、その中の探偵的事実に対する興味よりも、あのねばっこい感覚的な行文の妙味が、附随的なもろもろの面白きものが、人目を眩惑するのではないでしょうか。その故か、私は、氏の作品の中で、探偵的素地の露骨でないものほど、所謂探偵趣味の濃厚でなければないほど、その作品が好きになれます。（これは氏一人の作品のみならず、総ての他の作品についてもそうなのです）そして今後探偵小説の進むべき方向を幽かに香わされたように、私には思われるのです。

（『新青年』第九巻第一一号、一九二八年一〇月）

解題

横井司

今はなき探偵小説専門誌『幻影城』は、一九七五年九月から、別冊の刊行を開始した。「新しい時代の探偵小説の誕生のため、戦前戦後の名作を厳選して、作家別に収録すると共に、埋もれた作品を再評価し、読者に提供することを目的として」（「創刊のことば」『別冊・幻影城』創刊号、一九七五・九）発刊された同誌の第一号は、横溝正史の『本陣殺人事件』および『獄門島』を採録し、作家論や関係者エッセイなどを併載した構成だった。その表紙裏（表2）には第二号以下の刊行予定が掲げられており、江戸川乱歩、松本清張などの大家らと並んで、大阪圭吉、葛山《くずやま》二郎と共にあげられていたのが瀬下耽《せじもたん》である。収録候補作品として「柘榴、女は恋を食べて生きている」というタイトルが掲げられており、後者の作品名を見た時に強烈な印象を受けたことは、いまだ記憶に新しい。いったいどのような内容の作品なのか、あれこれ想像しつつ、その刊行を首を長くして待っていたのだが、そのうち続刊予告が掲載されなくなってしまい、ついに刊行されないまま、本誌である『幻影城』の方が廃刊の憂き目を見たのであった。

『幻影城』廃刊後、別冊として予告されていた大阪圭吉、葛山二郎らは、国書刊行会の叢書〈探偵クラブ〉の一冊として、その作品がまとめられた（第一回配本は大阪圭吉『とむらい機関車』「九二・五」であった）。特に大阪圭吉の場合、本格探偵小説ファンの支持を得て、二〇〇一年になって創元推理文庫から二巻の作品集が刊行されるほどであった。しかし、瀬下耽はついに一書がまとめられることがないまま、再評価の機会を逸して現在まで来たのである。

本書『瀬下耽探偵小説選』は、『別冊・幻影城』で予告が打たれて以来、実に三十四年ぶりにして初めてまとめられた瀬下の個人作品集である。『別冊・幻影城』時代からのファンにとっては、待望の一冊といえよう。

瀬下耽は、一九〇四（明治三七）年二月二四日、新潟県柏崎に生まれた。本名・瀬下綱良《つなよし》。別名・秘名生。かつて瀬下のペンネームは、ブラウン神父シリーズで有名なチェスタトンG. K. Chesterton（一八七四〜一九三六、英）をもじったものだという説があったようで、中島河太郎も「探偵小説辞典」（『宝石』五二・一一〜五七・一二↓日本推理作家協会編『江戸川乱歩賞全集①』講談社文庫、九八）での瀬下の項目において筆名の読みを「セシタタン」と記していた『新探偵小説』第三号（四七・七）のコラム「色エンピツ」によれば、チェスタトン由来説は、雑誌『真珠』の発行人・橋本善次郎によるものだそうだが、「色エンピツ」欄では続けて「しかし正しくはセジモ・タンが本当。新潟によくある、もちろん本名とわかつた」と書かれており、どうやら中島はこれを見逃していたようだ。ただし「耽」も本名だとしたのは、『新探偵小説』記者の勇み足で、この筆名については後に鮎川哲也のインタビューによって、オスカー・ワイルドの耽美主義的な小説に魅かれたことから、その一字を採って筆名としたと明かされている。ちなみに、別名の「秘名生」は、ミステリー文学資料館編『幻の探偵雑誌10／「新青年」傑作選』（光文社文庫、二〇〇二）に載っている収録作品タイトル扉裏の作者紹介では「ひめいせい」とルビが振られているが、その根拠は不明（鮎川のインタビューにもルビはない。「ひみょうせい」とも「ひめなせい」とも読めるはずなのだが……）。以下、その鮎川のインタビュー記事「海恋いの錬金道士・瀬下耽」（『幻影城』七五・八。後『幻の探偵作家を求めて』晶文社、八五に収録。以下、引用は、特に断らないかぎり同書から）に従って、瀬下の経歴を記しておく。

瀬下の父は官吏で、少年時代から転校を余儀なくされたそうだが、富山県在住の時期がいちばん長く、中学五年生の時、柏崎に戻ってきた。その中学時代に、近所に住む文学青年がガリ版刷りの同人誌を出しており、そこに載せたのが、後に瀬下の代表作として知られるようになる「柘榴病」であったという。中学卒業後に上京して、慶應義塾大学予科の仏文科に入学。その当時、「眠り男セザレのように、マントを翻えしながら」「三田の校庭を風のように歩いている」渡辺温（探偵作家・渡辺啓助の実弟）を見かけたという。「眠り男セザレ」とはドイツ表現主義映画の傑作として名高い《カリガリ博士》Das Cabinet des Doktor Calligari（一九二〇）に登場する夢遊病患者のことで、セザーレ、チェザーレとも表記される。予科にいた頃は、いわゆる純文学を志し、旧友と共に『水雞笛《くいなぶえ》』『錬金道士』といった同人雑誌を刊行し、いくつか作品を書き下ろしたが、いわゆるミステリ小説はなかったという。予科を終えてのち、進路を変えて法学部に転部。卒業後は「パリへ渡って、一生をそこで過ごしたいなどと夢想し」たりする一方で、脚本家になりたくて「松竹の脚本部長だった北村小松氏を訪ねたことも」あるという。後に小説家として知られるようになる北村小松（一九〇一～六四）は、この当時、松竹キネマ蒲田研究所脚本部社員であり、脚本家としての地位を確立していた。瀬下にとっては慶應義塾大学の先輩にあたり、その縁で訪ねていったものだろう。だが、大学を卒業した途端、肺結核にかかり、全ての夢がついえてしまう。療養のために帰郷した瀬下は「柏崎の家で三年間をぶらぶらして過し」たが、「病気がなおった頃に、もう一度東京へでてこないかと誘われて」上京し、写真協会に勤めることになった。この頃、紙芝居作家・評論家の加太《かた》こうじ（一九一八～九八）と知り合っている。空襲が激しくなってからは郷里に疎開し、その後は帝国石油（一九四一年設立。現・国際石油開発帝石）に定年まで勤めたという。

　法学部在学中の一九二七（昭和二）年、『新青年』が主催する創作探偵小説の懸賞募集に「綱《ロープ》」を投じ、二等に当選して探偵文壇にデビューした（ちなみに、このときの一等当選作は葛山二郎の「股から覗く」である）。続いて、先にも述べた中学生の時に書いた実質上の第一作「柘榴病」を同誌に掲載。翌二八年には探偵趣味の会の機関誌『探偵趣味』にも寄稿する他、〈秘名生〉名義で『新青年』の懸賞募集に投じた「四本の足を持つた男」が掲載されている。この年には都合六作の短編を発表しているが、年間発表数はこのときが最高であった。二九年には半分の三編に減り、以後は年に一、二編の作を発表するにとどまり、三三年の「罌粟島の悲劇」をもって、いったんは筆を絶っている。四七年になって「手袋」を雑誌『新探偵小説』に発表。ふたたび創作に手を染めたものの、作品数は極端に減り、戦後第四作に当たる五三年の「覗く眼」を最後に、ふたたび沈黙した。

六九年になって、立風書房から刊行された『新青年傑作選』第三巻（第一回配本）に「柘榴病」が採録された。後年、学生時代から加太こうじ宅に出入りしていた立風書房の編集者が同書を持参し、それに目を通していた加太が知人であると話したことがきっかけで、柏崎に健在であることが判明した。それを知った鮎川哲也が『幻影城』編集人・島崎博と共にインタビューに訪れたのが七五年のことであり、そのときの様子が鮎川が同誌に連載していた「幻の作家を求めて」第四回「海恋いの錬金道士・瀬下耽」として、デビュー作の「綱《ロープ》」と共に『幻影城』七五年八月号に掲載されて、幻の探偵作家・瀬下耽の経歴が判明することとなったのである。このときの縁で久しぶりの新作「やさしい風」が『幻影城』七六年一月号に発表されたが、以後、創作に専念することもなく、先にも述べた通り『別冊・幻影城』というかたちでの作品集が日の目を見ることのないまま、一九八九（平成元）年九月五日に歿した。

江戸川乱歩は、『日本探偵小説傑作集』（春秋社、三五・九）のために書き下ろした序文「日本の探偵小説」において、日本の探偵作家を「論理派」と「文学派」の二系統に分類している。このうち後者の特徴を「理智探偵小説の作品よりも、際立って犯罪、怪奇、幻想の作品が多く、私の所謂『文学派』的なものを濃厚に感ぜしめる」といい、「彼等は皆多かれ少なかれ、理智的というよりも感情的であり、異常なるもの怪奇なるものへの情熱を持ち、夢と幻想とメールヘンの世界に憧れることが深く、ひっくるんでロマン派の作家群である」（引用は『江戸川乱歩全集　第25巻／鬼の言葉』光文社文庫、二〇〇五から。以下同じ）と規定している。そして瀬下耽を、この「文学派」の内の「情操派」として位置づけ、次のように紹介している。

> **瀬　下　耽**　この作者と葛山二郎とは出発が同時であったというばかりでなく、その作風の多様性に於て、文学上の表現力に於て、何かしら似通ったものを感じるのであるが、併し、葛山二郎が処女作に怪奇幻想の物語を書きながら其後の作品の大部分が探偵小説であるのに比べて、瀬下耽の作品は二三の探偵小説があるとは云え、多くは犯罪小説に属すること、又葛山二郎の作風の一つの著しい特徴は巧みなる心理的手法にあるのに対して、この作者の一つの著しい特徴は怪奇美への異情《ママ》な憧憬にあること、などの点に於て両者の作風必ずしも一様ではない。主要作品としては、エドガア・ポオへの心酔を想像せしめる怪奇幻想の物語「柘榴病」、怪奇の魅力と筋の変化に富む探偵小説「R島事件」海底の純情を描いて絵の如き「海の嘆き《ママ》」処女作「綱《ロープ》」などを挙げるべきであろう。

簡にして要を得た紹介である。ここで乱歩によって、「怪奇派」でもなく「幻想派」でもなく「情操派」に分類されながら、瀬下耽は、一般に怪奇幻想の作家というイメージが流布しているように思われる。たとえば紀田順一郎は、「日本怪奇小説の流れ」（『現代怪奇小説集』第一巻、立風書房、七四・八）のなかで、『新青年』を「知的エンタティンメントとしての怪奇小説を確立」することに与った雑誌として位置づけた上で、「ほとんどこのジャンルに専念した」作家の一人として、城昌幸、西尾正、水谷準と共に瀬下の名を挙げているくらいである。近年になっても日下三蔵が、「柘榴病」を採録したアンソロジー『新青年傑作選／爬虫館事件』（角川ホラー文庫、九八・八）の「解説」のなかで、「怪奇・幻想小説ばかり二十篇を発表している」と紹介している。こうしたイメージは、六九年以降「柘榴病」がたびたびアンソロジーに採録されたことが原因となって作りあげられたものであろう。だが、乱歩が述べるように、その作品は「二三の探偵小説があるとは云え、多くは犯罪小説に属する」ものと見るべきであるし、また、その作風について「著しい特徴は怪奇美への異情な憧憬にある」といった乱歩の言葉も、「柘榴病」や「海の嘆」の印象に偏りすぎた嫌いがなくもない。

すでに鮎川哲也によって、瀬下の作品世界の多様さが指摘されていたことも忘れるわけにはいかない。「古風な洋服」を収めたアンソロジー『あやつり裁判』（晶文社、八八・一二）の「作品解説」で鮎川は、秘名生の名で発表された「四本の足を持った男」についてコメントした後で、以下のように述べている。

この作家はほかにも「R島《じま》事件」「呪われた悪戯」などの本格物と呼んでよいような作品を書いているが、本質はやはり本格派の作家ではなく、三十余年前まで用いられていた便利な分類法に依れば、「文学派」の作家ということになる。しかし氏の作品は文学派の枠におさまりきれぬほどに振幅が大きくて、「欺く灯《ひ》」は上質のサスペンス物でありながらラストに切れ味のいいトリックが用意されているし、「罌粟島の悲劇」は実直な灯台守と彼のもとに帰って来た殺人犯のあいだに起った暗い事件と悲劇的な結末を描いたものだし、かと思うとウィットに飛《ママ》んだ「犯罪倶楽部入会テスト」と題したユーモアコントありといったふうで、一枚のレッテルを貼って済むような人ではないのだった。

当時はこの鮎川の指摘を確認しようにも、作品の入手が困難であったわけだが、没後十年目にして初めて編まれた著作集（であると同時に全集）となる本書『瀬下耽探偵小説選』によって、怪奇幻想の作風にとどまらない瀬下作品の魅力が、再認識されることを願ってやまない。

以下、本書収録の各編について、簡単に解題を付しておく。作品によっては内容に踏み込んでいる場合もあるので、未読の方は注意されたい。

〈創作篇〉

「綱《ロープ》」は、『新青年』一九二七年八月号（八巻九号）に掲載された。その後、ミステリー文学資料館編『幻の探偵雑誌10／「新青年」傑作選』（光文社文庫、二〇〇二）に採録された。『新青年』の二七年一月号で募集された懸賞創作探偵小説で二等当選を果たした瀬下のデビュー作である。八月号には横溝正史と渡辺温の連名で「創作探偵小説選評」が掲載されており、「綱《ロープ》」については、以下のように述べられている。

『綱《ロープ》』は明らかに探偵小説とは言へない〔。〕然し探偵小説であらうが、何んであらうが先づ読ませるといふ事が第一である。文章の点に於ては、この二等当選作品は、群を抜いてゐた。それにあせらず迫らず、悠々と書いてゐるのも、この小説のテーマに似つかはしくてい、。題材は大して珍らしいものではないが、総ての運びが心憎いばかりなめらかである。それだけに些か気魄に乏しいといふ感じ《ママ》するのが、この作の一つの欠点だらう。

「華やかだつた半生を夢にのみ楽しむ、半白の老人達ばかり」が集まっている倶楽部に、かつて判事を務めたことがある新入会員が入会し、その体験を語るという体裁でまとめられた作品である。江戸川乱歩「赤い部屋」（二五）などの系譜にある一編だが、海外の短編にもしばしば見られるスタイルであることは、いうまでもない。「構成は安易だが」と中島河太郎が評する所以であろう（前掲「探偵小説辞典」）。物語自体は、滑落事故をめぐる真相を追究する、山岳ミステリともいうべき内容である。第一章において、これから語られるのは「情熱の犯罪とも言う可《べ》きもの」だと語り手の元判事は言うのだが、読了後に立ち現れてくるのは、「遠い昔に灰燼に帰してしまってゐるであらうその情熱の火」、聞き手の若い頃の情熱を指すのではなく、今まさに目の前に存在し、「微動もない余生を、平調に楽しんでゐる」かのような老人たちの心の中にも、いまだ存在しうる「情熱の火」なのであるという点が、読みどころといえよう。

「柘榴病《ざくろ》」は、『新青年』一九二七年一〇月号（八巻一二号）に掲載された。初出時の巻末には「（七月稿）」と付記されている。その後、探偵趣味の会編『創作探偵小説選集』第三輯（春陽堂書店、二八）に採録された。さらに、中島河太郎編『新青年傑作選』第三巻（立風書房、六九／全四巻版、七五／新装版、九一）、中島河太郎・紀田順一郎編『現代怪奇小説集』第一巻（立風書房、七四）、同書再編集版『現代怪奇小説集』上巻（立風書房、七七／新装版、八一／上下合本版、八八）、中島河太郎編『新青年傑作選集Ⅳ・怪奇編／ひとりで夜読むな』（角川文庫、七七／同書改版、角川ホラー文庫、二〇〇一）、関口苑生・縄田一男・長谷部史親・松岡智恵編『恐怖小説コレクションⅠ／魔』（新芸術社、八九）、『新青年傑作選／爬虫館事件』（角川ホラー文庫、九八）、ミステリー文学資料館編『江戸川乱歩と13人の新青年〈文学派〉編』（光文社文庫、二〇〇八）に採録されている。

いわずと知れた瀬下の代表作だが、先にも述べたように、瀬下という作家のイメージを固定化したという意味では、功罪相半ばする作品ともいえよう。和蘭丸の船員が水を求めて上陸した孤島は、奇怪な伝染病によって全島民が死に絶えた死の島だった。医師とおぼしき死体が手にしていた紙片の束から、恐るべき顛末が語られるというストーリーである。物欲に取り憑かれた医師の心理と、あくまでも彼を愛し従う妻との関係が、悲劇的な結末を迎えることをふまえ、中島河太郎は「この夢物語は人間性の奥底をかいま見させて慄然とさせる」（前掲『現代怪奇小説集』第一巻所収の作家紹介）と述べている。

「裸足の子」は、『新青年』一九二八年一月号（九巻一号）に掲載された。初出時の巻末には「（十月稿）」と付記されている。単行本に収められるのは今回が初めてである。

地方都市で開業したばかりの医師が、暇に飽かせての散歩の途上、監獄の塀を出入りする少年を目撃し、その行動の理由を知るまでの顛末を描いた作品である。鮎川哲也は「子供の行動が何を意味するか、という興味で有無をいわさずに読者を引きずり込む」と述べているが（前掲『あやつり裁判』「作品解説」）、最後に明かされる真相と悲劇的な結末も印象に残る。

「犯罪倶楽部入会テスト」は、『探偵趣味』一九二八年二月号（四年二号）に掲載された。単行本に収められるのは今回が初めてである。

タイトル脇に「（諧謔的作品）」と付記されているとおり、冗談として楽しむべき作品で、暗号などの工夫のなさをあげつらっても意味がない。鮎川哲也は前掲『あやつり裁判』の「作品解説」において、「ウィットに飛んだ《ママ》」「ユーモアコント」と評しているが、探偵趣味の会という倶楽部的な集まりの機関紙への初投稿で、そうしたサークル自体を揶揄したものを投稿するあたりに、作家としてのしたたかさを感じさせられる。

「古風な洋服」は、『新青年』一九二八年五月号（九巻六号）に掲載された後、探偵趣味の会編『創作探偵小説選集』第四輯（春陽堂書店、二九）に採録された。さらに、鮎川哲也編『あやつり裁判』（晶文社、八八）に採録されている。

「十八世紀の飾窓《ショーウインドー》にも見あたらなさそうな古風な裁ち方のモーニング」に山高帽をかぶって出かける同僚の行動を探るうちに、意外な真相に到達する作品。探偵小説というより探偵趣味の小説とでもいいたくなるような、ユーモアとペーソスあふれる作品で、探偵趣味の会が編んだ年鑑アンソロジーに採られていることが、当時の探偵小説受容のあり方を偲ばせよう。本作品を『あやつり裁判』に採録した鮎川は、その「作品解説」で「裸足の子」を引き合いに出して、「『古風な洋服』も似たような出発点に立ちながら、これまた読者の予想もしない結末に辿りつく。幕切れの独白は同じ男性であるわれわれの共感を呼び、且つ胸を打つ」と述べている。

なお、語り手の「私」の同僚・北の出で立ちは、そのモデルが渡辺温（一九〇二～三〇）ではないかと思われもする。横溝正史と共に『新青年』編集部にいた頃（一九二七年一月～二八年七月）の渡辺温について、横溝が以下のように回想していることからの連想にすぎないのだが。

温ちゃんはおいおい金まわりがよくなった。金まわりがよくなるとおしゃれな温ちゃんはまず、身辺をととのえはじめたが、やがてモーニングを新調し、山高帽を手に入れて、山高帽にモーニングという盛装で毎日出社しはじめたのには、野暮な博文館の連中は、みんなあっと度胆を抜かれた。なにしろ社屋というのがまえにもいったとおり、純粋の日本家屋なのである。私たちの編集部は二階にあったが、ふた間か三間の日本座敷をぶち抜いて、畳敷きの部屋に『新青年』だの『文芸倶楽部』だの『講談雑誌』だのがゴタゴタと、机をならべているのだが、そこへ山高帽にモーニングという盛装の編集者が現れるのだから、これは大いに異彩を放った。しかし、これが温ちゃんだと、大しておかしくなかったのだからたいしたものである。温ちゃんは奇を衒っているのではなかった。ただそうしたいからしているだけであった。だから気障でもなんでもなかった。むしろ板についていた。だから山高帽をひとに譲って、それにいくらか金を足して手にいれたという、ピカピカのシルクハットにモーニングという、最上級の盛装で出社しはじめても、私はただニヤニヤしながら、この子供のような純粋な魂をもった人物を見守っているだけだった。（「惜春賦――渡辺温君の想い出――」『アンドロギュノスの裔』薔薇十字社、七〇・九。引用は『探偵小説五十年』講談社、七二から）

「四本の足を持つた男」は、『新青年』一九二八年八月号（九巻九号）に、〈秘名生〉名義で掲載された。単行本に収められるのは今回が初めてである。

鮎川哲也がインタビューに訪れた際、瀬下本人の口から自作であることが明かされた作品である。その際、瀬下は「わたしは幻想味のある作品を書きつづけたかったのですが、その短篇はトリッキーであり過ぎたものですから、瀬下作品としてはちょっと面映ゆかった。それで名を秘めて発表することにしたのです」と述べている。鮎川は、前掲のアンソロジー『あやつり裁判』では最初、本作品を収録する予定であったそうだが、「地元のタウン誌における大内茂男氏との対談を読むと、必ずしも自信作ではないような印象を受けるので」「古風な洋服」に差し替えたと、同書の「作品解説」で述べられている（ここで言及されているタウン誌については不詳）。だが、「四本の足を持った男」が「氏の珍しい本格物」ということであったためか、あえて解説を加えているので、以下に引用しておく。

経営が傾きかけた地方銀行で残務整理をしている出納係、老会計士たちのあいだでの殺人事件を綴ったもので、状況証拠は一人の人物の犯行であることを示すのだが、後半に登場するホウムズのような老探偵が真相を看破して真犯人を追い詰める話である。四本の足を持った男とは、犯人の当局をあざむくための欺瞞行為をさしている。登場人物が揃ってくたびれたフロックコートでも着ていそうな古めかしい雰囲気の本格物で、山前譲氏などは高く買っているのだが、前述のように作者の自作に対する評価はいささか低いように思う。

初出時の挿絵では、欺瞞行為中の犯人が描かれており、解決編に当たる部分の挿絵とはいえ、作者が秘めたトリックが白日の下にさらされていた。当時の読者にとっては、さぞや興醒めの思いがされたことだろう。

「めくらめあき」は、『探偵趣味』一九二八年九月号（四年九号）に掲載された。同号は最終号であった。単行本に収められるのは今回が初めてである。

仕事から帰った按摩が、妻に対して、明朝に起こる騒動を予言したことが市中の噂となり、町内の吟味所に呼び出される。そのときの釈明の内容を、按摩の一人語りで綴った作品である。一種の謎とき興味を備えた、瀬下には珍しい時代もので、按摩が推理するというわけではないものの、ヴォルテール Voltaire（一六九四～一七七八、仏）の『ザディーグ』Zadig ou la Destinee（一七四七）中の挿話「犬と馬」を連想させなくもない面白味が感じられもする異色作である。

「海底《うなぞこ》」は、『新青年』一九二八年一〇月号（九巻一二号）に掲載された。後に、中島河太郎編

『新青年ミステリ倶楽部』（青樹社、八六）に採録された。

瀬下の作品には「海に材をとった短編が多い」と最初に指摘したのは鮎川哲也であった（前掲「海恋いの錬金道士・瀬下耽」）。そこで鮎川は「罌粟島の悲劇」「柘榴病」「R島《じま》事件」「欺く灯《ひ》」「海の嘆《なげき》」といった作品名をあげ、「東京で学生生活を送っている氏にとって、忘じ難いのは鯨波の浜辺であり日本海の海鳴りであったろう。その望郷の思いが凝ってこうした一連の作品が生まれたものではなかったか」と考察している。「柘榴病」は海というよりも島を舞台とする作品と見て例外とするなら、その系統の最初のものといえるのが本作品である。ちなみに島というファクターを通すなら、「柘榴病」「R島事件」「女は恋を食べて生きてゐる」「罌粟島の悲劇」といった作品の系譜が浮かび上がってくる。島といえば、ミステリ・ファンであればクローズド・サークルが連想されるだろうが、「R島事件」や「罌粟島の惨劇」などは島という閉鎖空間の特色をよく活かした作品ともいえるのである。それが、戦争へと向かう時代の閉塞感とリンクしているといってしまうと、いささかうがち過ぎというものであろうか。

佐渡島に避暑に訪れた「私」が、部屋を借りている漁師の源吉から、「自害淵」と呼ばれる自殺の名所にまつわる話を聞くという作品で、怪奇小説風に展開しながら、最後になって理に落とすあたりの呼吸が鮮やかな印象を残す本格テイストの秀作。ほんのいたずら心から妻を自害淵に飛び込ませてしまった源吉が、そのことを忘れようと酒を呑んで帰る夜道で、従兄弟の松造とすれ違う場面に隠された作者のたくらみには、戦後のある有名長編を連想させもし、多くの読者が脱帽させられよう。同時代評としては、本作品が発表された翌月号の「マイクロフォン」欄において、妹尾アキ夫が「どこかポーの『メールストロム』に似てゐる処が嬉しかつた」という感想を寄せているのが目を引く。「ポーの『メールストロム』」とは、エドガー・アラン・ポー Edgar Allan Poe（一八〇九～四九、米）の短編 A Descent into the Maelström のこと。

本作品について瀬下は、前掲「海恋いの錬金道士・瀬下耽」において、「鯨波の近くの自害淵という高い崖を舞台にしました」と述べており、元の地名は「地更淵《じがえ》」というのだと鮎川によって補足されている。

ちなみに、同じく「海恋いの錬金道士・瀬下耽」において、瀬下は次のようなエピソードを披露している。


「先年NHKテレビで放送された《おはなはん》の作者の林謙一君が予科時代は同じクラスでして、わたしの《海の兄弟》を読んでミスを指摘してくれたことを覚えています。水死した屍体が、あんなに短時間のうちに水面に浮き上がる筈はないというんですね。彼は建築を専攻するために早大へいってしまいまいたが……」


本書の目次を御覧になればお分かりのとおり、瀬下には「海の兄弟」というタイトルの作品はない。右の引用部分に続けて鮎川は「《海の兄弟》は、潜水夫の兄弟がおなじ女性を愛したことから生じる悲劇を描いたもの」と書いているが、これに従うなら「海の兄弟」とは「海の嘆」という作品のことになる。しかし、「海の嘆」では死体は浮き上がらないのである（!）。水死体が浮き上がるというエピソードから判断すると、源吉と松造が兄弟という設定ではないものの、「海底」こそ「海の兄弟」として語られた作品のように思われる。

「R島《じま》事件」は、『新青年』一九二九年四月号（一〇巻五号）に掲載された。単行本に収められるのは今回が初めてである。

「四本の足を持つた男」に登場した青砥甚之助老人がふたたび登場して、名探偵ぶりを発揮する「本格物と呼んでよいような作品」（鮎川哲也、前掲『あやつり裁判』「作品解説」）で、注意深く熱心な読者であれば、本作品によって〈秘名生イコール瀬下耽〉であることが分かったかもしれない。長病みの予後を静養するためにある島を訪れた「私」は、旅館の美人女中が殺された事件に遭遇し、たまたま当地を訪れていた青砥老人の調査に付き従うという話である。トリッキーさでは一歩譲るものの、殺人事件に絡めて、ひなびた保養地の習俗と男女の色恋の顚末を鮮やかにあぶり出した秀作といえよう。

「仮面の決闘」は、『新青年』一九二九年六月号（一〇巻七号）に掲載された。単行本に収められるのは今回が初めてである。

勘のいい読者ならオチに気づくかもしれないが、どんでん返しを利かせた西洋ネタのショートショート。当時のいい方ならコントということになろうか。

「呪はれた悪戯」は、『新青年』一九二九年九月号（一〇巻一一号）に掲載された。単行本に収められるのは今回が初めてである。

密室状況と結びついた凶器トリックとダイイング・メッセージの謎を興味の中心に据えた「本格物と呼んでよいような作品」（鮎川哲也、前掲『あやつり裁判』「作品解説」）のひとつである。秘名生名義で発表された「四本の足を持つた男」と比べても、トリッキーさにおいては一頭地抜いているが、にもかかわらず瀬下名義で発表されたのは、殺人に至る動機に自分らしさを出すことができたという判断からなのだろうか。

「女は恋を食べて生きてゐる」は、『中央公論』一九三〇年七月号（四五年七号）に掲載された。単行本に収められるのは今回が初めてである。

「海底《うなぞこ》」や「R島《じま》事件」などとはがらりと代わり、都会で新婚家庭を営む夫を襲う脅迫事件をメインに据えた一編。どんでん返し自体は他愛がないものの、設定の細部に奇妙な歪みが見受けられ、頽廃的で奇妙な魅力が感じられなくもない。ことに、榛《はしばみ》新一郎の元の愛人が、どことも知れぬ島に建つ美登璃荘という屋敷に住んでいるという設定が異色である。こうした作品でも島に対するこだわりが織り込まれている点が興味深い。

当時の『中央公論』には、読み物記事や評論などを掲載した「本欄」とは別に「創作欄」が新たにページ付けされて設けられており、いわゆる純文学作品はそちらに掲載されていた。瀬下の本作品は「本欄」に「探偵小説」の角書き付きで掲載されている。このことから、探偵小説と純文学との階層化をうかがうことはたやすく、鮎川哲也がいうように「格式たかい同誌から執筆依頼がきたという事実は、氏の作品が専門誌以外の編集者によって高く評価されたことを示している」（前掲「海恋いの錬金道士・瀬下耽」）と手放しで称揚するわけにもいかないのではないか。慶応義塾のつながりで掲載に至ったと考えるのが妥当なように思われる。

「欺く灯《ひ》」は、『新青年』一九三〇年一〇月号（一一巻一三号）に掲載された。単行本に収められるのは今回が初めてである。

「海底《うなぞこ》」と同様、漁村に出かけた語り手が、離れ屋を借りている主人夫婦から、SM趣味を目覚めさせられた体験を語られるという体裁の物語である。漁師間の暴力的な人間関係が、現在のいわゆるノワール作品を想起させなくもないのだが、本作品について鮎川哲也は「上質のサスペンス物でありながらラストに切れ味のいいトリックが用意されている」（前掲『あやつり裁判』「作品解説」）と述べ、探偵小説の観点から評価している。『小説推理』一九七四年八月臨時増刊号で「現代作家がえらぶ知られざる傑作ミステリー集」というリバイバル特集が組まれた際、鮎川は本作品を選出しており、その惚れ込み具合がうかがえよう。

なお、作品中に出てくる灯台のモデルを聞かれた瀬下は「日蓮上人が佐渡から上陸したと伝えられている番神《ばんじん》岬の灯台にヒントを得たんですワ」と答えている（前掲「海恋いの錬金道士・瀬下耽」）。

「海の嘆《なげき》」は、『新青年』一九三一年七月号（一二巻九号）に掲載された。単行本に収められるのは今回が初めてである。

先に「海底《うなぞこ》」について述べた際に書いた通り「海の兄弟」として認識されていた作品で、潜水夫の兄弟が一人の女性をめぐって、海底で無言のまま、心理的葛藤を繰り広げるという設定が印象的な一編。冒頭に書かれた海底の風景の描写は、瀬下の詩情と文章力をうかがうのに好個のサンプルといえよう。あるいは江戸川乱歩の「パノラマ島奇談」（二六～二七）が念頭にあったのかもしれない。潜水夫を扱ったミステリは当時としては珍しく、管見に入ったかぎりでは、橋本五郎の「鮫人の掟」（三二。『論創ミステリ叢書12／橋本五郎探偵小説選Ⅱ』に既収）が思い出される程度だが、本作品は橋本のそれより一年早いという点でも貴重である。

「墜落」は、『新青年』一九三二年三月号（一三巻四号）に掲載された。単行本に収められるのは今回が初めてである。

曲芸団内の男女関係に起因する惨劇を描いた作品で、怪奇小説ではないものの、大下宇陀児の「蛞蝓奇譚」（二九）を彷彿とさせるところがある。無理心中の動機を〈呪われた血〉に求めているため、今となっては（当時も？）古風さが際立ってしまったのが残念といえなくもないが、動機の謎に絡めて一種の犯人探しめいた趣向で描かれている点が興味深い。

「幇助者」は、『新青年』一九三二年四月号（一三巻五号）に掲載された。単行本に収められるのは今回が初めてである。

「裸足の子」と通底するものを感じさせる、子どもを利用した奇妙な復讐計画の顚末が描かれた作品で、最後に仕掛けられたどんでん返しは、「古風な洋服」と同じテイストのものだといえる。

「罌粟島《けしじま》の悲劇」は、『新青年』一九三三年一月号（一四巻一号）に掲載された。単行本に収められるのは今回が初めてである。

灯台守一家が住む罌粟島に、一人の女性が漂着したことで起きる殺人事件の顚末を描いた作品。男女間の心理的葛藤がポイントとなるあたりは、「海底《うなぞこ》」「R島《じま》事件」「呪はれた悪戯」「欺く灯《ひ》」「墜落」などとも通底しており、海（あるいは島）をモチーフとした作品という点でも、戦前の掉尾を飾るのにふさわしい力作だといえよう。

「手袋」は、『新探偵小説』一九四七年六月号（通巻二号）に掲載された。単行本に収められるのは今回が初めてである。

戦後復帰第一作で、犬を使った復讐計画が悲劇的結末を迎えるかに見えたが、最後に一転して父子の情愛を点綴するに至る。倒叙スタイルで描かれているが、復讐計画に、今となってはありふれたものながら、トリック趣味が見られるのが興味深い。

「空に浮ぶ顔」は、一九四七年九月二〇日発行の『新選探偵小説十二人集』に掲載された。単行本に収められるのは今回が初めてである。

隣家に越してきた母娘の様子に興味を抱いた画家が、娘の抱えていたトラウマを突き止める作品で、庭木が切られたり、花壇の花を全て買い取ったり盗んだりといった、奇妙な出来事が連続して起こるという展開に、〈日常の謎〉ものめいた面白さが感じられる。戦後の代表作といえよう。

『新選探偵小説十二人集』は、中部日本新聞社から発行された。江戸川乱歩『幻影城』（岩谷書店、五一）巻末の「探偵小説雑誌目録」には、「諸雑誌の探偵小説特集号／戦後の部」にあげられているものの、奥付には発行年月日と誌名が記されているだけで、巻号数などは記載されていない。従って（乱歩も書いているように）雑誌というよりも、雑誌サイズのアンソロジー、今日でいうところのムックだと考えるのが妥当なようである。

「シュプールは語る」は、一九四九年一月二八日発行の『探偵趣味』に掲載された。単行本に収められるのは今回が初めてである。

倒叙スタイルで、犯罪工作が破綻する過程を興味の中心としており、一種の本格ものの味わいを感じさせる異色作である。

掲載誌の『探偵趣味』は『真珠』の後継誌と目されている。目次の構成からは雑誌のような印象を受けるのだが、書名の横に「（新花形読切傑作集）」とあるのみで、奥付その他どこにも巻号数の表示はない。従って『新選探偵小説十二人集』と同種の出版物と見るのが妥当であるように思われる。瀬下の本作品は特集「完全犯罪コンクウル作品」（目次では「完全犯罪特集」）の「冬の事件」として、笛色幡作「洪水裁判」、楠田匡介「氷」、若松秀雄「野菊」（以上、最初から春・夏・秋の事件）

と共に掲載された。

「覗く眼」は、『探偵実話』一九五三年一月号（四巻一号）に掲載された。単行本に収められるのは今回が初めてである。

前作から四年の間をおいて発表された作品で、隣室の覗き魔を懲らしめるための計画とその顚末を描いた一編。表題にも謳われた「覗く眼」の恐怖よりも、いささか通俗的ながら、アプレゲールの性的なありようを描くことに力点が置かれていると見るべきであろうか。本編を発表して後、瀬下はふたたび長い沈黙に入った。

「やさしい風」は、『幻影城』一九七六年一月号（二巻一号）に掲載された。後に、『甦る「幻影城」Ⅱ／幻の名作』（カドカワ・エンタテインメント、九七）に採録された。

本解題の最初にも書いたとおり、立風書房の編集者から瀬下の連絡先を知らされた鮎川哲也によってインタビューが行なわれたことをきっかけに、『幻影城』誌から依頼され、二十三年ぶりに発表された作品である。「覗く眼」と同様に、当世風の若者の心理と犯罪計画が描かれており、ドメスティックな内容が、戦前からのオールド・ファンに、あるいは「柘榴病」によって瀬下を知った新しい世代のファンに、意外な思いを抱かせたのではないかと想像される（当時「新しい世代」のファンの一人であった、かくいう筆者も、意外に思ったクチであった）。

〈随筆篇〉

管見に入ったかぎりでは、瀬下はエッセイの類いを残しておらず、『新青年』の読者コーナーである「マイクロフォン」欄に二回、所感が掲載されたのみである。ここではそれらを「マイクロフォン」の名の下に収録した。いずれも単行本に収められるのは今回が初めてである。

「マイクロフォン」は、『新青年』一九二八年二月号（九巻二号）に掲載された。同年一月号の『新青年』に掲載された作品の感想を述べたものである。以下、言及されている作品の作者をあげておくと、「見えぬ顔」は小酒井不木、「凍るアラベスク」は妹尾韶夫《あきお》で、「古き本誌で一度拝見した事が」ある「一寸ホームズ張りのもので、コンストラクシヨンなど翻訳臭の濃いもの」というのは、『新青年』二五年一二月号に掲載された短編「十時」のことであろう。「原稿料の袋」は甲賀三郎で、シリーズ・キャラクターの一人・土井江南が初登場する一編（『論創ミステリ叢書3／甲賀三郎探偵小説選』既収）。「イワンとイワンの兄」は渡辺温、「七つの閨」は水谷準である。「星史郎懺悔録」は大下宇陀児で、大下には珍しいシリーズ・キャラクターである弁護士・俵巌が登場する一編。「あ・てる・てえる・ふいるむ」は、実際には横溝正史の手になる代作だが、当時は江戸川乱歩作品として掲載された。「ポーの『あ、てる、てえる、はあと。』」とは、「告げ口心臓」の邦題でも知られるポーの短編 The Tell-Tale Heart のこと。

「マイクロフォン――八月号増刊『陰獣』を中心として」は、『新青年』一九二八年一〇月号（九巻一二号）に掲載された。『新青年』二八年一〇月号の「マイクロフォン」欄は、編集長・横溝正史が仕掛けた、江戸川乱歩「陰獣」（二八）への諸家の感想特集であった。瀬下の所感はそのうちのひとつである。短いながらも乱歩論として、また瀬下が抱懐する探偵小説論として読みうる内容を備えている。

瀬下は乱歩の作品では、「探偵的素地の露骨でないもの程、所謂探偵趣味の濃厚でなければない程、その作品が好きになれます」といい、そうした作品によって「今後探偵小説の進む可き方向を幽かに香はされたやうに」思われると書いている。「陰獣」を読むと、甲賀三郎と比べて「対象的《ママ》位置に立つ存在」であることに驚かされるといっているから、おそらくは「陰獣」を「探偵的素地の露骨でないもの」として読んでいるのだろう。こうした探偵小説観は、瀬下の作品が怪奇・幻想的興味にとどまらず、「探偵的素地」「所謂探偵趣味」を内包している点を、よく証しているように思われる。

[解題] **横井 司**(よこい つかさ)
1962年、石川県金沢市に生まれる。大東文化大学文学部日本文学科卒業。専修大学大学院文学研究科博士後期課程修了。95年、戦前の探偵小説に関する論考で、博士(文学)学位取得。『小説宝石』で書評を担当。共著に『本格ミステリ・ベスト100』(東京創元社、1997年)、『日本ミステリー事典』(新潮社、2000年)など。現在、専修大学人文科学研究所特別研究員。日本推理作家協会・日本近代文学会会員。

瀬下耽氏の著作権継承者と連絡がとれませんでした。
ご存じの方はご一報下さい。

瀬下耽探偵小説選《せじもたんたんていしょうせつせん》 〔論創ミステリ叢書42〕

2009年11月20日 初版第1刷印刷
2009年11月30日 初版第1刷発行

著 者 瀬下 耽
叢書監修 横井 司
装 訂 栗原裕孝
発行人 森下紀夫
発行所 論 創 社
〒101-0051 東京都千代田区神田神保町2-23 北井ビル
電話 03-3264-5254 振替口座 00160-1-155266
http://www.ronso.co.jp/

印刷・製本 中央精版印刷

Printed in Japan ISBN978-4-8460-0907-6

論創ミステリ叢書

刊行予定

★平林初之輔Ⅰ
★平林初之輔Ⅱ
★甲賀三郎
★松本泰Ⅰ
★松本泰Ⅱ
★浜尾四郎
★松本恵子
★小酒井不木
★久山秀子Ⅰ
★久山秀子Ⅱ
★橋本五郎Ⅰ
★橋本五郎Ⅱ
★徳冨蘆花
★山本禾太郎Ⅰ
★山本禾太郎Ⅱ
★久山秀子Ⅲ
★久山秀子Ⅳ
★黒岩涙香Ⅰ
★黒岩涙香Ⅱ
★中村美与子
★大庭武年Ⅰ
★大庭武年Ⅱ
★西尾正Ⅰ
★西尾正Ⅱ
★戸田巽Ⅰ
★戸田巽Ⅱ
★山下利三郎Ⅰ
★山下利三郎Ⅱ
★林不忘
★牧逸馬
★風間光枝探偵日記
★延原謙
★森下雨村
★酒井嘉七
★横溝正史Ⅰ
★横溝正史Ⅱ
★横溝正史Ⅲ
★宮野村子Ⅰ
★宮野村子Ⅱ
★三遊亭円朝
★角田喜久雄
★瀬下耽
高木彬光
狩久

★印は既刊
論 創 社